십자성-천왕의 검 1

허담 新무협 판타지 소설

초판 1쇄 찍은 날 § 2015년 11월 10일
초판 1쇄 펴낸 날 § 2015년 11월 17일

지은이 § 허담
펴낸이 § 서경석

편집책임 § 박가연
디자인 § 신현아

펴낸곳 § 도서출판 청어람
등록번호 § 제387-1999-000006호
등록일자 § 1999. 5. 31
어람번호 § 제2-2607호

주소 § 경기도 부천시 원미구 부일로 483번길 40 서경B/D 3F (우) 14640
전화 § 032-656-4452 팩스 § 032-656-4453
http://www.chungeoram.com
E-mail § chungeorambook@daum.net

ISBN 979-11-04-90504-9 04810
ISBN 979-11-04-90503-2 (세트)

1
이골마족

十字星
십자성
전왕의 검

허담 新무협 판타지 소설

FANTASTIC ORIENTAL HEROES

十字星
십자성
전왕의 검

서장
호수의 전설

―놈이 내게 온 날.

결국 피는 속일 수 없는 걸까?

어떻게 제 아비랑 이렇게 똑같을까. 고집불통에 난폭해 보이고, 거기에 거만하기까지 한…….

정말… 빌어먹을 부자(父子)다.

그 아비와 다른 점은 날 찾아온 방법뿐이다.

그의 아비는 말이라기보다는 괴물이란 말이 더 어울리는 거대한 흑마를 타고 왔고, 그의 아들은 구멍 뚫린 배를 타고 이 맑은 호수를 건너왔다.

바가지로 연신 물을 퍼내면서.

왜 방법이 서로 다르냐고?

당연한 일이다.

그 아비가 날 찾아왔을 때는 이 호수가 없었으니까.

지금부터 내가 들려주려는 이야기는 바로 그때, 이 호수가 생겨났을 때부터 시작된다.

그렇게 길지는 않은 이야기지. 인생처럼!

아니… 조금 긴가?

*　　　　*　　　　*

─이십오 년 전.

벌써 이십오 년이나 지난 일이다.

내 나이가 올해로 백서넛쯤 되었으니, 팔십 줄 바라보던 팔팔하던 때의 일이다.

난 그와 삼 년 정도 함께 지냈다.

아!

생각해 보면 참 멋진 시간이었어. 세상에는 공포의 시간이었지만…….

난 태어나면서부터 문지기였다.

하지만 사람들이 생각하는 그런 보통 문지기는 아니었다. 아주 드물지만 몇몇은 날 수호자라고 부르기도 했으니까.

수호자(守護者)!

이 한마디로 설명할 수 있을 것이다. 내가 보통 문지기가 아니라는 것을.

어쨌든 그날 그는 그 거대한 흑마를 타고 날 찾아왔다.

그는 놈을 흑저라고 불렀지만, 사실 몸집이 클 뿐 돼지처럼 비대하거나 느린 것은 아니었다.

오히려 광풍 같은 속도와 신룡 같은 힘을 지닌 놈이었지. 전설의 오추마가 그랬을까?

아무튼, 그를 보는 순간 난 직감했다. 이자는 다른 자들과 다르다는 것을.

그는 등에 커다란 검과 도를 비껴 메고 있었고, 팔목에는 철갑을 차고 있었다.

그뿐인가?

말허리에는 창날에 용을 새겨 넣은 신창이 걸려 있었고, 다른 쪽 허리에는 철궁(鐵弓)이 매달려 있었다.

얼마나 다행인가. 방패까지는 들고 있지 않았으니.

만약 방패까지 있었다면 정말… 흐흠… 그랬다면, 그랬다면 파마시에 맞지 않았을지도 모른다.

그러므로 그에게 방패가 없었던 것은 내겐 정말 다행스런 일이었다.

"문을 열어줘야겠어!"

그가 날 만나자마자 한 말이다.

제길, 문지기에게 문을 열라니. 그게 말이 되는 소린가?

하지만 난 거부할 수 없었다. 왜냐하면 어떤 문(門)도 내 목숨보다 소중하진 않았으니까.

그래서 명월문의 선조들이 들으면 경을 칠 일이지만 이후 우린 삼 년을 함께했다. 그 삼 년을 무림은 검은 사자들의 시간이라고 부른다. 그리고 공포로 기억한다.

왜 삼 년이나 무림을 떠돌았냐고?

당연한 일이다. 그 문은 보통 문이 아니었고, 문을 열려면 제법 많은 준비를 해야 하기 때문이었다.

하지만, 다시 말하지만 세상이야 어떻든 내겐 참 멋진 시간이었다.

비록 파국이 결정되어진 시간이라고 해도.

         *   *   *

—그 삼 년… 검은 사자들의 시간.

세상은 그를 오해했다.

그가 원한 것은 무림천하가 아니었다. 그는 단지 자신이 온 곳으로 돌아가길 원했을 뿐이다.

그러나 세상의 오해는 세상 탓이 아니다.

명백하게 그의 실수다.

말했지만 그는 오만한 자였다. 물론 충분히 그럴 능력이 되는 사람이었지만.

세상에는 아는 사람만 안다는 일곱 개의 비밀스런 보물(密

實)이 있다. 그 비밀스런 물건들은 일곱 개의 가문에 나뉘어 보관되어 있었다.

웃기는 건, 그 가문들의 주인들조차도 그 밀보들의 진정한 가치를 모르고 있었다는 것이다.

왜냐하면 오래전 그들 가문에 밀보들을 맡긴 자들이 밀보의 비밀을 말해주지 않았으니까.

여담이지만… 그 밀보를 맡긴 자들 중 한 명이 나의 선조다.

말했듯이 난 보통 문지기가 아니다.

아무튼 그가 원하는 곳으로 가려면 그 일곱 개의 밀보가 필요했다. 그래서 그와 그의 수하인 검은 사자들은 삼 년 동안 그것들을 찾기 위해 무림을 휩쓸었다.

물론 그동안 난 그들의 충실한 길잡이 노릇을 했다. 밀보의 위치를 정확히 아는 사람은 오직 나뿐이었으니까.

가만히 생각해 보면 참 미련한 자들이었다.

그들의 능력이라면 조용히 그 보물들을 훔쳐 낼 수도 있었다. 그런데 오만한 그와 그의 동료들은 오직 힘으로 그 보물들을 차지하려 했다.

그 결과 그들은 무림의 공적(公敵)이 되었다.

세상 모두가 그들을 쫓았다.

정사가 따로 없고, 관과 무림이 따로 없었다.

그러나 그들이 어디 잡힐 사람들인가?

세상은 지금도 모른다. 사실 그들이 마음을 달리 먹었다면 지금쯤 세상의 지배자는 달라졌을 거란 사실을 말이다.

그렇게 수천 명의 추격자를 꼬리에 달고 그와 검은 사자들은 다시 이곳, 나의 오두막이 있던 북방의 아름다운 산, 월하선봉으로 돌아왔다.

*　　　　*　　　　*

―그날.

그날 이 호수가 생겼다.

녀석이 돛단배를 타고 건너온 바로 이 호수가.

이 호수는 여러 이름으로 불린다. 그중 하나가 전마별호다.

전마가 떠난 호수란 뜻이다. 아! 그러고 보니 전마란 별호에 대해 말하지 않았군.

녀석의 아비, 검은 사자들의 우두머리였던 그를 사람들은 전마라 불렀다.

당연한 일이다. 그는 싸움의 신과 같았으니까.

만약 그가 정도(正道)의 길을 걸었다면 전마가 아니라 전신이나 뭐 전황 정도로 불렸을 것이다.

아무튼 이곳에서 그가 세상과 작별했기에 사람들은 이 호수를 전마별호라고 부른다.

그날 정사양도에서 가려 뽑은 고수 삼백이 그와 그의 동료들을 공격했다.

어땠냐고?

그들은 그날 진정한 공포를 자신의 뼛속에 새겼다.

흑저가 일으키는 광풍 같은 모래바람, 온몸의 병기를 모두 꺼내 쓰는 전율적인 전마의 무공. 산허리가 잘리고 비탈은 평지가 됐다.

죽은 자의 숫자가 일백이 넘었을 때 정사양도의 고수들은 감히 전마를 감당하지 못하고 후퇴했다.

그렇게 단신으로 적을 물리친 그는 유유히 내게 다가와 말했다.

"이제 방해할 사람도 없으니 문을 여시오."

난… 결국 문을 열었다. 어쩔 수 없었다. 내 평생 그렇게 무서운 자를 상대해 본 적이 없었으니까.

그때 내 기분은 아주… 벌레 같았어. 살려고 발버둥 치는…….

문을 열자 그의 동료들이 먼저 문 안으로 들어갔다. 환희에 찬 표정으로.

그는 가장 나중에 움직였어.

왜냐하면 들어가기 전에 내게 아주 은밀한 부탁을… 사실은 마지막 명령을 했기 때문이다. 그는 굳이 부탁이라고 했지만…….

그는 내게 한 자루 검과 한 여인의 이름을 남겼다.

그리고 말했다.

"이 여인을 찾아주시오. 아이를 낳았을 거요. 아이에게 신혈(神血)의 기운이 보이면 내 이름과 검을 전해주시오."

"드러나지 않으면 어찌하오?"

내가 물었다.

"그럼… 그냥… 사람으로……."

제길 자긴 사람 아닌가?

욕설이 터져 나오려 했지만 난 그냥 고개를 끄떡였다. 그리고 사실 난 그때 아주 중요한 일을 생각하고 있어서 그의 말 따위에 신경 쓸 겨를이 없었다.

내가 승낙하자 그는 처음으로 내게 고맙다는 말을 남기고 문 안으로 걸어 들어갔다.

그때 내가 그를 불렀다. 처음이자 마지막으로 그를 그의 이름으로 불렀다.

"적황!"

처음 말하나?

전마의 본래 이름이 적황이었다.

내가 부르자 그가 날 돌아봤다.

그도 이상했을 것이다. 난 항상 그를 전마라 불렀으니까. 아마 그때가 내가 그의 이름을 부른 처음이자 마지막 순간이었을 것이다.

그러니 안 돌아볼 수 없었으리라.

그가 날 보는 순간 난 내 모든 심력과 힘을 모아 파마시를 날렸다. 파마시는 정확하게 그의 심장에 꽂혔다.

그는… 의미를 알 수 없는 묘한 눈으로 자신의 심장에 꽂힌 파마시와 날 번갈아 보더니, 또 알 수 없는 미소를 짓고는 그대로 문 안쪽 어둠 속으로 사라졌어.

난 재빨리 기관을 작동시켰다. 오직 문지기만이 알고 있는 비밀의 기관을!

그러자 산이 무너지고 사방에서 물줄기가 솟구쳤다. 마치 물의 화산이 터진 것 같았다.

물의 광란은 장장 보름 동안 계속됐다.

그 후 이 호수가 만들어졌다.

아마 지금도 호수 밑바닥 어딘가에서는 여러 갈래의 수맥을 통해 끊임없이 물이 솟구치고 있을 것이다.

천하는 날 의인이라고 부른다.

검은 사자들의 왕을 죽인 기인, 삼 년의 굴욕을 참으며 그의 최후를 준비한 희생자, 그리고 결국에는 무림을 지켜낸 불굴의 대협사!

의천노공이자 밀교의 일맥을 이은 월문(月門) 제이십칠대 법황, 우서한!

그게 바로 나다.

그러나.

고백하자면… 난 그를 좋아했다. 절대 그에게 파마시를 날리고 싶지 않았다. 오히려 그를 따라 그 천기자와 밀교의 문 안으로 들어가고 싶었어.

하지만 다들 알다시피 인간은 나약한 존재다. 그래서 태어나면서 짊어진 숙명을 좀체 벗어버리지 못한다.

난 최후의 순간에 문지기로서의 업을 거부하지 못했다.

그 아픔을 누군가는 이해할까?

마음으로 따르던 자의 심장에 파마시를 꽂아 넣은 심정을.

세상을 구한 영웅, 의천노공?

흣, 개에게나 던져 주고 싶은 말들이다.

그날 이후 난 호수를 떠났다.

세상이 날 찾지 못하게. 그래서 그와 나 사이에 일어난 일들이 그저 전설로 남을 만큼의 시간 동안.

그리고 그가 부탁한 일도 해야 했다.

그녀를 찾았고, 그녀에게 그의 말도 전했다.

그녀는… 내가 아무것도 하지 말고 조용히 자신을 떠나주길 원했다. 그저 평범한 사람으로 그녀와 자신의 아들이 살아갈 수 있도록…….

물론 나야 바라던 바였다. 사실 나도 귀찮은 건 질색이었으니까. 내가 죽인 자의 아들을 키우는 것도 썩…….

다행히 그때까지 그녀의 아들에게선 신혈의 특징이 보이지 않았다.

그래도 혹시 몰라 그녀를 떠나면서 당부해 뒀다. 신혈의 흔적이 보이면 아이를 내게 보내라고.

그러나 그녀는 거절했다. 설혹 그런 일이 있어도 결코 내게 아이를 보내지 않겠다고.

그러나 그녀도 알고 있었을 것이다.

일단 신혈의 기운이 일어나면 아이가 결코 평범하게 살 수 없다는 것을!

　　　　*　　　　　*　　　　　*

—그의 아들.

검은 사자들의 시간을 견뎌낸 무림은 그 뿌리를 추격하기 시작했다. 그리고 검은 사자와 연관된 모든 자를 추살했다.

그들에게 주먹밥 하나라도 건넨 자는 설혹 그가 산촌의 노파라 할지라도 은밀하게 죽였다.

어떻게 그런 일이 가능하냐고?

한 사람에게는 가능한 일이다. 검은 사자들에 대해 너무도 잘 알고 있는 나의 사형, 월문 밖의 월문을 지탱하는 나의 사형이라면 가능한 일이다.

난 사형의 행동이 마음에 들지 않았지만 굳이 만류하지는 않았다. 사실 솔직히 말하면 나도 신혈의 피가 두렵기는 했으니까.

하지만 사형의 손속은 내 예상을 벗어나 지나치게 단호했다. 그래서 난 그때 내가 사형의 일을 막지 않은 것을 지금도 후회하고 있다.

아마도 사형은 문지기의 업을 사형이 아닌 내가 이어받은 것에 아직도 화가 나 있을지도 모른다. 그래서 그 화를 그들에게 푸는 것일 수도 있다.

그러나 사형 나이가 벌써 백열셋이다. 그런데 아직도 손에 피를 묻히고 있으니 생각해 보면 가련한 일이다.

어쨌거나 세상일은 내 관심사가 아니었다. 난 단지 문을 지키는 일이 평생의 업인 사람이므로……

세상을 떠돌던 난 오 년 전에 다시 이 호수로 돌아왔다.

세상이 내 이름이야 잊지 않았겠지만 더 이상 찾으려 하지 않을 만큼 시간이 흘렀으니까.

사형조차도 더 이상은 날 찾지 않고 있다. 어쩌면 아주 다행한 일이다.

이후 내 기대대로 평온한 날이 이어졌다.

호수는 아주 근사해졌다.

투명한 햇살, 북방에서 불어오는 차가운 바람… 흐흠, 내가 아주 즐기는 것들이다.

그런데… 어느 날. 천산에 벼락이 치고, 번개 맞은 박달나무를 베어 오고, 파마시를 다시 만들던 그날!

빌어먹게도 녀석이 날 찾아온 것이다.

놈의 아비처럼!

한숨이 나오는 일이지만 난 녀석의 삶을 들여다봐야 한다.

그래야 결정할 수 있으니까. 이 땅에서 전마의 피를 끊을 것인가 아닌가를!

마침 녀석 같은 놈이 필요한 시기이기도 했다.

제1장
도망자

적풍이 처음 몸에 이상을 느낀 것은 열두 살 때였다.

그해는 천하에 기근이 들어 어머니의 삯바느질로는 더 이상 생계를 잇기 어려운 시기였다. 그래서 마을 아이 대부분이 그러하듯 적풍 역시 바다로 나가 자맥질을 시작했다.

다행스럽게도 적풍은 자맥질에 재주가 있었다.

또래의 아이들보다 두어 배는 오래 숨을 참을 수 있었고, 나이에 어울리지 않게 거친 해류를 감당할 근력을 가지고 있었다.

마을 사람들이 적풍의 근력에 놀라 그를 장군감이라고 치켜세우곤 했는데, 어머니는 그 칭찬을 그리 달가워하지 않았다.

자맥질을 시작한 이후 집안 사정은 금세 좋아졌다.

식구라야 어머니와 적풍 단둘뿐이어서 적풍이 자맥질을 한 이후에는 매끼 곡기를 거르는 일이 없었다.

그렇게 한 해가 지나고 그의 몸이 바다에 익숙해졌을 때, 적풍은 자맥질을 관두고 배를 탔다. 적풍의 힘을 눈여겨본 선주 하나가 적풍을 어부로 고용한 것이다.

벌이는 더 좋아졌다.

물속에서 조개나 줍던 때와는 비교할 수 없을 만큼 좋았다. 그대로라면 적풍은 훌륭한 어부가 되어 그런대로 부유한 삶을 살 수 있을 것 같았다.

그런데 그즈음 그의 몸에 이상한 일이 일어났다.

"어머니, 이상한 일이 있었어요."

어느 날 적풍이 고기잡이를 마치고 돌아와 어머니에게 심각한 표정으로 말했다.

"무슨 일이냐?"

언제나처럼 무표정한 얼굴로 어머니 유하가 되물었다.

"그물이 암초에 걸려 그걸 거두러 물속에 들어갔다가 강한 해류를 만났어요. 물 밖에서는 알 수 없는 해류였는데……."

"그래서?"

그의 어머니는 살아 돌아왔으면 된 것 아니냐는 듯 여전히 무심했다.

물론 적풍은 서운하지 않았다. 어려서부터 보아온 익숙한 모습이었고, 그 이유도 알고 있었다.

"해류가 너무 강해서 이제 죽었구나 싶었는데, 갑자기 어깨뼈가 마치 날개 돋듯 솟구치더라고요. 그러고는 생각지도 못한 힘이……."

"누가 보았느냐?"

적풍은 처음으로 어머니, 유하가 당황하는 모습을 보았다. 그녀는 마치 적풍이 사람이라도 죽인 것처럼 놀란 표정을 짓고 있었다.

"그… 함께 물속에 들어갔던 호 형과 덕술 형이……."

적풍은 미처 말을 끝내지 못했다.

그의 눈에 비친 어머니 유하의 얼굴을 보고는 더 이상 말을 이을 수가 없었다.

그녀는 마치 세상을 다 잃은 것 같은 표정을 하고 있었다. 언뜻 감출 수 없는 분노도 엿보였다. 혹은 허탈함으로 금방이라도 스스로 목숨을 끊을 사람 같아 보이기도 했다.

유하는 긴 침묵 속에서 종잡을 수 없는 감정의 격랑을 꽤 오랫동안 참아냈다. 그리고 그 침묵 끝에 그녀가 말했다.

"내일 이곳을 떠날 테니 준비하거라."

이후 적풍과 유하는 천하를 떠돌았다.

한 동리를 떠나 새로운 곳에 정착할 때마다 이름도 바꿨다.

적풍은 특별했다.

나이가 들수록 그 특별함은 도드라졌다. 특히 타고난 신력은 어딜 가나 사람들의 눈길을 끌었다.

유하는 적풍의 타고난 신력과 그 힘을 쓸 때 드러나는 어깨

뼈의 이상한 움직임을 감추라고 수시로 주의를 줬다.

그러나 낭중지추라고 적풍의 능력은 결국에는 사람들 눈에 띄게 마련이었다.

그리고 그런 일이 벌어지면 유하는 미련 없이 짐을 싸 다른 곳으로 떠났다.

"도대체 이유가 무엇입니까?"

다시 떠나자는 유하의 말에 적풍이 처음으로 반발하며 물었다.

단 한 번도 이런 식으로 어머니 유하의 결정에 반발한 적이 없었던 적풍이다.

요하 하류의 작은 강변 마을에 정착한 지 이 년이 지나서였다.

적풍의 나이 열일곱… 피어오르는 청춘의 나이였다. 그리고 그는 그 마을에서 한 소녀를 만났다.

소녀는 눈부시게 아름다웠다. 가난의 누추함도 소녀의 아름다움을 감출 수 없었다.

적풍은 그녀의 눈, 그녀의 말투, 그리고 그녀의 향기를 사랑하지 않을 수 없었다.

그래서 급기야 어느 날 자신의 본래 구천이 아니라 적풍이라는 사실과, 자신의 비밀스런 몸에 대해서까지 털어놓았던 것이다.

그리고 그 사실을 알게 된 어머니 유하는 적풍에게 다시 떠날 것을 요구했다.

하지만 적풍은 그때만큼은 정말 떠나고 싶지 않았다.

설루, 적풍에게 이성의 아름다움을 눈뜨게 해준 소녀 설루를 잃고 싶지 않았다.

조혼의 풍습이 있는 요하의 마을은 적풍 나이 또래의 소년 중 일찍 가정을 이룬 아이들도 있었다. 적풍은 설루와 그 땅에서 가정을 이루고 싶었다.

반발하는 적풍에게 어머니 유하가 차갑게 대답했다.

"네가 떠나지 않으면 그 아이가 죽을 게다!"

"이유가 뭐냐고 묻는 겁니다."

"이유? 진정 알고 싶으냐?"

"말해주십시오."

적풍의 말에 유하가 한 서린 눈으로 적풍을 바라보다 냉정하게 입을 열었다.

"오냐, 알고 싶다니 말해주마. 네 나이도 이제 적지 않으니. 이유는 오직 하나 네가 그의 아들이기 때문이다. 그 잘난 신혈의 피를 받았으니까! 그 피는… 그 피는……! 그 피가 어떤 피인지는 나중에 네가 직접 알아보거라. 그럴 생각이 있다면! 천하가 그 피의 가지를 자르기 위해 쫓고 있다. 그런데 설루와 혼인을 하겠다고?"

서릿발 같은 노기를 드러내며 유하가 말했다.

적풍은 알고 있었다. 어머니 유하가 자신의 아버지로부터 버림받았다는 것을. 그래서 그녀의 인생이 끝없는 나락으로 추락

했다는 것도 어렴풋이 짐작하고 있었다.

그럼에도 적풍을 버리지 않은 것, 그를 살리기 위해 여인의 몸으로 천하를 떠돌아다닌 것을 알고 있었으므로 적풍은 그동안 단 한 번도 아버지에 대해 묻지 않았었다.

그리고 결국 그날도 묻지 않았다.

유하의 눈에서 본 그 깊은 애증 앞에서 감히 그 아버지에 대해 물을 수 없었던 것이다.

그리고 그다음 날 두 모자는 마을을 떠났다.

그러나 이번만큼은 조금 다른 이별이었다.

적풍은 그 밤, 달이 지기 전 설루를 찾아가 약속했다. 그녀를 지켜줄 힘을 갖게 되었을 때 반드시 다시 돌아오겠다고.

운명은 그날 두 연인에게 부부로서 함께할 단 하룻밤의 호의를 베풀었다.

*   *   *

적풍의 어머니 유하는 세 사람의 이름을 유언으로 남기고 죽었다. 그리고 적풍의 인생에서 가장 소중한 선물 하나를 함께 주었다.

죽기 전 유하는 손을 들어 난생처음으로 적풍의 얼굴을 쓰다듬었다. 그리고 또 난생처음으로 따뜻한 시선으로 적풍을 바라봤다.

그 순간 적풍을 알았다. 사실 유하에겐 아들 적풍이 전부였음을, 그리고 적풍을 위해 천하를 떠돈 삶이 그녀에게 슬픔만은 아니었다는 것을.

그녀의 삶 자체가 자신을 위한 것이었음을 그녀가 죽는 순간 적풍은 알게 된 것이다.

"적황, 네 아버지의 이름이다. 절대 그 누구에게도 이 사실을 말하지 말거라. 살다 보면… 그가 어떤 사람인지 알게 되겠지. 아마 대부분 좋지 못한 이야기일 것이다. 그와 인연을 맺은 자라면 누구든 우리처럼 평생 사냥당하고 살 만큼. 하지만 난 여전히 그가 그리 나쁜 사람은 아니었을 거라 생각한다. 나와 너에게는 몰라도……."

그렇게 적풍은 어머니의 죽음과 함께 아버지의 이름을 알았다.

"유천궁, 네 외삼촌의 이름이다. 뿌리이니 말해두지만 절대 찾지 마라. 찾는 순간 넌 죽을 것이다. 네 외가의 손에!"

그렇게 또 외가의 존재를 알았다.

"우서한, 강호라는 곳을 알게 되면 이 이름의 주인을 금세 알게 될 것이다. 언젠가 네가 스스로 너의 힘을, 그리고 너의 몸을 견딜 수 없게 되면, 혹은 너 자신에 대해 참을 수 없는 호기심이 생긴다면, 그땐 그를 찾아가거라. 그만이 너에게 일어난 이 모든 일의 이유를, 나조차 모르는 그 이유를 알고 있다. 물론 그 이유를 설명해 줄지는 모르겠지만. 하지만… 가능하면 그를 찾지 말거라. 그가 널 죽일 가능성이 팔 할은 넘으니까."

그렇게 세 사람의 이름이 유산으로 남았다.

그리고 적풍에게 평생 기억될 유하의 마지막 말도 남았다.

"사람들은 네 피를 이골마족의 피라고 부른다. 그들 스스로는 신혈이라 부르지. 나도 모르겠다. 그 피가 마혈인지 신혈인지, 또 어디서 연유했는지. 어쨌든 세상의 지배자들이 그 피를 지닌 자들을 이 세상에서 지워 버리고 싶어 한다. 그것이 바로 우리가 지금껏 세상을 떠돈 이유다!"

유하가 적풍을 자신의 품에 끌어들였다. 그리고 가만히 그의 머리를 쓰다듬으며 중얼거렸다.

"불쌍한 내 아기… 넌 내게 가장 소중한 보물이었단다. 어미는… 이제 좀 쉬어야 할 것 같아……."

적풍이 태어난 이후 유하에게 들어본 가장 따뜻한 말이자 선물이었다.

거짓이 아님을 알기에 어머니가 죽은 후에도 적풍은 설루에게 돌아가지 못했다.

이 기이한 피를 이은 자들을 쫓는 사냥꾼들이 있다는 것을 안 이상 이젠 스스로 자신을 숨겨야 했다.

그래서 적풍은 너 북쪽으로 올라갔나.

글을 모르는 자들이 살아가는 곳, 야만의 땅으로…….

*   *   *

삼보노(參寶老)를 만난 것은 행운이었다.

그는 적풍과 마찬가지로 북방의 이방인이었다. 적풍과 비슷한 시기에 야인 부락에 나타난 그는 처음에는 어린 적풍보다도 못한 대접을 받았다.

삼보노는 애꾸에 얼굴에는 세 가닥 자상이 나 있었다. 옷차림은 추레했고, 키도 작아서 거친 야인의 땅에서 사람 구실 하며 살기 어려운 외모를 지닌 자였다.

그러나 그에게는 숨은 재주가 많았다. 그리고 그 재주를 드러내는 데는 많은 시간이 필요하지 않았다.

삼보노는 글을 알았고, 전략이라는 것을 세울 줄 알았으며, 무엇보다 도검을 쓰는 법을 알고 있었다.

그가 삼보노(參寶老)라고 불리게 된 이유다.

끝까지 본래의 이름은 밝히지 않았다.

처음에는 그저 거렁뱅이 노인이라고, 그 일이 있고 난 후에는 삼보노로 불릴 뿐, 누구도 그의 과거나 이름을 알지 못했다.

사실은 알려고도 하지 않았다.

야인의 땅, 하루아침에 부족이 멸망하고, 죽인 자의 두개골을 잘라 술잔으로 쓰는 이 야만의 땅에서 과거나 본명 같은 것은 중요치 않았다.

중요한 것은 오늘 초원을 달려 적의 목을 벨 자가 누구냐는 것이었다. 그런 의미에서 삼보노는 보물이 분명했다.

삼보노가 자신의 진면목을 드러낸 것은 흑수의 늑대라 불리는 오르도 부족과의 싸움이었다.

오르도 부족의 족장 수타이는 스스로 금황실의 직계 후손임을 자처하며, 심중에 야인들을 통합해 과거 금제국의 영광을 재현하려는 야심을 품고 있는 자였다.

반면 적풍과 삼보노가 몸을 의탁한 단웅족은 유목보다는 사냥을 업으로 삼는 부족으로, 용맹하기는 하나 그 숫자가 오르도족에 비해 삼 할에도 미치지 못하는 소부족이었다.

만약 오르도의 족장 수타이가 좋은 말로 복종을 요구해 왔다면 단웅족의 족장 고웅타는 그 제안을 받아들였을 것이다.

그러나 수타이는 복종을 요구하는 대신 단웅족을 멸족시키기로 결정했다.

그는 용맹하기로 소문난 단웅족을 멸족시킴으로써 북방의 야인들에게 자신의 강맹함을 보여주길 원했다.

수타이가 단웅족을 공격하기 위해 동원한 병력이 일천, 반면 숲에 몸을 숨긴 채 방어에 나선 단웅족의 숫자는 겨우 이백칠십이었다.

그런데 그 싸움에서 놀랍게도 단웅족이 승리했다.

그리고 그 승리의 주역이 바로 삼보노였다.

삼보노는 싸움 전날 족장 고웅타를 은밀히 찾아가 싸움에 대한 조언을 했다.

족장 고웅타는 반신반의하면서도 결국 삼보노의 조언을 받아들였다. 달리 승부를 걸 방법이 없었기 때문이었다.

삼보노는 단웅족을 일곱 무리로 나누어 숲 곳곳에 숨겨둔 후, 그중 한 무리를 족장 고웅타와 함께 이끌고 나가 적을 맞았다.

싸움이 시작되자 족장 고웅타와 삼보노는 거짓 도망으로 적을 숲 깊은 곳까지 끌어들인 후 미리 매복해 두었던 부족의 용사들을 움직여 사방에서 적을 기습했다.

훗날 삼보노가 적풍에게 칠산진법이라고 말해준 그 포진으로 인해 수타이가 이끄는 오르도의 야인들 칠 할이 죽었다.

더 놀라운 것은 사람들 머리 위를 날아다니는 삼보노의 재주였다.

삼보노는 야인들의 머리와 어깨를 밟고 날아다니며 적의 목을 베었다.

급기야는 적장 수타이를 향해 날아갔는데, 결국 수타이는 부족들을 남겨두고 먼저 살길을 찾아 서쪽으로 도주하고 말았다.

그 싸움 이후 많은 것이 변했다.

족장 고웅타가 이끄는 단웅족은 흑수변의 강자로 부상하기 시작했다. 싸움이 끝난 후 백 일이 지나지 않아 싸울 수 있는 용사의 숫자가 일천으로 불어났다.

그리고 그 숫자는 계속해서 늘어나, 고웅타의 심복 둘이 천호장이라는 대단한 지위를 얻을 정도가 되었다.

반면 싸움에서 패한 오르도의 족장 수타이는 서쪽으로 도주한 후 소식이 끊겼다.

개인적으로는 삼보노의 위치가 가장 크게 변했다. 그저 뜨내기손님이었던 삼보노는 어느새 족장 고웅타의 스승이자 존경받는 조언자가 되어 있었다.

그리고 중년의 고웅타는 뒤늦게 삼보노를 통해 세상을 배우기 시작했다. 그러자 그는 채 일 년이 지나지 않아 전혀 다른 사람으로 변했다.

사냥으로 배를 채우고, 부족의 안전을 위해서만 칼을 들었던 고웅타가 나이 사십에 세상에 대한 야심을 품기 시작한 것이다.

그 옛날 자신의 조상 중 한 일파였던 완안부가 천하를 지배했었다는 그 전설적인 이야기처럼 그 자신도 그러한 전설을 만들어내겠다는 꿈을 갖게 된 것이다.

그리고… 적풍도 변했다.

적풍은 한 달 동안 쫓아다닌 끝에 삼보노의 제자가 되었다.

그러니까 굳이 말하자면 족장 고웅타와 사형제간이 된 것이라고 할 수 있었지만 누구도 적풍을 고웅타의 사형제로 생각하는 사람은 없었다. 이 야만의 단웅족에게 애초부터 사문의 법규 같은 것이 있을 리 만무였던 것이다.

어쨌거나 제자가 된 적풍에게 삼보노는 족장 고웅타와는 전혀 다른 것을 가르쳤다.

"네놈에겐 무공을 가르쳐 주마! 타고난 힘이 장사니……."

한 달의 실랑이 끝에 얻어낸 삼보노의 답이었다.

그리고 그 순간부터 적풍은 새로운 세상과 조우했다. 도검이 만들어가는 세계, 무림이었다.

　　　　　*　　　　*　　　　*

　삼보노는 어디서 구했는지 검신이 두꺼운 검 한 자루를 적풍에게 주었다.

　"청룡검이다. 무거워서 보통 사람은 쓰지 못한다. 본래 검은 빠르기를 생명으로 하는 병기니까. 그런데 왠지 네놈에겐 어울리는 것 같아. 신력을 타고났으니까."

　청룡검은 사실 검이라고 부르기에는 어색한 면이 있었다. 언뜻 보면 언월도와 닮았기에 도라고 하는 것이 더 어울릴 수 있었다.

　그러나 그래도 검(劍)인 것은 양날을 모두 쓸 수 있는 모양새를 갖췄기 때문이었다.

　무게가 삼십 근을 넘어 누구라도 부담스런 무게였다.

　그러나 적풍에게는 처음부터 딱 맞춘 것처럼 손에 잡혔다. 무게도 묵직한 것이 적풍의 마음에 들었다.

　삼보노는 청룡검을 준 후 그 검에 어울리는 검법이라며 하나의 검술을 가르쳐 주었다.

　"이 검법은 진천벽력검법이라는 그럴듯한 이름을 가지고 있지. 난 천벽검이라고 줄여 부르기도 한다. 하여간 이게 이런 거창한 이름을 가진 이유는 검법이 극성에 이르면 번개가 치는 것 같은 위력이 만들어지기 때문이지."

　삼보노가 전수한 검법은 이름은 거창했다. 진천벽력검법, 이름으로는 천하제일검법에 어울리는 검법이었다.

"그런데 말이다. 기대는 너무 큰 기대는 하지 마. 아직까지 진천벽력검법을 수련해서 검기를 만들어보았다는 자는 만나지 못했으니까. 시간이 너무 오래 걸린다고 하더라고."

"사부도 말입니까?"

"나? 난 이 검법 익히지 않았어."

"예?"

"진천벽력검법의 검보를 얻은 것이 오 년 전이다. 대충 검보를 살펴보니 수련해 봐야 내 무공에 별로 도움이 될 것 같지 않더라고. 그러니 고생할 필요가 없지. 예부터 무공과 기병의 주인은 따로 있다고 하더니 아마도 이 천벽검법의 주인은 너였던 모양이다. 몸에 익으면 적어도 이 야인의 땅에서 허망하게 죽을 일은 없을 게다."

그날부터 적풍은 청룡검을 들고 진천벽력검법을 수련하기 시작했다.

삼보노의 말처럼 진천벽력검법은 예사로운 무공이 아닌 듯 보였다. 수련한 지 일 년쯤 지나자 적풍의 검이 바위를 파고들기 시작했던 것이다.

그게 삼보노가 진천벽력검법 때문인지, 아니면 함께 전수한 호흡법인 천지밀법(天地密法) 때문인지는 모르지만, 어쨌든 적풍은 자신이 생각할 수 없었던 무공을 얻어가기 시작했다.

하지만 적풍은 꿈에도 생각지 못했다. 자신이 수련한 무공들이 무림의 웬만한 사람이라면 거들떠보지도 않는 삼류 토납법과 어린애도 검을 들면 수련한다는 삼재검법이었다는 사실을.

마찬가지로 삼보노도 예상치 못했었다. 그런 삼류의 무공으로 적풍이 일류고수의 경지에 오를 거라고는.

서걱서걱!

적풍의 청룡검이 무를 베듯 바위를 베어냈다. 그때마다 바위에는 제법 깊은 검혼이 생겨났다.

깊은 것은 두 치 깊이까지 파인 것도 있었다.

사방 십여 장의 공터를 둘러싼 절벽들은 적풍이 만든 검혼으로 가득 차 있었다.

삼보노는 청룡검을 휘둘러 대는 적풍을 눈살을 찌푸리며 바라보고 있었다.

그렇다고 못마땅한 얼굴은 또 아니다. 뭔가 풀리지 않는 문제를 고민하는 듯한 표정이었다.

서걱!

한순간 적풍의 청룡검이 번쩍이자 절벽 한 부분에 맷돌처럼 둥그런 원이 그려졌다.

"그만하고 이리 와봐라."

적풍이 검을 거두자 삼보노가 적풍을 불렀다.

"줘봐라."

다가온 적풍에게 삼보노가 손을 내밀었다. 그러자 적풍이 청룡검을 건넸다.

"좋구나."

삼보노가 청룡검의 날을 살피며 중얼거렸다. 바위를 베어냈음에도 청룡검의 날은 상한 곳이 없었다.

"칼이 좋아서지요. 쇠가 아주 강한 것 같습니다."

적풍이 대답했다.

"쇠가 좋다고 누구나 검날이 상하지 않게 석벽을 베어낼 수 있는 것은 아니다. 더군다나 내공도 미천한 녀석이 말이야. 이 결과는 결국 유괴, 네놈의 실력이 제법 쓸 만한 경지에 이른 것이라고밖에는 말할 수 없다. 물론 타고난 신력도 한몫했겠지만. 음… 그래서 기분이 좀 서글퍼. 찝찝하기도 하고."

단웅족 내에서 적풍은 유괴란 이름을 쓰고 있었다. 성을 유씨로 한 것은 죽은 어머니 유하를 생각했기 때문이고, 이름을 괴로 한 것은 상대에게 조금이라도 위협감을 주기 위해 선택한 것이었다.

"찝찝하시다니요? 제 칼 쓰는 재주가 늘어난 것이 나쁜 일입니까? 모두 어르신께서 가르치신 것 아닙니까?"

"그런 말이 아니다. 내가 서글픈 이유가 둘이 있는데, 그중 하나는 네놈에 비하면 내 자질이 한없이 미천함을 오늘에서야 알았기 때문이고, 두 번째는 네놈의 그 재주가 이 야인의 땅에서 썩기에는 너무 아깝기 때문이지."

삼보노가 청룡검을 다시 적풍에게 건네며 말했다. 그의 말을 들은 적풍이 잠시 침묵을 지키다 대답했다.

"언젠가는 이곳을 떠나 중원으로 가야지요."

"흐응? 이놈 봐라. 도망자 주제에 야심을 품었노?"

자신의 말이 채 끝나기도 전에 삼보노가 훌쩍 뒤로 물러났다. 그 움직임이 너무 빨라 미처 자신의 그림자가 따라붙지 못할 정도다.

쿵!

삼보노가 앉아 있던 자리에 적풍의 검이 꽂혔다.

쩌적!

청룡검이 꽂힌 바위에 번개 모양의 금이 갔다.

"이놈! 무슨 짓이냐?"

삼보노가 노한 눈으로 적풍을 보며 소리쳤다.

"내가 도망자란 건 어찌 아셨소?"

삼보노가 문득 몸서리를 쳤다. 이 싸늘한 살기, 흔들리지 않는 목소리, 그리고 무엇보다 차가운 눈!

더군다나 분명 자신이 약자임을 알 터인데도 망설이지 않고 검을 뽑는 무모함. 두려움도 보이지 않았다.

지금까지 그가 보지 못했던 적풍의 모습이 그를 당황하게 만들었다.

"너 이놈의 새끼⋯⋯!"

삼보노가 적풍을 노려보며 욕설을 해댔다.

본능적으로 내뱉는 말투에서 삼보노의 거친 본성도 여실히 드러났다.

단웅족에게 삼보노는 현명하고 고고한 인품을 지닌 족장의 스승이었다. 하지만 사실 그는 무척 거칠고 잔혹한 성정을 지닌 마인이었다.

"날 쫓아 이곳까지 오신 거요?"

적풍이 적의를 드러내며 물었다. 더 이상 스승에 대한 존중 같은 것은 찾아볼 수 없었다.

"흐흐, 너 따위를 쫓아와? 나 유령마군 사혼이?"

"유령마군 사혼… 그게 당신의 이름이군."

"이런 빌어먹을 놈! 사부에게 당신이라니, 이런 인간 말종을 보았나? 아무래도 네놈 배를 갈라 봐야겠다. 도대체 간이 얼마나 부었는지?"

삼보노, 그러니까 스스로 유령마군 사혼이라고 이름을 밝힌 노인이 살벌한 마기를 쏟아내며 욕설을 내뱉었다.

"날 쫓아온 것이 아니라면 내가 도망자인 것은 어찌 아셨소?"

유령마군 사혼이 화를 내든 말든 적풍은 자신이 하고 싶은 말만 했다. 그게 삼보노를 더 화나게 했다.

하지만 사혼은 강호에서 일대거마로 불리는 자로 자신의 화를 제어할 줄 아는 인물이었다.

"이 빌어먹을 놈아! 멀쩡한 놈이 새파란 어린 나이에 이런 야인의 땅에 혼자 들어왔겠냐? 그것도 단신으로 말이다. 네놈이 도망자인 건 누가 봐도 알 수 있는 거야! 이 멍청한 자식아!"

"그 말은… 단웅족 사람들도 모두 그리 생각하고 있다는 거요?"

"그걸 말이라고 하냐? 다들 알고 있지."

사혼의 말에 적풍의 눈빛이 더욱 차갑게 굳어졌다.

"왜? 가서 모두 죽이게?"

"그래야 한다면……."

"아서라. 네놈이 그들 모두를 죽일 수도 없고, 죽일 필요도 없다."

"그건 무슨 소리요?"

적풍의 말투가 조금 풀어졌다. 묻는 대로 대꾸해 주자 사혼에 대한 경계심이 옅어진 모양이었다.

"이 호래자식아! 이 빌어먹게 추운 야인 놈들 땅으로 온 사람이라면 하나같이 도망자야. 그렇지 않다면 따뜻한 남쪽 땅을 두고 미쳤다고 이 추운 북방까지 오겠느냐?"

사혼의 말에 적풍이 잠시 생각에 잠겼다가 천천히 고개를 끄떡였다. 그러자 사혼이 말을 이었다.

"이자들은 말이야, 우리가 남쪽에서 뭘 했었는지는 관심이 없어. 단지 자신들에게 도움이 되는 존재인가 아닌가만 중요한 거지. 이 땅은 야만의 땅이다. 강자존의 세상이지. 재주 있는 자는 과거를 묻지 않고 쓰인다는 뜻이다."

"사부도 도망잡니까?"

적풍의 말투가 본래대로 돌아왔다. 다시 사혼을 사부로 인정한 것이다.

사혼이 허망한 표정으로 적풍을 바라보다 투덜거렸다.

"이 자식 이거 완전히 미친놈이네. 이젠 다시 사부냐?"

"사부께 무례를 범한 건 죄송합니다. 이해해 주십시오. 평생 도망만 다니며 살다 보니……."

"평생? 그럼 네가 도망자의 신세가 된 것은 선대의 일 때문이겠구나. 애가 태어나자마자 사람을 죽였을 리는 없을 테니……."

적풍은 자신의 사부가 머리가 비상한 자임을 새삼스레 깨달았다. 한마디 말에서 열 가지 일을 유추해 낼 수 있는 노인인 것이다.

"그렇다고 하더군요."

"물론 무슨 일인지 물어도 대답하지 않겠지?"

"사실 나도 잘 모릅니다. 무슨 일로 내가 쫓기는 건지. 또 설혹 안다 해도… 사부라면 대답해 줄 수 있겠습니까?"

"나? 나야 당연히 대답해 줄 수 있지."

사혼이 별일 아니라는 듯 스스럼없이 대답했다.

"그래요? 그럼 사부는 무슨 죄를 지어 여기까지 왔습니까? 그 재주에……."

"후후후, 별거 아냐. 사람을 좀 죽였지. 하지만 무림이란 곳에서 사람 백여 명 죽인 것이 그리 큰 죈가? 그저 날 시기하는 놈들이 나를 도망자로 만들었을 뿐이지."

"사람 일백을 죽여요?"

적풍이 기가 막히다는 표정으로 되물었다.

"어쩌다 보니 그렇게 됐어."

정말 사혼은 적풍에게 자신의 과거를 숨기고 싶은 생각이 없는 것 같았다. 단지 조금 귀찮아 보일 뿐이었다.

적풍도 더 이상 묻지 않았다. 솔직히 사혼의 과거 따위 적풍도 별 관심 없었다. 대신 달리 묻고 싶은 것이 생각났다.

"어쨌거나 사부는 무척 유명한 무림인이시라는 거지요?"

"나? 그래, 그렇다. 왜?"

"그럼 혹시… 적… 아니, 우서한이란 사람에 대해 아십니까?"

"우서한? 우헤헤! 지금 그걸 질문이라고 하는 거냐?"

사혼이 갑자기 배를 잡고 웃으며 되물었다.

"뭐가 잘못됐습니까?"

"잘못됐지? 우서한을 아느냐니, 세상에 칼 밥 먹는 사람치고 그 이름을 모르는 사람은 없어."

"그런가요? 그렇게 유명한 사람이었나요?"

"하아… 네놈이 어려서부터 도망만 다닌 건 사실인 모양이구나. 의천노공 우서한을 모르다니, 변방으로만 돌았단 소리군."

"안 가보곤 곳이 없지요. 고려에서 중원을 거쳐 얼마간은 돈황에도 머물렀었죠."

"음……."

적풍의 말에 사혼이 나직한 침음성을 흘렸다.

흘려들을 말이 아니다. 적풍의 나이 많아야 스물서넛 정도. 그 나이에 돈황까지 도망 다녔다면 정말 보통 도망자가 아니란 소리였다.

"네 조상이 황제 목이라도 쳤냐?"

"예?"

"그렇게까지 도망을 다녔다는 것이 이상해서 말이다."

"우리 집안 이야기는 그만하시고, 우서한에 대해서나 말해주십시오."

"알겠다. 과거는 과거일 뿐이지. 에… 우서한이라… 대단한 이름이지. 정사양도를 떠나 모두가 그를 무림의 구성으로 추앙한다."

"사부님도요?"

"나? 글쎄… 나도 뭐 대단하다고는 생각해. 검은 사자들의 우두머리 전마를 죽였으니까."

"검은 사자는 또 뭡니까?"

역시 모르는 이름이다.

"그런 자들이 있어. 고금절후의 악행을 저질렀다는… 오해를 받는 자들이지. 그런데 네놈은 그들도 모른다 이거지? 하긴 우서한을 모르는데 검은 사자들과 그들의 왕인 전마 적황인들 알까."

사혼이 순순히 고개를 끄떡였다.

그러나 그는 그 순간 적풍의 등줄기를 타고 오르는 그 강렬한 긴장감을 사혼은 알지 못했다.

"적황이란 자를… 죽였어요? 우서한이?"

"그랬지. 검은 사자들은 삼 년 동안 천하를 피로 물들이고 북방의 월하선봉이란 곳까지 도주한 후, 그곳에서 자신들이 예전에 만들어놓은 도주로를 통해 추격대를 피하려 했다고 하더군. 탈출은 거의 성공했지. 그런데 마지막 순간에 그때까지 마음을 숨기고 그들과 동행하던 의천노공 우서한이 우두머리인 전마 적황의 심장에 파마시를 꽂았다고 해."

"파마시요?"

"소문으로는 밀교의 전설적인 화살이라더군. 부처의 기운이 깃들어 절대마기를 깨뜨릴 수 있는 신병이라나?"

"그는 죽었나요?"

"시신은 찾지 못했지만 죽었다고 봐야지. 그와 검은 사자들 모두 호수에 잠겼으니까."

"호수요?"

"사실 우서한은 처음부터 그곳을 검은 사자들의 무덤으로 준비했었다고 하더군. 산 아래 지하에 수십 갈래의 수맥이 흐른다는 것을 알고 있었던 거지. 그는 그 수맥들을 끌어모아 검은 사자들을 수장시킬 계획을 세웠었던 거야. 무공으로는 도저히 그들을 제압할 수 없었으니까. 물론 세상은 정사양도의 추격자들이 그들을 궁지에 몰아넣었다고 알고 있지만 사실은 아니라는 소문이야."

"그런 일이 있었군요."

적풍이 묵묵히 고개를 끄떡였다.

가슴 깊은 곳에서 기이한 열기가 솟구쳤다. 그러나 겉으로는 그 열기를 절대 드러내지 않았다.

침묵하는 적풍을 사혼이 유심히 지켜보다가 충고하듯 말했다.

"우서한과 인연이 있다면 넌 더더욱 강호로 나가는 것을 조심해야 한다."

"무슨 말씀입니까?"

"그는 강호제일의 의인으로 불리는 인물이다. 그런 자와 어떤 식으로든 인연이 있다는 것은 단순한 문제가 아니다. 좋든 나쁘든 다 좋지 않아, 도망자에게는. 그래서 말인데… 떠날 생각 말고 얼마간은 나와 함께 이곳에 정착하는 문제를 생각해 봐."

"정착이요?"

"이 단웅족 말이다. 아주 재밌는 부족이야. 족장 고웅타는 더욱 그러하고……. 내 생각에는 조만간 이자들은 북방의 지배자가 될 거다. 그럴 만한 자질이 있어. 물론 내가 약간 도와줘야겠지만. 이들과 함께라면 평생을 영화롭게 살 수 있어. 누구에게 쫓기지도 않고 말이다."

사혼이 은근한 어조로 유혹했다. 아마도 그는 단웅족에 정착할 생각인 모양이었다.

"그것도 나쁘지는 않군요."

"절대 나쁘지 않지. 언제까지 도망만 다니고 살 순 없으니까. 널 쫓는 자들이 어떤 자들인지 모르겠지만 단웅족이 북방의 패자가 되고, 네가 그들의 수뇌가 될 수 있다면 넌 더 이상 도망자가 될 필요가 없을 거 아니냐?"

"하지만 이자들이 과연 날 인정할까요? 이러니저러니 해도 난 외인인데……."

"후후, 난 어때 보이냐?"

"사부야 이미 능력을 증명해서 이들의 존경을 받고 있지 않습니까?"

"내가 어떻게 내 능력을 증명했지?"

"그야… 오르도 부족과의 싸움을 승리로 이끄셨기 때문 아닙니까?"

적풍이 퉁명스레 말했다.

"너도 그럼 된다. 싸워서 공을 세우면 이자들은 널 인정할 게다. 이 야인들은 말이야, 강자에 대해선 맹목적인 호감을 갖는단 말이지. 조만간 큰 싸움이 있을 거야. 그 싸움에서 네 실력을 보여라."

"누가 감히 지금 단웅족에게 싸움을 건단 말입니까?"

최근에 들어서 단웅족은 흑수 인근의 패자로 우뚝 서 있었다. 감히 그 어떤 부족도 단웅족에게 반기를 들지 못하는 실정이었다.

"그자가 돌아왔다는 소식이 있다."

"누가 말입니까?"

"서쪽으로 도망갔던 오르도의 족장 수타이! 그자가 흥안령 서쪽에서 원군을 규합해 다시 이 땅으로 들어왔다고 하더구나."

"원군이요?"

"몽골인 이천이라던가?"

"몽골 기병이라면… 설마 원황실의 지원을 받는단 말입니까?"

"기병은 아니고 그냥 몽골 부족. 지금 원황실에겐 남 도와줄 여력이 없어. 대도의 황궁 지키기도 버거운 지경이지. 원(元)은 끝났어. 그래서 여기 단웅족에게도 기회가 올 수 있는 거고……."

"그럼 수타이가 끌고 온 자들은……?"

"뭐, 대막에 흩어진 부족 중 강성한 자들을 끌어모았겠지. 지금은 초원도 원황실의 통제에서 벗어나고 있으니까. 아마 개 중 세력을 넓히려는 자들이겠지?"

"단웅족이 이길 수 있을까요? 몰락하고 있다고 해도 천하를 제패했던 몽골인들인데……."

"그래서 네게 기회란 거다. 어려운 싸움이 될 테니까. 네가 수타이 그자의 목이라도 잘라봐라. 아마 널 신장처럼 떠받들 걸?"

사혼이 연신 적풍을 충동질했다. 그러자 적풍이 잠시 침묵을 지키다가 훌쩍 자리에서 일어나며 말했다.

"한번 해보죠."

"정말?"

"그런데 왜 사부가 직접 베지 않는 겁니까?"

"나야 이미 날 증명했지 않느냐. 그러니 네게 양보하는 거다."

"이제 보니 어떻게든 날 사부 옆에 붙들어두려는 속셈이군요."

"후후, 맞아. 바로 그게 내가 원하는 거다. 나 혼자면 너무 외롭지 않느냐? 이 야만스런 놈들 틈에서 살기에 말이다."

*   *   *

싸움은 흑수변에서 벌어졌다.

오르도의 족장 수타이는 일 년 전의 패배를 잊지 않았다. 도주하는 단웅족을 쫓아 숲으로 들어갔다가 매복에 당했던 일을 되풀이하지 않기 위해 수타이는 흑수의 강변을 싸움터로 결정한 것이다.

그가 데려온 기마에 능한 몽골족을 최대한 활용하기에도 흑수변의 너른 초원이 적당했다.

단웅족의 족장 고웅타는 삼보노의 조언에 따라 예전처럼 단웅족의 용사들을 일곱 무리로 나누었다.

그러나 숲이 아니기에 단웅족의 용사들을 매복시킬 장소는 없었다. 삼보노는 불안해하는 고웅타를 달래며 단웅족의 용사들을 강변의 갈대밭에 기이한 모양으로 포진시켰다.

포진법은 역시 지난날 처음 수타이와 싸울 때도 썼던 칠산진법이었다. 칠산진법은 싸움이 시작되자 평지에서도 금세 그 신묘한 위력을 발휘했다.

단웅족은 기병과 보병의 숫자가 거의 절반씩 섞여 있었다.

반면 오르도의 족장 수타이가 데려온 몽골인은 전부 기병이었다. 너른 강변에서의 싸움은 기병의 장점이 최상으로 발휘된다.

수타이는 자신이 데려온 몽골 세 부족을 앞세워 노도처럼 단웅족의 진영을 공략했다.

몽골의 기병들은 마금, 고무, 살라 세 명의 이리같이 사나운 족장이 이끌고 있었는데, 그들은 괴성을 지르고 화살을 쏘아대며 거침없이 단웅족을 향해 돌진했다.

수타이는 싸움을 길게 끌고 갈 생각이 없었다.

그래서 그는 처음부터 모든 전력을 단웅족의 진영 오른쪽, 그러니까 흑수와 가까운 곳에 위치한 단웅족장 고웅타가 있는 곳으로 몰아댔다.

단웅족들은 화살을 쏘는 것으로 적을 상대하려 했으나 워낙 그 기세가 사나운 몽골 기병에 밀려 속절없이 뒤로 밀려났다.

상황은 일 년 전과 비슷하게 전개됐다. 다른 점이 있다면 그때와 달리 이번에는 후퇴하는 단웅족의 뒤에 몸을 감추고 매복할 숲이 없다는 것이었다.

족장 고웅타 역시 뒤로 물러나기에 바빴다. 그는 부족의 용맹스런 젊은 용사들의 호위를 받으며 연신 뒤로 후퇴했다.

"고웅타의 목을 베어 오는 사람에게 단웅족을 주겠소!"

복수심에 불탄 수타이가 몽골의 세 부족장에게 다가서며 그들을 독려했다.

그러자 몽골 족장들이 더욱힘을 내 고웅타를 추격하기 시작했다.

그런데 갑작스런 반전이 일어났다.

화르르!

갑자기 물러나는 단웅족과 추격하는 몽골 부족들 사이에서 거친 화염이 솟구친 것이다.

가장 먼저 불길에 놀란 말들이 울부짖기 시작했다.

평생을 말 위에서 살아온 몽골족조차도 불길에 놀란 말들을 진정시키기 어려웠다.

그 혼란 속에서 단웅족의 일곱 무리 중 왼쪽의 너른 벌판에 포진해 있던 두 무리의 기마용사들이 흑수의 갈대밭을 질주하기 시작했다.

그들은 멀리 불길을 우회하더니 그대로 적의 허리를 끊으며 돌격했다.

그리고 그들 중에는 적풍도 섞여 있었다.

적풍은 이를 악물어 두려움을 억누르고 용기를 내 적진으로 뛰어들었다.

그러나 시작은 생각처럼 쉽지 않았다. 사실 적풍은 오늘 처음 제대로 된 싸움을 경험하고 있었다.

그래서인지 처음 말을 몰아 적진으로 뛰어드는 순간, 갑자기 적풍의 심장이 욱신거렸다.

머릿속은 하얘지고 수타이의 목을 베겠다는 결심조차 순식간에 잊어버렸다. 그저 앞에서 날리는 단웅족 용사의 꽁무니만 바라보고 말을 몰 뿐이었다.

그러다가 한순간 붉은 피가 적풍의 눈앞으로 확 흩뿌려지는 순간, 그의 심장이 거짓말처럼 차가워졌다.

그리고 그의 눈에 전장의 모든 것이 아주 느리게 흘러가는 것처럼 보이기 시작했다.

'뭐지?'

적풍은 갑작스런 변화에 놀라 일순 당황했으나 그도 잠시, 문득 차가운 살기가 심장 저 깊은 곳에서 솟구치는 것을 느꼈다.

자신조차도 제어할 수 없는 싸움에 대한 열망이 차가운 이성과 함께 뒤섞인 기운이었다.

놀라운 일이었다.

보통의 경우 투기가 솟구치면 심장이 뜨거워지고 이성이 사라져서 환각에 빠진 것같이 흥분하게 마련이다.

그러나 적풍의 심장은 솟구치는 싸움의 투기를 오히려 차갑게 받아들이고 있었다.

적풍이 청룡검을 들었다. 그리고 매섭게 일 초의 검식을 펼쳤다.

"악!"

그의 검에 베인 몽골족 한 명이 말에서 떨어지며 단말마의 비명을 내질렀다.

"핫!"

적풍이 말의 허리를 때렸다. 그러자 놀란 말이 벼락처럼 앞으로 질주하기 시작했다.

두두두!

말발굽 소리가 지축을 울렸다.

어느새 적풍은 일행의 가장 선두에 서 있었다. 그의 앞으로 몽골족들이 검을 휘두르며 달려들었다. 그에 맞서 적풍이 광풍처럼 청룡검을 휘둘렀다.

차차창!

서너 자루의 검이 허공으로 치솟았다. 뒤를 이어 적풍의 청룡검이 검을 잃은 적들을 베어 넘겼다.

"크아악!"

말에서 떨어지는 자들의 비명 소리는 어느새 적풍의 등 뒤에 있었다.

적풍의 눈동자가 투명한 검은색으로 변했다. 그 어느 때보다도 냉혹한 눈동자다.

그 눈동자가 전장을 훑어 오르도의 족장 수타이를 찾았다. 멀리 자신의 호위병들에 둘러싸인 수타이가 보였다.

그즈음 수타이도 단웅족 기병들의 우회 공격을 알아채고는 크게 당황하고 있었다.

씨익!

한순간 적풍의 입가에 미소가 번졌다. 마치 먹이를 발견한 사자의 눈빛 같았다.

"하앗!"

망설임은 없었다. 적풍이 말을 몰아 수타이가 있는 곳으로 돌진했다.

그의 앞을 막아야 할 적들이 그의 기세에 놀라 파도처럼 갈라졌다. 그 사이로 적풍과 단웅족의 기마들이 거침없이 질주했다.

"막앗!"

수타이는 본능적으로 단웅족의 젊은 놈이 뭘 원하는지 알아챘다. 놈이 원하는 것은 자신의 머리, 그러나 이상하게도 그 어린놈을 상대할 용기가 나지 않았다.

그래서 그는 가장 편한 방법을 택했다. 자신의 수하들에게 놈을 막게 하는 것이다.

그런데 고맙게도 그의 수하들보다 먼저 놈을 막아서는 사람이 있었다.

그가 흥안령을 넘어 몽골의 초원에서 불러온 자들, 그 우두머리 중 한 명인 살라가 괴상한 소리를 지르며 자신의 수하들과 함께 젊은 놈을 향해 달려갔다.

"가자."

"예?"

갑작스런 수타이의 말에 놀란 그의 수하가 돌아보며 되물었다.

"싸움은 끝났다. 목숨이라도 구해야지."

"하지만 아직 우리 쪽 숫자가 많은데요?"

수하가 도망가자는 수타이의 말에 어리둥절한 표정으로 물었다.

"멍청하기는! 싸움은 숫자로 하는 게 아니다. 기세로 하는 거지. 이미 기세가 꺾였다. 몽골 놈들… 용감하기는 하지만 머리가 나빠. 기습을 당하니 단번에 흩어지고 말잖아. 제길… 단웅족에 모사꾼 늙은이가 있다더니 정말이었나 보군. 가자!"

수타이는 미련 없이 말머리를 돌렸다.

하늘 높이 솟구친 반월검이 햇빛을 받아 눈부시게 번쩍였다. 시퍼렇게 날이 선 검신에는 흥건하게 핏방울이 맺혀 있다.

몽골족의 족장 중 한 명인 살라의 검이다.

"요홋!"

살라가 짐승처럼 소리를 지르며 말 위에서 상체를 세우더니 그대로 적풍의 머리를 검으로 쳤다.

그러자 적풍이 상대의 검을 피하지 않고 청룡검을 들어 정면에서 적의 검을 받아쳤다.

카앙!

강렬한 파열음에 흑수가 놀라 물결을 일으켰다. 그리고 한 명의 비명이 들렸다.

"악!"

부러진 검 반쪽이 허무하게 하늘을 날고 있었다. 그 아래 오른쪽 어깨에서 가슴 쪽으로 길게 베어진 몽골 족장 살라가 비명과 함께 말 아래로 떨어졌다.

픽!

말 아래로 떨어진 살라의 몸에 창이 꽂혔다. 적풍의 뒤를 따르던 단웅족 용사가 살라의 마지막 숨통을 끊은 것이다.

"저놈! 저놈은 반드시 죽여라! 그 이후에 물러난다!"

살라의 죽음으로 당황하는 몽골족 사이에서 다른 두 족장이 소리쳤다.

수타이가 도주한 이상 싸움을 지속할 이유는 없었다. 그러나 살라를 죽인 적풍만은 꼭 죽이고 싶은 모양이었다.

명이 떨어지자 두 족장 곁에 있던 몽골족 기병들이 움직였다.

두두두!

모두 여덟 필의 말이 적풍을 향해 달려왔다. 그 위에 올라앉은 몽골족 용사들의 기세가 다른 자들과는 확연히 달랐다.

이리 같은 눈빛과 무쇠 같은 팔뚝을 자랑하는 자들이다. 말 위에서의 움직임도 다른 자들에 비해 한결 자연스러웠다. 두 손 모두 고삐를 잡고 있지 않음에도 땅 위에 서 있는 것처럼 자연스러웠다.

그런데 적풍의 대응은 사람들의 예상을 뒤집었다. 적풍이 뒤로 물러나지 않고 맹렬하게 적들 속으로 뛰어들었던 것이다.

웅!

적풍의 청룡검이 허공을 갈랐다. 선명한 검광이 가장 선두에 선 자와 말을 단번에 잘라냈다.

히히힝!

말굽이 꺾이며 말과 사람이 그대로 땅 위에 고꾸라졌다.

그러자 다른 몽골 용사들이 적풍과 일정한 거리를 두고 원을 그리며 돌기 시작했다.

그들이 말을 모는 속도가 너무 빨라서 어느 순간부터는 사람의 형상을 구분하기도 어려웠다.

적풍이 탄 말이 요란스런 포위에 놀라 앞발을 들며 흥분하기 시작했다. 그러자 그 순간을 놓치지 않고 몽골 기병들이 쉬고리가 달린 밧줄을 던졌다.

퍼퍽!

쇠고리 몇 개가 말의 몸에 박혔다. 그리고 그중 두어 개가 말의 발목을 휘어 감았다.

히히힝!

적풍이 타고 있던 말이 연신 비명을 질러댔다. 그러더니 한순간 거대한 말의 몸뚱이가 허공으로 떠오르는가 싶더니 이내 땅 위에 떨어졌다.

쿵!

말이 쓰러지는 순간 적풍이 재빨리 몸을 날려 말 위에서 뛰어내렸다. 그러자 기다렸다는 듯이 몽골 기병들이 적풍을 향해 그물을 던졌다.

초원의 몽골족들이 맹수를 사냥할 때 쓰는 방법 그대로 그들은 적풍을 사냥하고 있었다.

"호옷!"

적풍이 그물에 휘감기자 몽골족 사이에서 요란한 함성이 일어났다. 숲에서 대호를 사냥한 듯한 호기로움이 묻어나는 함성이다.

척척척!

다시 몇 개의 갈고리가 날아왔다. 갈고리들이 적풍과 그를 감싸고 있는 그물에 함께 걸렸다.

그러자 갈고리의 주인들이 말을 몰아 원을 그리며 적풍을 밧줄로 휘감았다.

적풍과 함께 적진으로 뛰어든 단웅족의 용사 중 누구도 감히 달려들어 적풍을 구할 엄두를 내지 못했다.

싸움의 전세야 이미 수타이의 도주로 단웅족에게 기울어져 있었지만, 적풍 하나의 희생은 어쩔 수 없어 보였다.

적풍이 이를 악물고 힘을 썼지만 줄에 묶인 몸은 쉽게 움직이지 않았다.

그사이 적풍을 줄에 매단 몽골족들이 갑자기 서쪽을 향해 말을 몰기 시작했다.

"호오옷!"

"젠장!"

적풍의 입에서 욕설이 터져 나왔다.

잡은 포로를 말에 매달아 죽을 때까지 초원을 달리는 것 역시 몽골족의 오랜 전통 중 하나다.

강변의 마른 갈대들이 꺾이며 적풍의 얼굴에 상처를 냈다. 그러나 그 아픔은 크게 느껴지지도 않았다.

거친 강변 바닥을 몸으로 훑고 나가는 고통이야말로 참을 수 없는 것이었다. 더군다나 서너 필의 말이 뒤를 따르며 가끔씩 적풍의 등에 대고 채찍질을 해댔다.

채찍이 등에 닿을 때마다 적풍은 타는 듯한 고통과 함께 참을 수 없는 모욕감을 느꼈다.

도망자로 살아온 세월에 대한 울분 때문인지, 아니면 그의 핏속에 잠재해 있던 선천적인 패도의 기운 때문인지, 이 수모가 다른 그 무엇보다도 참기 힘든 적풍이었다.

그런데, 언제부터인가 그의 눈이 서서히 검게 물들어가기 시작했다. 보통 사람들은 고통과 분노가 뒤섞이면 눈이 붉어지는데 이상하게도 적풍의 눈은 검은빛을 띠었다.

그리고 그건 좋지 않은 징조였다.

그가 누군가의 추격을 피해 살아온 여러 이유 중 하나가 바로 이 검은 안광이기 때문이었다.

검은 안광이 흘러나오기 시작하면 그에 따라 다른 변화들이 일어난다. 어깨뼈가 기형적으로 움직이는 것도 그중 하나다.

"으음……."

적풍이 나직하게 신음성을 흘렸다. 자신의 변화를 그도 눈치챈 것이다.

그러나 지금은 그 변화를 억제할 상황이 아니었다. 이렇게 끌려 다니다가는 결국 죽고 말 것이기 때문이었다.

갑자기 온몸에 힘이 들어가기 시작했다. 본래부터 힘이라면 누구에게도 뒤지지 않는 적풍이다.

그러나 그런 평소의 강력한 힘조차도 몸의 변화가 일어나며 만들어지는 거대한 신력에 비교하면 조족지혈에 불과했다.

툭!

한순간 검을 든 채 꼼짝할 수 없던 오른쪽 팔이 단단했던 밧줄을 밀어내며 움직였다. 팔이 움직이자 청룡검이 움직이고, 청룡검이 움직이자 자연스레 그의 몸을 묶고 있던 밧줄과 그물이 동시에 끊겨 나갔다.

적풍이 상체를 일으켰다.

그 모습을 보고 뒤에서 그를 따라 말을 달리던 몽골족들이 소리를 질러댔다.

그 순간 적풍이 검을 휘둘렀다. 그러자 말과 연결되었던 밧줄이 단번에 끊어지면서 적풍의 몸이 움직이던 속도를 이기지 못하고 땅 위에 나뒹굴었다.

"죽어라!"

적풍이 미처 몸을 세우기도 전에 나는 듯이 달려온 몽골족들이 창을 찔렀다.

파팟!

두 자루의 창이 좌우에서 적풍의 몸에 꽂혀들었다. 순간 적풍이 왼손을 휘저어 창대를 휘어잡았다.

그러고는 큰 소리를 내지르며 두 개의 창대를 한 번에 당겨세웠다.

"으얏!"

창의 주인들이 창을 놓지 않기 위해 애쓰다가 적풍의 힘을 이기지 못하고 창대에 매달려 허공으로 떠올랐다.

"앗!"

"헉!"

허공에 떠오르는 자들이 질러대는 소리를 들으며 적풍이 도리깨질하듯 창을 휘둘러 두 사람을 땅에 처박았다.

쿠쿵!

"악!"

무지막지한 힘으로 땅에 처박힌 적 중 하나는 즉사했고, 다른 하나는 어디가 부러졌는지 비명을 지르며 주춤주춤 엉덩이를 땅에 붙이고 뒤로 물러났다.

적풍이 그런 적에게 달려들어 망설이지 않고 검을 휘둘렀다.

팟!

한 줄기 선혈이 허공에 흩뿌려지며 몽골족이 땅에 쓰러졌다.

한순간에 놀라운 힘으로 그물을 벗어나고 두 명의 적을 죽인 적풍을 몽골족들이 두려운 눈으로 바라봤다.

그들은 적풍을 둥글게 포위하고 있을 뿐 감히 적풍을 향해 달려들지 못했다.

적풍의 모습은 점점 괴상해졌다. 눈에서 흘러나오는 검은 기운은 어느새 그의 전신을 감싸는 듯했고, 어깨 옷자락은 마치 바람이 들어간 것처럼 부풀어 올라 있었다.

그 때문에 그의 몸은 평소보다도 두어 배는 커 보였다. 그런 기이한 모습 때문에라도 더더욱 몽골 용사들은 적풍을 향해 다가오지 못했다.

적풍이 청룡검을 든 채 자신을 둘러싸고 있는 몽골족들을 둘러봤다. 혼자지만 오히려 장내를 장악한 자의 모습이다.

그러다가 문득 주인을 잃은 말이 그의 곁을 스치고 지나갔다. 순간 적풍이 말고삐를 낚아챘다.

히힝!

낯선 손길에 놀란 말이 비명을 터뜨리며 반항했다. 그러나 어느새 적풍은 말 위에 앉아 있었다.

그리고 청룡검을 들어 자신이 끌려온 방향을 가리켰다. 그러자 거짓말처럼 검 앞에 있던 몽골족들이 좌우로 물러났다.

한마디 말도 없이 그렇게 자신의 기도만으로 적풍은 길을 열었다. 그리고 적이 열어놓은 길로 말을 몰았다.

두두두!

적풍을 태운 말이 흑수 강변을 질주했다.

"와!"

"우우우!"

멀리서 단웅족이 소리를 질러댔다. 꼼짝없이 죽은 줄 알았던 적풍이 적진을 뚫고 강변을 질주하는 모습이 단웅족 용사들의 사기를 한껏 끌어 올렸다.

반면 몽골족의 두 부족장 얼굴은 붉게 상기됐다. 사로잡은 적을 놓친 것은 치욕스런 일이 아닐 수 없었다.

만약 이대로 흥안령을 넘어 도주한다면 초원의 모든 부족에게 이 소식이 전해질 것이다.

그건 부족을 이끄는 그들에게 용납할 수 없는 수치다.

두 몽골 족장이 서로를 바라봤다. 그러고는 약속이나 한 것처럼 강변을 질주하는 적풍을 향해 말을 몰기 시작했다.

"오오오!"

단웅족과 몽골족의 함성이 뒤섞여 일어났다.

양쪽에서 마주 달려오는 적풍과 두 족장의 격돌이 초원 용사들을 흥분시키고 있었다.

이런 대결이야말로 강자가 모든 것을 지배하는 북방의 세계에 가장 어울리는 대결이었다.

적풍의 옷자락이 깃발처럼 휘날렸다. 적풍이 청룡검을 어깨 뒤로 올렸다.

슈슝!

몽골의 두 족장이 먼저 화살을 날렸다. 달리는 말 위에서 날리는 화살이 놀랍도록 정확했다.

적풍이 청룡검을 휘둘러 자신의 심장과 미간을 노리고 날아드는 화살을 쳐냈다.

차앙!

맑은 충돌음의 여운이 채 끝나기도 전에 두 족장이 나는 듯이 적풍을 향해 검을 휘둘렀다.

순간 적풍이 청룡검을 들어 오른쪽의 적, 부족장 마금의 검을 막아내는 동시에 상체를 말 왼쪽으로 기울여 왼쪽에서 달려드는 몽골족 족장 고무의 검을 피했다.

고무의 검이 서늘한 바람을 일으키며 적풍의 머리 위를 스치고 지나갔다. 그 순간 적풍이 왼손을 뻗어 고무의 요대를 등 뒤에서 낚아챘다.

"헛!"

고무의 입에서 헛바람이 새어 나왔다.

고무의 몸이 단번에서 말 등에서 벗어나 허공에 떠올랐다. 그러고는 돌덩이처럼 삼사 장 밖으로 내동댕이쳐졌다.

쿵!

"억!"

고무의 입에서 처절한 비명이 흘러나왔다. 뼈가 부러졌는지 제대로 움직이지도 못했다.

그사이 적풍이 말머리를 돌려 다른 몽골 족장 마금을 향해 달려들었다.

"두고 보자!"

마금이 한마디 경고를 남기고는 말을 몰아 도주하기 시작했다.

"지옥에서?"

적풍이 한 차례 볼을 씰룩이더니 그대로 청룡검을 내던졌다.

퍽!

무서운 속도로 공기를 뚫고 날아간 청룡검이 그대로 마금이 탄 말 뒷다리에 꽂혔다.

말이 비명을 지르며 고꾸라졌다. 덕분에 마금 역시 나무토막처럼 튕겨 나가 땅 위에 나뒹굴었다.

그런 마금을 향해 어느새 다가왔는지 적풍이 말을 탄 채 닥쳐들었다. 그는 미처 마금이 몸을 제대로 가누기도 전에 빈 검집으로 상대의 머리를 후려쳤다.

퍽!

둔중한 타격음이 터져 나오더니 마금이 그대로 정신을 잃고 쓰러졌다.

"와아아!"

순식간에 두 명의 적장을 제압한 적풍의 활약에 단웅족의 용사들이 사방에서 소리를 질러댔다.

적풍은 말 위에 앉은 채 자신을 향해 환호성을 질러대는 단웅족의 용사들을 바라봤다.

그 순간 적풍의 가슴속에서 투기와는 또 다른 기이한 감정이 불쑥 머리를 내밀었다.

등줄기를 타고 오르는 쾌감, 그건 단지 싸움의 승리에서 오는 쾌감만은 아니었다. 단웅족이 질러대는 환호성에서 적풍은 본능적인 지배자의 쾌감을 느꼈던 것이다.

"이거… 생각보다 괜찮은데?"

그 순간만큼은 천하가 자신의 발아래 있는 것 같았다.

"이래서 왕이 되려고들 하나?"

적풍이 한 줄기 미소를 지었다. 그러다가 갑자기 입안에 고인 침을 내뱉으며 갑자기 욕설을 해댔다.

"젠장, 그러거나 말거나 또 떠나야 하는 건가?"

뒤늦게 깨달은 사실이 현실의 위험을 생각나게 했다. 익골이 최대한 솟구쳤고, 검은 안광이 파도처럼 넘쳐흘렀으며, 믿을 수 없는 신력을 내보였다.

곧 소문이 날 것이다. 추격자가 있다면 오늘 몽골족과의 싸움에서 적풍이 보인 모습을 놓치지 않을 것이다.

떠날 이유는 차고도 넘쳤다.

"그런데 말이야, 정말 언제까지 도망만 다닐 거냐. 한번 붙어봐? 오늘 보니 나도 꽤 세진 것 같은데……."

적풍의 눈에서 새삼스럽게 검은 안광이 번뜩였다.

　　　　　*　　　　　*　　　　　*

거대한 불꽃이 타올랐다.

둥둥둥!

짐승 가죽으로 만든 투박한 북소리가 요란하게 밤하늘로 퍼져 나갔다.

그 속에서 단웅족의 우두머리들이 둥글게 원을 그리고 앉아 잔치를 벌이고 있었다.

북쪽 가운데 자리 잡은 족장 고웅타는 연신 호탕한 웃음을 터뜨렸다. 마치 자신이 세상의 제왕이라도 된 듯한 모습이었다.

잔치를 시작하기 전 목을 벤 적장 마금과 고무의 시체가 한쪽에 나뒹굴고 있었고, 그들이 흘린 피가 아직도 불빛 아래 번들거리고 있었다.

하지만 단웅족은 그에 아랑곳하지 않고 시끌벅적한 잔치를 밤이 깊도록 이어가고 있었다.

"더러운 족속들! 퉷!"

사혼이 입안에 고인 침을 뱉으며 나직하게 중얼거렸다. 적풍은 묵묵히 술잔을 기울이고 있었다.

마유주 특유의 향이 입안에 퍼졌지만 사실 술맛은 느껴지지도 않았다.

"뭘 그렇게 생각하나?"

자신의 말에 반응이 없자 사혼이 적풍을 툭 치며 물었다.

"뭐, 그냥……."

"좋은 소식 알려주랴?"

"뭡니까?"

"조금 있으면 족장이 네게 큰 선물을 줄 거다. 흐흠… 결국 계획대로 된 거지."

"선물이요?"

"그래. 모두 내 덕인 줄 알아라."

"뭔데요?"

"들어봐."

사혼이 눈으로 족장 고웅타를 가리켰다. 마침 고웅타의 시선이 사혼과 적풍에게 머물러 있었다.

"형제들!"

고웅타가 손을 들어 소란을 잠재웠다.

"모두 취했는가?"

"예, 족장!"

"기분 좋습니다."

본래 북방의 야인들에게 주군에 대한 예법이란 존재하지 않는다.

"좋아. 오늘 정말 대단했지?"

"그렇고말고요! 저 사나운 몽골놈들 이천을 물리치지 않았습니까? 그것도 그놈들 족장 셋을 모두 잡아 죽이고 말입니다."

대답을 한 자는 단웅족에 두 명밖에 없는 천호장 걸사우다.

"그래, 그랬지. 그런데 걸사우!"

"예, 족장!"

"그게 누구 공인가?"

"예?"

천호장 걸사우가 갑작스런 질문에 대답을 하지 못하고 반문했다.

"오늘날 우리가 저 사나운 몽골인들을 물리친 공이 누구에게 있느냐는 것이다. 어떤가? 누구에게 그 공이 있나?"

"그, 그야 당연히 족장님의 용맹하신……."

"그만! 우리 단웅족은 허언을 내뱉지 않는다. 단웅족의 입에서 나온 말은 언제나 명예롭다. 비록 글은 배우지 않았지만 약속은 돌같이 단단하고 한 번 뱉은 말은 결코 주워 담지 않는다. 그러니 바로 말해라. 누구의 공인가? 아니, 누구 공이 가장 큰가?"

고웅타가 다시 묻자 천호장 걸사우의 시선이 자연스럽게 적풍과 삼보노에게로 향했다.

단웅족의 누구도 적풍이 이번 싸움에서 가장 큰 공을 세운 사람이란 걸 부인하지 못할 것이다. 적의 우두머리 셋을 상대해 이긴 적풍이다.

"역시 유괴겠지요."

걸사우가 대답했다. 하지만 떨떠름한 표정이다. 인정하고 싶지 않은 일을 인정한 것 같았다.

"그렇지? 그럼 공을 세웠으니 상을 줘야지. 그게 이 땅의 율법! 싸움에서 공을 세운 자는 상을 받는다! 유괴!"

고웅타가 적풍을 불렀다.

"예, 족장."

적풍이 앉은 채로 고웅타를 보며 대답했다. 이 또한 북방 야인들의 자유스런 모습이다.

"이번엔 정말 놀랐다. 네게 그런 솜씨가 있는지 몰랐어. 힘이 센 줄은 알았지만 말이다."

"운이 좋았습니다."

"하하, 운으로 적장 셋을 베지는 못해. 아무튼 이런 전과(戰果)는 우리 단웅족 역사에 한 번도 없었던 것이다. 그래서 아주 특별한 상을 주려 한다."

고웅타의 말에 적풍보다 단웅족 용사들이 더 관심을 보였다. 과연 몽골 족장 셋을 잡아 죽인 사람에게는 어떤 상이 주어질지 모두가 궁금한 모양이었다.

"이번 싸움으로 근방의 부족들이 앞다퉈 우리 단웅족에 들어오려 할 것이다. 또한 사방의 뛰어난 사냥꾼들도 스스로 단웅족이 되길 자처하겠지. 아마… 천여 명은 늘어나지 않을까?"

고웅타가 옆에 앉은 또 다른 천호장 울루에게 물었다.

"그보다 더 많지 않을까요? 이젠 우리 단웅족이 이 북방의 패자가 될 겁니다."

두툼한 몸집을 자랑하는 울루가 대답했다.

"하하하, 울루 자넨 항상 욕심이 많아. 사람이 제법 모여들긴 하겠지만 아직은 북방의 패자를 자처할 정도는 아니지. 그러기 위해선 앞으로 할 일이 많아. 아무튼 말이야. 천여 명 이상은 모여들 것 같은데… 난 그들을 유괴 네게 맡기려 한다. 단웅족에 새로운 천호장이 탄생하는 것이지."

"천호장을 말입니까?"

울루와 걸사우가 놀란 얼굴로 되물었다.

"그 정도 공은 세웠잖아?"

"하지만 유괴의 나이가 아직 어린데……."

"이봐라, 이 땅에서 언제부터 나이를 따졌나? 센 놈이면 다지."

"하지만 백호장도 거치지 않고 바로 천호장이라시면… 다른 백호장들이 서운해할 겁니다."

"그럴까?"

"아마도……."

울루가 조심스레 대답했다.

"너희들 정말 서운하냐?"

고웅타가 천호장 울루와 걸사우 옆으로 줄지어 앉아 있는 중년의 사내들에게 물었다.

이들이야말로 단웅족을 떠받히는 기둥들로 스무 명 남짓한 백호장이다.

만약 누군가 새로 천호장이 되어야 한다면 당연히 이들 중에서 천호장이 나오는 것이 가장 자연스러운 일이었다.

고웅타가 이들이 의견을 물은 것은 그 때문이었다.

"저희이야 족장님의 명에 따를 뿐입니다."

백호장 중 한 명이 대답했다.

골도후라는 이름을 가진 자로 다음 대 천호장으로 가장 유력한 용사였다.

호랑이 같은 용맹과 뱀 같은 지혜를 모두 가지고 있다고 알려진 단웅족 제일의 용사가 바로 그였다.

"골도후! 입에 발린 소리는 하지 마라. 네 생각을 말해봐."

고웅타가 눈살을 찌푸리며 말했다.

그러자 골도후가 잠시 고웅타의 눈치를 보다가 결심을 한 듯 입을 열었다.

"이번에 유괴가 세운 공은 천호장이 되기에 충분하긴 합니다. 하지만……."

"하지만 뭐가 문제냐?"

"유괴는 단웅족의 사람이 아닙니다."

"지금 혈통을 따지자는 것이냐? 혈통을 따지고 들면 단웅족에 남아 있을 사람이 몇이나 되겠는가?"

고웅타가 화가 난 모습을 보였다. 이 땅에서 혈통을 따지는 것은 오로지 족장의 가문에게만 허용되는 것이다.

족장의 가문 이외의 단웅족에게 혈통은 그리 중요한 문제가 아니었다. 단적으로 단웅족의 용사 중 태반은 최근 들어 외부에서 들어온 사람들이었다.

"혈통을 따지자는 것은 아닙니다. 다만 외부에서 들어온 지 얼마 되지 않은 유괴가 천호장이 되려면 한 번의 전공으로는 부족함이 있다는 것이지요."

"흐흠… 그렇긴 하군. 유괴가 싸움에 참여한 것도 이번이 처음이니……."

고웅타가 고개를 끄떡였다.

그런데 두 사람의 대화를 듣고 있던 적풍의 눈빛이 냉랭해졌다. 듣다 보니 어쩐지 두 사람이 미리 말을 맞춘 것 같기 때문이었다.

'이자들이 원하는 것이 따로 있나?'

그런 생각을 하는데 골도후의 목소리가 다시 들렸다.

"능력으로 보자면 이번에 몽골 족장 셋을 잡은 유괴는 충분히 천호장이 될 능력이 있다 하겠습니다. 다만 그에게 부족한 것은 단웅족으로서 지낸 시간이겠지요."

"뒤로 미루자는 말이구나."

고웅타가 물었다.

"그것보다는 모든 사람이 인정할 수 있는 공을 하나 더 세울 기회를 주는 것이 좋을 듯합니다만……."

"뭘 말하는 것이냐?"

"아직 수타이가 살아 있습니다."

"수타이! 그자를 잡자고?"

고웅타가 짐짓 놀란 표정으로 되물었다.

"그렇습니다. 어차피 그자는 살려두면 언제든 화근이 될 것입니다. 이 기회에 추격대를 꾸려 그자를 잡지요. 그리고… 그자의 머리를 가져오는 사람을 새로운 천호장으로 삼는 겁니다. 유괴가 수타이의 목을 잘라오면 아무도 유괴를 천호장으로 세우는 것에 반대하지 않을 것입니다."

"수타이라… 잡긴 잡아야지. 유괴!"

"예, 족장님!"

"수타이를 잡아보겠는가?"

"그러지요."

적풍이 순순히 대답했다. 마치 주머니 속에 든 물건을 꺼내는 듯 쉬운 일인 것 같은 표정이다.

그 대답에 고웅타가 조금 놀란 표정을 짓다가 갑자기 호탕한 웃음을 터뜨렸다.

"하하하! 좋아좋아. 과연 적장 셋을 잡은 용사다운 배포다. 수타이를 잡아 오면 그 즉시 넌 단웅족의 천호장이 된다. 그리고… 수타이의 추격에 나설 자는 누구든 나서도 좋다. 유괴뿐 아니라 누구라도 수타이의 목을 가져오라. 그럼 단웅족의 세 번째 천호장이 될 것이다!"

"와아!"

"호오옷!"

고웅타의 선언이 끝나는 순간 사방에서 환호성이 터졌다. 단웅족 용사들 사이에서 새로운 전의가 일어났다.

그 흥분 속에서 다시 잔치가 시작됐다.

적풍은 장내가 소란스러워지자 고웅타에게 고개를 숙여 보이고는 자리를 떠 자신의 천막으로 돌아왔다.

기분이 더러웠다.

한바탕 고웅타의 말장난에 놀아난 느낌이었다. 그래서 마음속에 한마디 말을 묻어뒀다.

'돌아왔을 때 또다시 딴소리를 하면 그땐 족장, 당신의 목을 잘라 버리겠어'라고…….

느긋하게 잠을 잤다. 먼 길 떠나기 전에는 잠을 충분히 자두는 것이 좋다.

그러다 보니 결국 잠을 깬 것은 삼보노 사혼이 시끄럽게 떠들어댔기 때문이었다.

"일어나라. 이런 날 늦잠이라니 뭐하는 짓이냐?"

사혼이 적풍이 덮고 있던 낡은 모포를 걷어치우며 소리쳤다.

"해가 떴나요?"

"점심 먹고 갈 생각이냐?"

눈을 들어보니 과연 열린 천막 사이로 눈부신 햇살이 들이치고 있었다.

"그럴 수야 없지요."

"다른 놈들은 벌써 떠났어."

"조금 서둔다고 수타이의 목이 그들의 것이 되지는 않습니다."

"그래도… 백호장 다섯이 추격에 나섰다. 각자 부족에서 가장 용맹한 수하들을 데리고 말이야."

"뭘 거추장스럽게……."

적풍이 자리를 털고 일어나 가죽 옷을 걸치고는 청룡검을 챙겨 들었다.

"어떻게 찾을래?"

"예?"

"수타이 말이다."

"뭐… 어떻게 되겠지요."

"하여간 대책 없기는… 나와봐라."

사혼이 천막 입구로 걸어가며 손짓을 했다.

적풍이 어젯밤 챙겨둔 짐들을 주섬주섬 둘러메고 천막을 나섰다. 낯선 자 셋이 쭈뼛거리며 천막 앞에 서 있었다.

"누굽니까?"

기색을 보니 사혼과 아는 사이인 것 같아 적풍이 물었다.

"널 따라가고 싶다는구나."

"나를요? 일없습니다."

적풍이 퉁명하게 말했다.

그러자 삼 인 중 키가 작고 날카로운 인상의 사내가 앞으로 나서며 말했다.

"동행을 허락해 주십시오."

"언제 보았다고. 퉷!"

적풍이 투덜거리며 침을 뱉었다.

나이로 보면 적풍보다 대여섯 살은 많아 보이는 자들이다. 그런데 초면부터 마치 상전을 대하듯 굽실거리고 들어오는 모양새가 영 적풍의 마음에 들지 않았다.

나이가 많음에도 비굴하게 구는 것은 속셈이 있다는 뜻이다. 사실 이들이 원하는 것을 짐작 못할 것도 없었다.

적풍이 수타이의 머리를 가져와 천호장이 되면 그 아래서 백호장이라도 되어보려는 속셈일 것이다.

"데려가거라."

적풍이 거절하자 사혼이 끼어들었다.

"내 몸 하나 간수하기도 힘듭니다."

적풍이 말뚝에 걸어놓은 말고삐를 풀며 심드렁하게 대답했다.

"도움이 될 거다. 내가 봐둔 사람들이다."

그 말에 적풍이 손을 멈추고 사혼을 돌아봤다.

"사부님이요?"

"그래. 물론 널 위해 준비한 사람들은 아니고, 날 위해 살펴온 사람들이다. 북방의 지리에 정통하고, 야인들의 풍습도 잘아는 친구들이다. 물론… 도검도 제법 쓰지."

"은밀히 사람을 준비하고 있다니… 사부, 꿈이 크시군요."

"흐흐, 그럼 내가 족장의 늙은 스승으로 머물 줄 알았느냐?"

"이거이거, 경쟁자가 한 명 더 생긴 건가?"

"설마 네놈 천호장 이상을 바라는 거냐?"

"뭐… 기회가 닿으면 거부할 생각은 없지요."

적풍이 훌쩍 몸을 날려 말 위에 올라탔다.

"그럼 너와 먼저 담판을 지어야겠구나."

"그 일은 돌아와서 결판을 내지요."

적풍이 대답을 하고는 말을 움직이기 시작했다.

"따라들 가게."

사혼이 세 사람에게 고개를 끄떡이며 말했다. 그러자 세 사람이 얼른 말에 올라 적풍의 뒤를 따르기 시작했다.

"이럇!"

한순간 적풍이 말에 박차를 가했다. 그러자 그를 태운 말이 쏜살같이 단웅족 촌락을 가로지르기 시작했다.

두두두!

늦은 아침 지축을 울리는 말발굽 소리와 함께 적풍이 단웅족 숙영지를 벗어났다.

단웅족 사람들이 천막 앞으로 나와 멀어지는 적풍을 일행을 호기심 가득한 눈을 바라봤다.

"어째 기분이 영 찝찝해… 괜히 딸려 보냈나? 돌아와서는 저 놈들이 더 이상 내 사람이 아닐 것 같은 생각이 든 단 말이야."

사혼이 눈살을 찌푸리며 중얼거리다가 문득 한 곳에 시선이 머물렀다.

"어라? 저 계집도 녀석에게 관심이 있는 건가?"

사혼이 족장 고웅타의 모전천막과 붙어 있는 흰색 천막을 바라봤다. 그 앞에 여우 가죽으로 만든 옷을 입고 있는 소녀가 서 있었다.

단웅족의 사람이라면 누구나 소녀를 알고 있다. 고웅타는 아들이 없고 유일하게 고이령이라는 딸이 하나 있는데 천막의 앞의 소녀가 그녀였다.

"흐흠… 족장이 천호장을 내걸어서 생각보다 인심이 후하다 생각했더니 이제 보니 녀석을 사위로 삼을 생각인가? 하긴, 족 내의 반발을 무마하려면 족장의 사위가 되는 것도 나쁘지 않지. 그런데… 그렇게 되면 녀석이 과연 내 말을 들으려고 할까?"

사혼이 머리를 긁적이다가 문득 고개를 저으며 중얼거렸다.

"무슨 상관인가. 이도 저도 안 되면 모두 죽여 버리고 말지. 아무튼 흑사회를 재건하려면 이곳에서 힘을 길러내야 하니까."

그러다가 이젠 점으로 변한 적풍 일행을 보며 중얼거렸다.

"참 알 수 없는 놈이야. 무림에 굴러다니는 삼류 호흡법을 천지밀법으로 속여 전해주고, 흔하디흔한 삼재검을 진천벽력검법으로 속여서 가르쳤을 뿐인데… 둘 중 하나다. 무학의 천재든, 본신 내력을 숨기고 있든. 어느 쪽이든 위험하긴 마찬가지야. 내 것이 아니라면……"

제2장
설루

낯선 사람들이 어둠이 내린 마을로 들어섰다.

많아야 서른 채를 넘지 않는 초옥들이 옹기종기 모여 있는 요하변의 작은 마을이었다.

불청객들은 마을 외곽의 한 초가로 향했다.

초가에서 구수한 연기 냄새가 흘러나오고 있었다. 아마도 늦은 저녁을 짓기 위해 아궁이에 불을 넣고 있는 모양이었다.

"루야! 저녁은 아직 멀었느냐?"

문득 방 안에서 늙은 사내의 목소리가 들렸다.

"이제 다 되었어요. 가져갈게요."

사내의 말에 부엌에서 앳된 목소리가 들리더니 부엌문이 열리고 이십 세 전후의 여인이 밥상을 들고 나왔다.

그런데 부엌을 나선 여인이 밥상을 든 채 돌처럼 굳어지며 그 자리에 멈춰 섰다.

여인의 눈에 어둠 속에서 자신을 바라보고 있는 세 명의 불청객이 보였던 것이다.

"누, 누구세요?"

여인이 떨리는 목소리로 물었다.

방에서 흘러나오는 희미한 불빛에 비친 불청객들의 얼굴은 처음 보는 자들의 것이었다.

태어나면서부터 이 마을에 살아서 마을 사람이라면 누구든 단박에 알아볼 수 있는 그녀였다.

"누가 왔느냐?"

여인의 목소리를 들었을까. 방문이 열리며 늙수레한 초로의 사내가 고개를 내밀었다. 그러다가 여인과 마찬가지로 불청객들을 발견하고는 놀란 표정으로 서둘러 밖으로 나왔다.

"누, 누구시오?"

여인과 같은 질문을 초로의 사내가 던졌다.

"당신이 설찬이오?"

그때까지 침묵을 지니고 있던 불청객 중 하나가 초로의 노인에게 물었다.

순간 노인이 재빨리 밥상을 들고 있는 젊은 여인에게 다가가 그녀 앞을 가리듯 서며 대답했다.

"그렇소. 내가 설찬이오만… 무슨 일로 나를?"

노인 설찬의 목소리에 두려움이 가득하다. 그도 그럴 것이 얼핏 불청객들의 손에 들린 도검이 보였기 때문이다.

그때였다.

갑자기 초옥 마당에 일진광풍이 부는 듯하더니 어느새 불청객 중 한 명이 노인 설찬의 목에 시퍼런 칼을 들이대고 있었다.

노인 설찬의 두 다리에 힘이 쭉 빠졌다. 이자들이야말로 풍문에서나 듣던 바로 그 무림인이 분명했다.

그런데 이런 무서운 자들이 왜 자신을 찾아왔단 말인가. 무림이란 곳은 옛이야기처럼 듣기만 했지 자신과는 전혀 상관없는 곳이었다.

"지금부터 내가 묻는 말에 잘만 대답하면 당신과 당신의 딸에게는 아무런 일도 일어나지 않을 것이다. 그러나 제대로 대답을 하지 못한다면 그땐 너희 두 부녀는 죽는다."

"…무, 무엇을……?"

설찬이 겁에 질려 제대로 말을 잇지도 못했다. 그러자 불청객이 슬쩍 시선을 돌려 설찬의 등 뒤에 있는 여인을 보며 물었다.

"당신 딸의 이름이 설루인가?"

"그, 그렇습니다만……."

"좋아. 그럼 제대로 찾아왔군. 생각해 보니 당신보다는 당신 딸에게 묻는 게 더 빠르고 정확하겠군. 이리 나와봐라."

검을 든 사내가 설찬의 등 뒤에 서 있는 그의 딸 설루를 불렀다.

그러자 여인이 겁을 먹은 표정을 하면서도 밥상을 내려놓고 아버지 옆으로 나섰다.

"좋아, 제법 강단이 있군. 소문대로야. 천하일색에 재기를 겸비했다더니……."

사내의 눈이 훑듯이 설루의 몸을 쓸어내렸다. 순간 설루는 자신의 몸에 뱀이 기어가는 듯 소름 끼침을 느꼈다.

자신도 모르게 설루의 몸이 부르르 떨려온다. 살면서 단 한 번도 만나보지 못한 부류의 사람들이다.

"묻겠다. 구천이란 이름을 아느냐?"

순간 설루가 자신도 모르게 흠칫했다. 그러고는 본능적으로 도리질을 했다.

"모, 몰라요!"

그 대답이 채 끝나기도 전에 불청객의 검이 움직였다.

삭!

칼날이 번뜩이자 설찬의 상투가 잘려 나갔다. 설찬은 몸이 벌벌 몸이 떨려 입을 열어 살려달라는 사정조차 하지 못했다.

"경고는 한 번만 한다. 다음번엔 네 아비의 목이 떨어질 것이다. 난… 허언을 하는 사람이 아니야. 사람 죽이는 일이 특별한 일인 사람도 아니고. 그러니 이제부턴 제대로 대답해라. 구천이란 아이를 아느냐?"

사내가 재차 물었다. 그러자 설루가 망설이다가 결국 고개를 끄떡였다.

"알아요."

"좋아. 그 아이는 어디로 갔느냐?"

"그건 정말 몰라요. 어디에 있는지 저도 알고 싶어요."

설루가 단호하게 대답했다.

"그래? 그럴 수도 있지. 벌써 몇 년 전의 일이니까. 그런데…
듣자 하니 너와 그 아이가 혼약을 했다던데……?"

"아이구, 그건 아닙니다. 그럴 새도 없이 떠나 버렸는걸요. 나
도 그 아이가 듬직하니 마음에 들어 이 녀석과 짝을 지어줄 생
각이었는데, 어느 날 밤 인사도 없이 떠나 버렸습니다. 이후 그
런 헛소문이 돌아 이 아이는 혼삿길도 막히고……."

설찬이 억울한 듯 설루 대신 대답했다.

"혼인은 하지 않았지만 혼인을 생각할 만큼 가까웠던 것은
사실이군?"

사내가 되물었다.

"천을 좋아하기는 했어요. 그런데 왜 천을 찾으시는 거죠?"

설루가 입술을 지그시 물며 물었다.

당돌하고 대범하다. 질문하던 사내의 눈에 이채가 서린다.
새삼스레 설루가 눈에 들어온 모양이었다.

설루는 그런 사내의 눈빛에 거부감이 들어 한 걸음 뒤로 물
러났다.

"질문은 내가 하는 거다. 넌 대답만 하면 돼. 그 아이가 떠난
이유를 정말 모르느냐?"

사내가 칼처럼 날카로운 눈길로 설루의 눈을 보며 물었다.
한마디의 거짓도 용서치 않겠다는 기세였다.

"천의 어머니가 떠나기를 원하셨어요."

"왜?"

"그건 저도 잘……."

"혹, 그 아이의 몸에서 이상한 점을 발견하지 못했느냐?"

"무슨……?"

"골격이 기이하다든가, 혹은… 간혹 흰 눈동자가 사라질 정도로 검은 안광을 드러낸다든가 하는 것 말이다."

"그런 일은 없었는데요?"

"정말?"

사내가 다시 물었다. 그러자 설루가 얼른 고개를 끄떡였다.

"정말이에요."

설루의 대답에 사내가 말없이 한동안 설루를 응시했다. 그러다가 문득 검을 거두고 자신의 동료들이 있는 곳으로 돌아갔다.

"소득이 없구려."

그가 동료들에게 말했다.

"아주 없는 것은 아니오. 적어도 이곳에 머물렀다는 것은 알았으니."

"하지만 몇 년이나 지난 일이오."

"어쨌든 그들 모자의 흔적이 끊어질 듯하면서도 이어지니 다행한 일 아니겠소?"

"그렇기는 한데… 가만! 이봐라, 혹 그 아이의 어머니 이름을 들었느냐?"

"이름은 모르오. 다만 유씨 성을 쓴다는 것밖에는……."

설루 대신 아비 설찬이 얼른 대답했다. 어서 이들이 자신의 초가를 떠나길 바라는 표정으로.

"유씨라. 그럼 정말 그녀일 확률이 높군."

"그렇구려. 하! 그렇다면 반드시 찾아야 하는데. 그녀가 정말 천의비문의 유하가 맞다면 그 아들은……."

"남쪽의 일이 급하다니 이곳에서 지체할 수는 없소. 대주께 보고하고 사람을 몇 북쪽으로 보내봅시다."

"그럽시다."

그 말을 끝으로 불청객들이 연기처럼 사라졌다. 그러자 설찬이 설루의 옷자락을 잡아끌었다.

"어서 들어가자. 아무래도 예감이 좋지 않구나. 구천이 녀석에게 특별한 내력이 있을 거라고는 생각했지만, 설마 지금에 와서 녀석을 찾는 자들이 나타날 줄은 몰랐구나."

"잘 지내고 있겠죠?"

설루가 걱정스럽게 물었다.

"이 지경에도 그놈 걱정을 하는 거냐? 네 앞가림도 못하는 판국에……."

"아버지……."

"또 그놈이 네 서방이란 소리를 할 거면 그만두거라. 그깟 하룻밤 인연 따위……!"

설찬이 화가 난 듯 방문을 열고 들어갔다.

그러자 설루가 마루에 내려놓았던 밥상을 들며 중얼거렸다.

"온다고 했으니 반드시 돌아올 거야. 죽지 않았다면……."

밤이 깊어졌다. 불 밝힌 초가가 거의 없을 정도였다. 설루의 초옥 역시 불이 꺼진 지 오래였다.

그런데 불 꺼진 설루의 초가 앞에 갑자기 한 사람이 불쑥 나타났다.

"실로 오랜만이 아닌가! 이런 미녀를 본 것은. 궁주께서야 호천대에 있는 동안은 색탐을 금하라 하셨지만, 그야 뒤처리를 깨끗하게 하면 될 일, 진흙 속에 나뒹구는 보물을 보고도 줍지 않으면 어찌 천하의 구지마 기륜이라 할 수 있겠는가!"

사내의 눈빛이 음흉하게 번뜩였다. 붉은 기운이 가득해 사람의 심장을 태워 버릴 듯한 안광이다.

그도 그럴 것이 구지마 기륜이라면 당대 무림에서 손꼽히는 마인 중 하나였다.

천산마문과 더불어 천하이대마문으로 불리는 혈궁의 고수인 그는 손속이 독하고 심기가 음험한 인물로 알려져 있었다.

그런 그에게 세상이 알지 못하는 비밀이 하나 있었다. 그건 바로 그가 사람들의 눈을 피해 음행(淫行)을 즐기는 색마라는 사실이었다.

오직 혈궁의 몇몇 수뇌만이 알고 있는 그의 음행은 잔인하기 이를 데 없었다.

그는 자신이 겁간한 여인은 반드시 죽였다. 이유는 자신의 행적을 세상에 드러나지 않게 하기 위함이었다.

그의 음행을 알고 있는 혈궁의 수뇌들은 항상 그에게 특별한 주의를 주곤 했다. 그의 음행이 알려지면 혈궁이라 할지라도 그를 지켜줄 수 없기 때문이었다.

그런 그가 누추함 속에서도 보석처럼 빛나는 미모를 지닌 설루를 욕심내고 있었다.

그 자신에게 부여된 특별한 임무, 그 임무조차 잠시 잊을 정도로 강하게 음심이 동한 구지마 기륜이 초가의 두 방 중 오른쪽 방에 시선을 주었다.

"예쁘장한 계집의 신발이 있는 곳에 보물이 있겠지? 후후, 이야기가 잘되면 거두고 싶은 계집이야. 한 번 즐기고 죽이기에는 너무 아까워."

기륜이 서슴없이 여인의 신발이 놓인 방 쪽으로 걸어가며 중얼거렸다.

"악!"

날카로운 비명에 설찬이 눈을 떴다.

"저리 가!"

다시 들려오는 딸의 외침에 설찬이 자리를 차고 일어나 방밖으로 뛰어나갔다.

방을 나선 설찬이 마루 아래에 놓아둔 낫을 찾아들고 딸 설루의 방으로 달려갔다.

그러자 그의 눈에 옷이 찢겨진 채 방 구석에 몰려 있는 설루의 모습이 보였다.

"이런 죽일 놈!"

상대가 누군지 확인할 겨를도 없었다. 그에게 등을 돌리고 있는 검은 옷의 사내를 향해 설찬이 온 힘을 다해 낫을 휘둘렀다.

그런데 그 순간 설루를 위협하던 검은 옷의 사내가 거짓말처럼 사라졌다.

"이놈이?"

설찬이 설루를 등으로 가리며 재빨리 몸을 돌렸다. 그러자 어둠 속에서 아직 기억에 생생히 남아 있는 자의 얼굴이 보였다.

"늙은이가 제법 강단이 있군."

"다, 당신은……?"

"참 보물 같은 딸을 두었어. 내게 주면 평생 호강시켜 주지."

"이런 개 같은 놈!"

딸을 두고는 설찬도 두려움이 사라졌다.

어떻게 키워온 딸인가. 아내가 죽은 후 오로지 딸이 크는 낙으로 살아온 설찬이다.

고관대작은 아니라도 마음 착한 사위를 보는 것이 일생일대의 꿈인 설찬에게 이런 마귀 같은 음적은 개보다 못한 인간이다.

"제길, 계집 하나 취하려다 이런 빌어먹을 욕을 듣는군. 너무 오랜만에 듣는 욕이라 조금 당황스럽기까지 하네."

설루를 겁탈하려던 구지마 기륜이 오른손으로 턱을 쓸며 중얼거렸다.

그러자 네 개밖에 없는 그의 차가운 손가락이 선명하게 드러났다. 그가 구지마라 불리는 이유는 그의 오른손 손가락이 네 개뿐이기 때문이었다.

"당장 물러가라! 이 음적!"

설찬이 다시 소리쳤다. 그러자 구지마 기륜이 희미한 미소를 지으며 중얼거렸다.

"고민할 게 없지. 뭘 해야 할지 모를 때는 평소에 하던 것을 하면 되니까!"

한순간 환영처럼 설찬 앞으로 다가든 기륜이 손을 휘둘렀다.

퍽!

손에 든 낫을 미처 휘두르기도 전에 설찬이 기륜의 권장을 맞고 허공에 떠오르더니 오른쪽 벽에 날아가 부딪혔다.

"억!"

설찬이 신음 소리를 내며 나뒹굴었다.

그런 설찬을 향해 기륜이 오른손을 휘둘렀다. 그러자 기륜의 손에서 희미한 적색 기운이 일렁이더니 한순간에 설찬의 가슴을 후려쳤다.

"악!"

설찬의 입에서 재차 비명이 터져 나왔다. 한순간에 정신을 잃은 설찬이 그 자리에 고꾸라졌다.

"악적!"

설루가 악을 쓰며 설찬이 놓친 낫을 주워 들고 기륜을 후려쳤다. 그러나 기륜 같은 고수가 일개 소녀의 낫질에 당할 리 없었다.

기륜이 손을 교묘하게 틀어 낫을 든 설루의 손목을 잡았다.

"오늘 운이 없구나. 네 애비가 조금만 현명했어도 네 애비도 살고 너도 호강했을 텐데. 아쉬운 일이지. 아무튼 말이다, 마지막 가는 길은 황홀하게 보내주마. 흐흐."

기륜이 음소를 흘리며 중얼거렸다.

"놔라! 이놈!"

설루가 기륜의 손을 뿌리치며 소리쳤다. 그러나 강호의 대마두인 기륜의 힘을 설루가 당할 수는 없었다.

"나쁘지 않구나. 앙탈이라니. 흐흐흐, 이런 경우는 또 다른 재미가 있지."

기륜이 가볍게 오른손을 움직였다. 그러자 설루의 몸이 허공에 붕 떠오르더니 그녀의 침상에 내동댕이쳐졌다.

"나에게야 반항하는 것도 나쁘지 않다. 별스런 재미가 있으니까. 그러나 널 위해서는 반항하지 말거라. 고통스러울 테니 말이야."

기륜이 침상에 앉으며 말했다. 정말 설루를 걱정하는 듯한 표정이다.

"간악한 놈!"

"물론 난 그렇게 불려도 손색이 없는 사람이지. 그리고 그게 기분 나쁘지도 않아. 내가 두렵다는 뜻이니까."

기륜이 설루의 저고리를 낚아채며 말했다.

순식간에 설루의 흰 어깨가 드러났다. 어깨가 드러나자 설루의 아름다움이 더욱 돋보였다. 신비로울 지경의 아름다움이다.

"이거… 정말 보물이구나!"

기륜이 침을 꿀꺽 삼켰다. 수많은 여인을 겁간한 기륜이지만 설루와 같은 소녀는 만나본 적이 없었다.

"다시 생각해 봐라. 내게 복종한다면 넌… 세상에서 가장 부유한 삶을 살 수 있을 것이다."

"차라리 죽고 말겠다."

"안 되지!"

기륜이 재빨리 손을 뻗었다.

번개 같은 기륜의 솜씨에 혀를 물고 자결하려던 설루의 아혈이 제압됐다.

"으으!"

"죽는 것은 일이 끝난 후에! 평생 널 가질 수 있으면 좋겠지만… 뭐 하룻밤도 나쁘지는 않지."

기륜이 다시 설루의 옷자락에 손을 가져갔다.

그런데 구지마 기륜이 막 설루의 치마고름을 풀려는 순간 갑자기 그의 목덜미에 따끔한 통증이 느껴졌다.

"이놈의 모기가?"

탁!

기륜의 손이 자신의 목덜미를 문 모기를 때렸다. 그런데 다음 순간 기륜의 표정이 묘하게 변했다.

"이… 건?"

기륜이 모기를 때려잡은 손을 앞으로 가져왔다. 그러자 있어야 할 모기는 없고 대신 실처럼 가는 은빛 침이 보였다.

"웬 놈이냐?"

기륜이 재빨리 몸을 돌리며 번개처럼 옆으로 움직였다.

"음!"

그런데 바람보다 빠르게 움직이던 기륜이 한순간 신음을 흘리며 한쪽 무릎을 꿇었다.

"독(毒)!"

기륜의 입에서 당혹스런 소리가 흘러나왔다.

"좀 고통스러울 텐데. 원하면 편하게 죽게 해줄 수도 있소."

나이 든 여인의 목소리가 들렸다.

기륜이 고개를 들어보니 눈앞에 백발의 여인이 서 있었다.

"누구냐?"

기륜이 여인을 노려보며 물었다.

"말해줄 수 없소."

"죽어가는 사람에게도 말이냐?"

"호천대의 열두 개 조는 언제나 조심해야지. 그중에서도 구조에 속한 자들은 범상한 자들이 아님을 알고 있소. 죽어가면서도 흔적을 남기는 자들이니까. 내가 정체를 밝히면 그댄 어떤 식으로든 나에 대한 단서를 남길 것이오."

여인의 말에 기륜의 눈빛이 번쩍였다.

"호천대의 비밀을 알고 있다는 건가?"

"이골마족(異骨魔族)을 쫓는 자들이란 건 알고 있소."

백발의 여인이 대답했다.

"그럼 이 행동이 얼마나 위험한지도 알 텐데?"

"그렇다 한들 연약한 여인이 겁탈당하는 것을 두고 볼 수는 없는 일이지."

"대단한 자신감이군."

"호천대의 눈을 피할 만한 능력은 있소. 그런데… 지금쯤이면 고통이 심할 텐데?"

여인의 말이 끝나자마자 기륜의 얼굴이 일그러졌다. 그의 이마에서 땀이 줄줄 흐르고 손이 덜덜덜 떨렸다.

"죽여라!"

기륜이 악을 쓰며 소리쳤다.

"한 가지 질문에 대답을 해주면 고통 없이 보내주겠소."

"뭐냐?"

"호천대를 이끄는 자, 묵안노의 정체가 뭐요?"

"그건… 아무도 모른다."

"모른다라… 그대조차도? 호천대 구 조의 고수인 그대조차도?"

"끄윽… 나라고 별수 있나. 아마 그에 대해 아는 사람은… 북두회의 일곱 회주밖에 없을 것이다. 우욱!"

급기야 기륜이 고통을 참지 못하고 머리를 방바닥에 댔다.

"좋소. 그건 믿어주지. 하지만 내 질문에 대답을 못 했으니 다른 질문 하나를 받아야 할 것 같소."

"뭐냐?"

"호천대의 다음 행선지는 어디요?"

"끄으으… 모, 모른다."

기륜이 힘겹게 대답했다.

"아니, 당신은 알고 있소. 행선지가 정해지지 않았다면 이렇게 빨리 이곳을 떠나지 않았을 것이오. 아마 이 두 부녀의 입을 바닥까지 열었을 거요. 이들의 오장육부가 토해질 때까지 말이오. 그게 호천대가 일하는 방식이니까. 아니오?"

"너… 너……."

기륜이 백발 여인을 노려보며 이를 갈았다.

"고통은 더 심해질 거요. 하지만 그대들이 지금껏 이골마족을 쫓으며 행한 악행에 비하면 그리 대단한 고통도 아니지."

"그들은… 무림제일적……."

"무림제일적이 아니라 그대들 북두회의 두려움이겠지. 그들의 존재를 세상에 함구하는 이유도 그 때문 아니오?"

"흐으으… 너도 이골마족이냐?"

"그랬다면 그대가 알아봤겠지. 이따위 더러운 버릇에도 불구하고 혈궁주가 그대를 호천대에 넣은 것은 바로 그 눈, 이골마족을 알아보는 그 눈의 뛰어남 때문이니까."

"끄아악!"

기륜이 고통을 참지 못하고 신음을 터뜨렸다.

"어디요? 다음 행선지가?"

백발 여인이 차갑게 물었다.

"남만 맹족의 땅……!"

"그곳에 누가 있소?"

"이골마족의 힘을 쓰는 자들이 모여 사는 마을이 맹족의 눈에 띄었다는 … 끄어억!"

기륜이 더 이상 말을 잇지 못하고 바닥에 나뒹굴었다. 그러자 백발 여인이 가볍게 손을 휘저었다.

팟!

그녀의 손에서 흘러나온 은침이 미세한 파공음을 남기고 기륜의 정수리에 박혔다.

그러자 거짓말처럼 기륜의 신음과 움직임이 멈췄다.

"주… 죽었나요?"

설루가 두려운 얼굴로 물었다.

"죽었다. 그도… 네 아버지도!"

그제야 설루가 퍼뜩 정신을 차렸다.

그녀가 방바닥을 기어 자신의 아버지 설찬에게로 다가갔다. 백발 여인의 말대로 설찬은 이미 숨을 거둔 상태였다.

"아버지!"

설루가 설찬을 끌어안고 오열했다. 그런 설루를 보며 백발 여인이 냉정하게 말했다.

"지금 즉시 이곳을 떠나야 한다. 그의 동료들이 다시 올 거다."

"그들은 대체 누구죠?"

설루가 원한이 가득 찬 눈으로 물었다.

"그보다 넌 그 구천이란 아이와 어떤 사이냐?"

백발 여인의 질문에 설루가 주춤 뒤로 물러났다.

"당신도 천을 찾나요?"

"그래."

"도대체 왜 모두들 그를 찾는 거죠?"

"그 아이가 무척 특별한 아이기 때문이지. 하지만 솔직히 내가 찾는 사람은 그 아이가 아니다. 난 그 아이의 어미를 찾고 있다."

"천의 어머니를요?"

"그래."

"왜죠?"

"내 조카니까. 지금껏 보살피지 않았던……."

"정말인가요?"

설루의 얼굴에 의심이 가득하다.

"당장에야 믿을 수 없겠지. 하지만 나와 함께 다니다 보면 알수 있을 게다. 내 말이 진실이란 것을!"

"설마 제게 함께 떠나자고 말씀하시는 건가요?"

"그렇다."

"어째서……?"

설루는 정신이 하나도 없었다.

이 생면부지의 여인이 왜 자신을 구하고 또 자신을 데려가려 하는지 아무것도 알 수 없었다.

"그 이유 또한 간단하다. 네가 그 아이와 혼약을 했으니까. 그럼 결국 너도 우리 가문의 사람이 아니겠느냐? 비록… 가문이 그들 모자를 버렸지만 말이다."

여인의 눈에서 설루는 진심을 읽었다. 그래서 그녀의 망설임은 길지 않았다.

그날 설루는 백발 여인의 도움을 받아 아버지를 산에 묻고 마을을 떠났다.

그렇다고 유취려라고 자신의 이름을 밝힌 백발의 여인을 온전히 믿은 것은 아니다. 다만 그녀를 따라가는 것 말고 설루가 택할 다른 길이 없었다.

더군다나 그녀는 구천, 아니, 적풍을 알고 있는 여인이니 결국 그녀를 따라다니다 보면 언젠가는 적풍을 만날 수 있을 거란 기대도 내심 하고 있었다.

*　　　　　*　　　　　*

초원이 며칠 이어지더니 듬성듬성 낮은 산들이 나타났다.

급기야 눈을 가리는 숲과 하늘에 닿을 듯한 봉우리들이 눈앞에 펼쳐졌다.

흥안령이다.

길은 세 갈래로 갈라졌다.

산으로 들어서는 서쪽 길, 남쪽 초원으로 내려가는 길, 북쪽 혹한의 설원으로 이어지는 길이었다.

"어디로 가시겠소?"

이산해가 물었다.

나이는 서른한둘 정도, 야인의 피를 이은 자는 아닌 것이 분명했다. 머리에 제법 먹물도 들어 보였다.

그럼에도 야인 땅에 산다는 것은 둘 중 하나다.

마음속에 야심이 있거나 혹은 적풍처럼 도망자거나.

"어느 쪽으로 가면 좋겠소?"

적풍이 반문했다. 그의 말투는 마치 그런 일을 조언하라고 당신을 데려온 것이 아니냐는 듯했다.

이산해가 바로 대답했다.

"길을 정하기 전에 일단 근방 마을을 찾아가 보는 것이 좋겠소."

"마을을?"

"그렇소."

"이유는?"

"어디로 도주를 하든 이쯤에서 준비를 해야 하기 때문이오. 약탈을 하든 금자를 주고 사든 혹은… 훔치든 말이오. 어디서든 그런 일이 있었다면 금세 근방에 소문이 퍼졌을 것이오."

"사람들이 그에 대해 말해주겠소? 후환을 두려워할 텐데."

적풍이 못미더운 표정으로 물었다. 그러자 이산해가 자신 있게 대답했다.

"말해줄 거요. 그들도 흑수 강변의 싸움에 대해 들었을 것이니, 이제 이 홍안령 동쪽 땅의 주인이 누군지 잘 알 것이오. 본래 이 땅의 사람들은 강자에 대해서 본능적인 복종심이 있소."

"그럴듯하군. 좋소, 그리합시다."

적풍이 허락하자 이산해 곁에 있던 무투가 입을 열었다.

"내가 마침 근방에 아는 곳이 있소이다."

무투는 단웅족 출신은 아니지만 야인의 피를 이은 자다. 단웅족이 처음 오르도의 수타이를 이긴 이후 단웅족에 합류했는데, 지난 흑수 강변의 싸움에서 몽골족 여덟을 벤 용맹한 자였다.

야인 출신이므로 근방의 지리에도 밝았다.

"앞장서시오."

동행한 지 닷새, 일행 사이에는 여전히 어색한 기운이 감돌았다. 적풍도 적풍이지만 그를 따라온 삼 인 역시 서로 친분이 돈독한 사이가 아닌 듯 보였다.

이들이 적풍과 동행하게 된 인연은 오직 하나, 삼보노 때문이었다.

삼보노는 이들 삼 인과 모두 친분이 있었는데 아마도 그들이 단웅족에 정착하는 데 도움을 준 것이 분명했다.

물론 그렇다고 이들이 삼보노의 부탁만으로 적풍을 따라온 것은 아니었다.

이들 역시 적풍이 가지고 있는 가능성을 직감하고 있었다. 나이는 어리지만 은연중에 좌중을 압도하는 기세가 있었고, 몽골 족장 셋을 무너뜨린 용맹함, 그리고 간혹 드러나는 소름 끼칠 정도로 차가운 성정은 누가 봐도 지배자의 그것이었다.

더군다나 눈앞에 다가온 권력도 있었다.

단웅족의 족장 고웅타가 약속한 천호장. 천호장만 되면 이 젊은 용사의 앞날은 무궁무진하다고 할 수 있었다.

천호장이란 신분은 야인의 땅에서 스스로 독립적인 일가를 이룬다는 의미를 가진다. 만약 그리되면 그들도 적풍 아래에서 자신들의 미래를 만들어갈 수 있었다.

그것이 바로 이들이 적풍을 따라온 근본적인 이유였다.

"내가 다녀오겠소."

마을이 나타나자 무투가 홀로 말을 몰아 마을로 향했다. 함께 가는 것은 마을 사람들의 경계심을 일으킬 수 있었다.

무투는 마을에 오래 머물지 않고 돌아왔다.

"하루 전에 백호장 골도후와 그 일행이 이곳을 지나갔다고 하오."

"수타이의 행방은?"

적풍이 물었다.

"역시 서쪽 산길을 택했소. 그런데……"

"문제가 있소?"

이번에는 이산해가 물었다.

"수타이를 따르는 사람이 생각보다 많다고 하오."

"이상한 일이군. 싸움에 패해 동료를 버리고 도주한 자를 누가……?"

초원에서 수하를 버린 우두머리는 설 자리가 없다. 지금쯤 수타이 일행의 숫자는 열이 넘어서는 안 된다.

"이유야 알 수 없으나 족히 오십은 넘는다고 하오."

"오십이라. 그럼 쉽지 않을 수도 있겠군."

이산해가 어두운 안색으로 중얼거렸다. 앞서간 백호장 골도후와 다른 백호장들의 추격대도 오십이 넘지 않는다. 싸움을 한다면 승패를 가늠하기 어려운 숫자였다.

"나름대로 신망을 얻었던 모양이군."

적풍이 중얼거렸다.

"하긴 예부터 수타이가 다른 부족에게는 패악을 부렸으나 자신의 수하들에겐 아낌이 없었소."

무투가 대답했다.

"갑시다. 아무튼 그의 목은 필요하니까."

적풍이 말을 몰아 산속으로 이어진 길을 달리기 시작했다. 그러자 나머지 삼 인도 서둘러 적풍의 뒤를 따랐다.

*   *   *

오르도의 족장 수타이와 조우한 것은 삼 일 뒤였다.

그는 노련한 자였다.

추격자의 숫자를 확인한 후 싸울 만한 숫자라고 판단한 수타이는 홍안령 깊은 계곡에서 추격자들을 기다렸다.

골도후는 단웅족의 백호장 중에서도 매우 노련한 인물이었다.

그는 성급하게 수타이를 잡으려고 진격하지 않았다. 매복에 대한 경계를 하지 않을 수 없었던 것이다.

골도후의 신중함으로 애초에 준비했던 매복이 소용없어진 것을 안 수타이는 결국 수하들을 자신 곁으로 불러 모았다. 그리고 적이 모두 모습을 드러낸 후에야 골도후가 진격했다.

양쪽의 숫자가 크게 차이 나지 않았으므로 싸움은 팽팽하게 진행됐다.

서로 화살을 쏘아대는 것을 시작으로 양측이 서서히 거리를 좁히기 시작했다.

초원에서라면 다양한 방법을 쓸 수 있을 테지만 산으로 둘러싸인 계곡 안에선 속임수를 쓸 수도 없었다.

화살이 다 떨어지면 결국 도검을 들고 생사결을 벌일 것이고, 그 싸움은 한쪽이 모두 쓰러질 때까지 계속될 것이다.

계곡을 가르는 화살의 숫자가 서서히 줄어들기 시작했다. 그러자 한순간 멀리 계곡 안쪽에 도사리고 있던 수타이가 검을 높이 들고 천둥 같은 소리를 질러댔다.

"죽여라. 단 한 놈도 살려두지 마라!"

추격자의 숫자를 가늠한 수타이가 전면전을 벌여도 패하지 않을 거란 계산이 선 모양이었다.

수타이의 명이 떨어지자 그의 수하들이 말을 몰아 계곡 앞쪽을 달려 나오기 시작했다.

"오오옷!"

수타이의 수하들이 전의를 돋우기 위해 괴이한 소리를 질러댔다.

"수타이가 저기 있다. 가서 그의 목을 잘라 늑대의 밥이 되게 하라!"

골도후가 사납게 소리쳤다. 그러자 단웅족의 용사들도 소리를 지르며 적을 향해 돌진하기 시작했다.

그렇게 오르도족 최후의 전사들과 단웅족 추격대 간에 치열한 생사전이 벌어졌다.

적풍은 말 위에서 손으로 턱을 괴고 허리를 숙인 채 산 아래를 응시하고 있었다.

단웅족과 오르도족이 질러대는 요란한 소리가 산 위까지 들려왔다.

"지금 가지 않으면 놈의 머리를 다른 사람이 차지할 수도 있소."

무투가 조급한 표정으로 말했다.

그도 그럴 것이 치열하던 싸움이 조금씩 단웅족에게 유리하게 전개되고 있었다.

추격에 참여한 단웅족의 용사들은 하나같이 부족에서 고르고 고른 용맹한 자들이었다.

반면 수타이의 곁을 지키던 자들은 비록 용맹하기는 하나 싸움에서 패한 이후 쉴 틈 없이 도주해서 무척 피곤한 상태였다. 그 때문에 시간이 지나자 그들은 급격하게 지치기 시작했다.

"계곡 뒤는 어떻게 보시오?"

적풍이 무투에게 물었다.

"워낙 가팔라서……."

"말을 타고 이동할 수는 있겠소?"

"설마 뒤를 치시려오?"

무투가 놀란 표정으로 물었다.

"그게 아니라 수타이가 너무 쉽게 밀려서 말이오."

"……?"

무투가 멀뚱한 표정으로 적풍을 바라보는데 곁에 있던 이산 해가 고개를 끄떡였다.

"옳은 말이오. 수타이는 음흉한 자요."

"산 위에 매복이 있을 거란 말인 것 같은데 그의 수하들은 얼추 숫자가 맞지 않소?"

무투가 그럴 리 없다는 듯 되물었다.

"우리가 모르는 자들이 있을 수도 있소."

"너무 걱정이 많은 것 아니오? 그랬다가 늦으면……!"

무투가 중간에 입을 닫았다.

"오오옷!"

갑자기 계곡의 뒤편에서 날카로운 고함 소리가 들려왔다. 그리고 일행의 눈에 절벽만큼이나 가파른 비탈을 타고 내려오는 이십여 기의 사람과 말이 보였다.

온통 검은 천으로 머리와 몸을 휘감은 자들은 마치 평지처럼 말을 몰아 가파른 산비탈을 달려 내려왔다.

"저자들은!"

이산해가 놀란 표정을 지었다.

"지금 내가 보고 있는 게 설마 혈랑대요?"

무투가 두려운 얼굴로 물었다.

"아무래도 그런 것 같소."

이산해가 고개를 끄떡였다.

"좋지 않구나! 역시 믿는 구석이 있었어. 그런데 어떻게 수타이가 혈랑대를……?"

무투가 고개를 갸웃했다.

"애초에 대막에서 돌아올 때부터 약속이 되어 있었을 것이오. 어쩌면 수타이가 그렇게 쉽게 몽골족을 끌어모을 수 있었던 것도 저들의 도움 때문이었을 수 있소."

"제길, 그렇다면 정말 쉽지 않겠구려."

무투가 걱정스런 표정으로 중얼거렸다.

나타난 자들이 정말 혈랑대라면 무투가 걱정할 만한 존재였다. 그들은 광풍사와 더불어 대막의 이대마적집단으로 꼽히는 자들이었다.

숫자는 광풍사에 비해 삼분지 일도 되지 않지만, 그 잔혹함과 귀신같은 칼솜씨로 인해 오히려 광풍사보다 무서운 자들로 여겨졌다.

그런 자들이 나타났다면 단웅족의 용사들이라 해도 겁을 집어먹을 수밖에 없었다.

그리고 걱정대로 전세는 금세 역전됐다.

단 스무 명일 뿐이지만 혈랑대의 마적들은 금세 전장을 장악했다. 단웅족의 용사들이 한순간에 뒤로 밀리기 시작했다.

더 문제가 된 것은 골도후를 따라 수타이 추격에 나선 백호장 중 한 명인 도골이 혈랑대의 마적 두목으로 보이는 자에게 채 십여 합을 견디지 못하고 죽었다는 것이다.

그가 죽는 순간부터 단웅족의 전의는 완전히 상실됐다.

그나마 용맹하고 노련한 골도후의 지휘로 전멸은 면하고 있는 실정이었다.

"어쩌겠소?"

무투가 적풍에게 물었다.

그러자 적풍이 대답했다.

"같은 방법으로 수타이의 목을 베겠소."

"같은 방법이라면……?"

무투의 말이 채 끝나기도 전에 적풍이 산 능선을 따라 말을 몰기 시작했다.

"이런 젠장, 설마 혈랑대가 내려간 곳으로 내려가겠다는 건가?"

무투가 당황한 표정으로 소리쳤다.

"그를 믿어봅시다. 사실 기습을 하기엔 가장 적당한 곳이기는 하오. 갑시다!"

이산해가 서둘러 적풍을 따르며 소리쳤다.

"하지만 고립될 수도 있는 것 아니오?"

무투가 소리쳤다.

"무서우면 이곳에 남으시오."

아주 오랫동안 말이 없던 또 다른 동행자 흑웅이 불쑥 말하고는 몸을 낮춰 말 등에 바싹 엎드린 채 빠른 속도로 말을 몰기 시작했다.

"흥, 누가 무섭다고 했나? 그냥… 제길 무서운 건 무서운 거지. 핫!"

무투가 어쩔 수 없다는 듯 앞서간 자들의 뒤를 따랐다.

적풍의 생각은 간단했다. 적의 가장 약한 곳을 찔러 수타이의 목을 베면 싸움은 끝이라는 생각이었다.

수타이가 죽으면 혈랑대도 이 싸움을 계속할 이유가 없었다.

갑자기 말이 걸음을 멈춘다. 눈앞에 가파르게 기울어진 산비탈이 펼쳐졌다.

"가자!"

적풍이 매몰차게 말을 산비탈로 몰아댔다. 그러자 그를 태운 말이 한참 실랑이를 하더니 결국에는 어쩔 수 없이 산비탈을 타고 내려가기 시작했다.

두두두!

적풍의 뒤쪽에서 거친 말발굽 소리가 들린다. 이산해 등이 적풍을 따라 산비탈을 타기 시작한 것이다.

"호옷!"

문득 등 뒤에서 무투의 외침이 들린다. 야인 특유의 전의를 돋우는 외침이다.

그 순간 고개를 돌려 뒤쪽을 보는 수타이의 얼굴이 보였다.

의혹이 가득 찬 얼굴이다. 적풍 일행의 정체를 짐작하기 어려웠기 때문이다.

혈랑대의 후군으로 보기에는 차림새가 달랐다. 그렇다고 다른 사람들이 저 험한 산비탈을 타고 전장으로 내려올 리도 없었다.

"가봐!"

수타이가 곁에 있던 수하들에게 턱짓을 하며 명을 내렸다. 그러자 그의 수하 둘이 적풍이 달려 내려오는 산비탈을 향해 말을 몰아 나갔다.

스릉!

적풍이 등 뒤에 매달았던 검집에서 청룡검을 빼 들었다. 그러고는 말 허리 아래로 검을 숨긴 채 다가오는 수타이의 부하들에게로 다가갔다.

"어디서 온 자들이냐?"

수타이의 부하 중 한 명이 손을 들어 적풍을 제지하며 물었다.

순간 적풍이 속도를 높였다.

히힝!

갑자기 가해진 옆구리의 압박에 말이 한바탕 비명을 지르더니 이내 광풍처럼 적을 향해 돌진했다.

"엇!"

갑작스레 닥쳐드는 적풍에 놀란 수타이의 부하가 당황하며 검을 치켜들었다.

순간 적풍이 숨겼던 청룡검을 머리 위로 들어 올려 온 힘을 다해 적을 내려쳤다.

깡!

매서운 파열음이 일어나며 상대의 검이 잘라졌다. 동시에 적풍의 청룡검이 그대로 적의 가슴을 가르며 지나갔다.

"악!"

적풍의 검을 맞은 상대가 단말마의 비명을 지르며 말에서 굴러떨어졌다.

이후 적풍은 다른 한 명의 적은 상대도 하지 않은 채 그대로 말을 몰아 수타이를 향해 돌진했다.

"악!"

뒤를 이어 적풍의 등 뒤에서 다시 비명 소리가 터져 나왔다. 뒤에 남겨두었던 수타이의 부하가 흑웅의 창에 찔려 말 아래로 떨어지면서 내지른 소리였다.

"적이다!"

"놈을 막앗!"

수타이를 호위하던 자들이 일제히 소리치며 앞으로 달려 나왔다. 그 숫자는 셋, 나머지 수하들은 계곡 앞쪽에서 단웅족을 상대하고 있어 수타이의 호위는 생각보다 헐거웠다.

적풍의 입가에 한 줄기 미소가 지어졌다. 생각보다 일이 수월하게 풀리고 있었다.

그러나 그와 반대로 수타이의 얼굴은 검게 질려 있었다. 십여 장 안쪽으로 들어선 적풍의 얼굴을 그제야 알아봤기 때문이다.

"저놈은……!"

흑수 강변에서 수천의 몽골족 사이를 호랑이처럼 질주하던 단웅족의 젊은 용사, 그의 손에 몽골족 족장 셋이 쓰러졌다.

그런 자가 자신의 목을 베러 온 것이다.

"막앗!"

수타이가 본능적으로 소리쳤다.

그 순간 한 자루 창이 적풍의 머리 위를 스쳐 지나더니 그대로 수타이의 호위무사 가슴을 관통했다.

"악!"

수타이의 수하가 가슴에 창을 꽂은 채 말에서 떨어졌다.

그 기세에 놀란 적들이 움찔하는 사이 적풍이 남은 두 사람을 뚫고 직선으로 전진해 수타이 앞으로 다가갔다.

"이놈!"

수타이가 두려움을 이겨내며 분노를 터뜨렸다. 그리고 적풍을 향해 검을 휘둘렀다.

매서운 검풍이 적풍의 미간에 떨어졌다. 과연 북방의 맹주를 꿈꿨던 자의 검이다.

날카롭고 살벌하기가 이리와 같았다.

적풍이 청룡검을 들어 수타이의 검을 막았다.

쾅!

"이 애송이 놈!"

검과 검이 맞닿자 수타이가 이를 갈며 소리쳤다.

"고맙군. 도망가지 않고 직접 나서주니. 당신 머리로 난 천호장이 될 거야."

적풍이 무심한 듯 말을 하며 검을 맞댄 채 재빨리 왼손을 움직여 수타이의 허리를 감쌌다. 그러고는 그대로 어깨를 들이밀어 수타이의 가슴에 부딪혔다.

우둑!

단번에 뼈 부러지는 소리가 났다. 적풍의 어깨에 부딪힌 수타이의 갈비뼈가 부러지는 소리였다.

"윽!"

수타이가 고통을 참지 못하고 비명을 질렀다. 그러자 적풍이 그대로 수타이의 허리를 끌어당겨 말 아래로 떨어뜨렸다.

쿵!

수타이의 신형이 땅에 나뒹굴었다. 적풍이 수타이의 목을 치려 청룡검을 높이 들었다.

그런데 그 순간 등 뒤에서 괴상한 소리와 함께 써늘한 기운이 덮쳐 왔다.

"요옷!"

적풍이 본능적으로 신형을 틀었다.

퍽!

그가 타고 있던 말 등에 한 자루 월아도가 꽂혔다.

히힝!

등에 칼을 맞은 말이 앞발을 높이 들고 비명을 질렀다. 그

덕에 중심을 잃은 적풍이 말에서 떨어졌다. 그러자 적풍을 공격한 자가 말을 돌려 다시 적풍을 향해 달려왔다.

검은 천으로 온몸을 감싼 자, 눈만 내놓고 온몸을 가린 자가 적풍의 머리를 노리고 달려들었다. 혈랑대의 마적이다.

적풍이 재빨리 몸을 바로 잡고 살짝 앞무릎을 굽혔다. 그 위로 적의 월아도가 떨어졌다.

적풍이 앞으로 고꾸라지듯 땅을 굴렀다. 순간 아슬아슬하게 적의 도가 그의 등을 스치고 지나갔다.

베어져 너덜거리는 옷 속으로 냉기가 파고든다. 그 순간 적풍이 청룡검을 횡으로 휘둘렀다.

그러자 단번에 적이 타고 있던 말의 뒷다리가 베어졌다.

히힝!

발목이 날아간 말이 주인을 태운 채 그대로 앞으로 고꾸라졌다. 혈랑대의 마적이 재빨리 말에서 뛰어내리며 땅을 굴렀다.

그런 마적을 향해 적풍이 몸을 날렸다. 마적이 재빨리 신형을 바로 세우며 적풍의 검을 막았다.

쩡!

두 사람의 도검이 불꽃을 일으키며 허공에서 격돌했다.

힘과 힘이 맞붙은 순간은 무척 짧았다. 그 짧은 순간 적풍의 눈에 검은빛이 돌더니 그대로 마적의 검을 찍어 눌러 적의 목을 베어버렸다.

팟!

마적의 목에서 피가 솟구쳤다. 목을 베인 마적이 비명도 지르지 못하고 쓰러졌다.

적풍이 쓰러진 마적에게는 눈길도 주지 않고 고개를 돌려 수타이를 찾았다.

적풍에게 갈비뼈가 부러지는 부상을 입은 수타이의 운명은 썩 좋지 못했다.

어느새 달려든 흑웅의 창에 가슴이 찔렸고, 뒤이어 달려든 무투의 칼이 머리를 벤 것이다.

적풍이 돌아봤을 때는 무투가 막 수타이의 머리를 가죽 주머니에 넣고 있었다.

그런 무투에게 다가가 적풍이 손을 내밀었다. 수타이의 머리를 달라는 뜻이다.

적풍의 손을 본 무투의 눈에 잠시 망설이는 빛이 보였다. 수타이의 머리는 베는 자가 임자고, 그 머리를 가져간 자는 천호장에 오를 것이란 사실이 잠시 그를 갈등하게 만든 모양이었다.

그러나 무투는 결국 수타이의 머리가 든 가죽 주머니를 적풍에게 건넸다.

적풍의 눈을 보는 순간 욕심을 부렸다가는 적풍의 손에 죽고 말 것이란 걸 깨달았기 때문이다.

무투에게서 가죽 주머니를 받아 든 적풍이 주인을 잃고 헤매고 있는 말 한 마리를 잡아채 올라탔다. 그러고는 계곡 앞쪽으로 달려 나가며 소리쳤다.

"수타이는 죽었다! 모두 항복하라!"

수타이의 머리는 즉시 효과를 나타냈다. 지킬 것이 없어진 초원의 용사들이 연기처럼 흩어졌다.

수타이를 따르던 오르도의 용사들은 항복을 하거나 혹은 제각기 산비탈을 타고 도주했다.

오르도족이 싸움을 포기하자 그 대단하던 혈랑대도 더 이상은 버틸 이유가 없었다.

혈랑대는 열서넛이 남아 있었는데, 그 숫자로는 여전히 서른 가까이 살아남은 단웅족의 용사들을 상대하기 버거웠다.

아니, 그것보다 수타이가 죽은 이상 싸울 그들에게 싸울 이유가 없다는 편이 옳았다.

더군다나 수타이의 머리를 든 적풍과 그의 동료 삼 인에 대한 부담감은 생각보다 컸다.

그 결과 혈랑대의 마적들도 결국 도주를 택했다. 그들은 놀랍게도 자신들이 내려온 계곡 북쪽의 산비탈로 말을 몰아 다시 올라갔다.

말 타는 기술이라면 누구에게도 뒤지지 않는 단웅족의 용사들조차도 혀를 내두를 솜씨였다.

그런데 그렇게 물러가던 혈랑대의 마적 중에 가장 뒤에 남았던 자가 적풍에게 소리쳤다.

"이름이 뭐냐?"

"유괴!"

적풍이 대답했다.

대답을 하면서 적풍은 기이한 기분이 들었다. 십여 장이나 떨어져 있었는데 마적의 눈이 바로 앞에서 보는 것처럼 선명했다.

그런데 그 눈빛이 이상하게도 익숙했다. 아주 오래전부터 알았던 사람 같다.

"단웅족의 유괴! 기억하지. 다시 만나면 그땐 반드시 오늘의 빚을 갚겠다."

"언제든! 그런데 당신 이름은?"

"혈랑대의 낭왕 준갈! 기억해 둬라, 내 이름을!"

자신의 이름을 밝힌 마적이 동료들을 따라 산비탈을 타고 산 능선으로 올라갔다.

그렇게 산에 오른 마적 준갈이 다시 한 번 적풍을 노려보고는 이내 시야에서 사라졌다.

제3장
사냥꾼들

북방에도 봄이 왔다. 사방에 초록빛이 가득하다.

섬처럼 존재하는 숲을 제외하고는 끝없이 초원이 펼쳐진 땅을 말을 탄 한 무리의 일행이 가로지르고 있었다.

서두는 기색은 보이지 않았다. 가끔 말을 멈춰 세우고 먼 곳을 바라보기도 하고 그들끼리 이런저런 이야기를 나누기도 했다.

그렇게 수만 평에 이르는 초원을 가로지른 일행 앞에 제법 큰 강이 모습을 드러냈다.

"참 힘든 땅이오."

일행 중 나무처럼 딱딱해 보이는 자가 입을 열었다. 키가 다른 사람들보다 한 뼘은 커서 어찌 보면 거인처럼 보이기도 했다.

등 뒤에는 장도를 매달고 있고, 얼굴에는 길게 한 줄 자상이
나 있어 사람들에게 위압감을 주는 외모를 지닌 사내였다.

"그나마 겨울이 아닌 것이 다행이지요. 이 땅의 겨울은 인간
이 견디기 힘들다오."

대답을 한 자는 중후한 인상을 지닌 중년의 남자였다. 얼굴
에 항상 부드러운 웃음이 드리워져 있어 쉽게 사람을 사귀는
재주가 있어 보였다.

"야인들이 사나운 것은 다 그런 이유겠지요. 이런 척박한 땅
에서 살아가려면 사냥이나 약탈 둘 중 하나밖에 방법이 없으
니……"

일행 중 둘은 여인이었는데 입을 연 사람은 그중 한 명이었
다.

사십 대 중반의 나이에 차가운 인상을 지닌 여인이었다.

"듣자 하니 단웅족이 결국 흑수 인근의 패권을 차지했다고
하더군요."

다른 여인도 대화에 끼어들었다.

일행 중 가장 젊어 보이는 여인으로 이런 오지를 여행하기에
는 부담스런 미모를 지니고 있었다.

"일이 생각보다 쉽지 않을 수도 있소. 단웅족장이란 자가 순
순히 우리에게 협조를 할지 모르겠소. 칸을 자처하고 있다고
하던데."

처음 입을 열었던 사내가 말했다.

"방법은 둘이오. 은밀히 소문의 종적을 확인하든지, 아니면 단웅족장이란 자를 제압해 입을 열게 하든지⋯⋯."

중후한 인상의 사내가 말했다.

"일단 시끄러운 일은 피합시다. 호천대의 행사가 사람들의 시선을 끌어서는 곤란하니⋯⋯."

키 큰 사내가 대답했다.

"그게 좋겠지요."

사십 대 여인이 사내의 말에 동조했다.

"좋소이다. 그럼 일단 조용히 알아봅시다."

서로 뜻을 맞춘 일행이 말을 몰아 강을 건너기 시작했다. 다행히 물은 그리 깊지 않아서 말을 탄 채 강을 건너기에 충분했다.

다섯 일행이 단웅족의 숙영지에 이른 것은 날이 어둑해질 무렵이었다.

그들은 단웅족의 숙영지와 멀리 떨어진 산 속에서 말을 내렸다.

"생각보다 대단하군."

키 큰 사내가 중얼거렸다.

그들의 눈앞에 펼쳐진 단웅족의 숙영지는 예상보다 훨씬 거대한 규모를 자랑했다.

족히 수천 채에 이르는 게루, 그리고 숙영지 주위로는 커다란 나무를 세워 만든 방책이 성벽처럼 둘러서 있었다.

"대단한 책사를 얻은 모양이오."

중후한 인상의 사내가 중얼거렸다.

"어째서 말이오?"

"나무로 세운 방책과 그 안에 게루들이 서 있는 모습이 범상치가 않소. 저건… 진법을 아는 자만이 할 수 있는 배치요."

"진법이라. 북방의 야인들이 진법을 알 리 없으니 역시 외인이 있다는 의미구려."

"일단 그 외인들을 찾아봅시다. 중원에서 온 자들이라면 서로 말이 통할 수 있을 거요."

중후한 사내가 말했다.

"하지만 이곳에 온 중원인이라면 도망자들일 텐데 쉽게 협조하겠어요?"

사십 대 여인이 되물었다.

"그래서 더 쉬울 것이오. 도망자들이야 자신들 안위만 보장해 주면 무슨 일이든 할 테니."

"듣고 보니 그렇군요."

여인이 뒤늦게 사내의 말에 동의했다.

"자, 이제 완전히 어두워졌으니 들어가 봅시다. 생각보다 저들의 세력이 거대하니 숨어들기에는 오히려 더 편할 것이오."

사내가 말 등에서 야인들이 입는 옷을 꺼내 몸에 걸치며 말했다. 그러자 다른 일행도 각기 야인 복장으로 변복하기 시작했다.

삼보노, 그러니까 중원무림에선 유령마군 사혼으로 알려진 노인이 검은색 장막으로 만들어진 게루 안에서 턱을 괴고 뭔가를 골똘히 생각하고 있었다.

"마군, 접니다."

문득 게루 밖에서 나직한 목소리가 들렸다.

"들어와."

사혼이 고개를 들며 대답했다. 단웅족을 대할 때와는 사뭇 다른 모습이다. 물론 적풍을 대할 때와도 달랐다.

게루의 문이 열리지도 않았는데 어느새 그의 앞에 야인 복장을 한 사내 한 명이 부복했다.

"일어나라. 눈들이 있어."

"알겠습니다."

사내가 대답을 하고는 자리에서 일어났다.

"어찌 되었느냐?"

"소식이 확인된 형제들은 모두 불렀습니다."

"몇이나 되던가?"

"답이 온 형제는 모두 서른다섯입니다."

"서른다섯이라… 제길, 생각보다 적군. 씹어 먹어도 시원찮을 오대세가 놈들! 겨우 서른다섯이라니… 삼백이 넘던 형제들이 었는데……"

사혼이 이를 갈며 중얼거렸다.

"찾아보면 더 있을 것입니다. 워낙 은밀히 움직이다 보니… 그리고 아예 흑사회를 떠나기로 결심한 형제들도 있을 것이고."

"그런 놈들은 찾아내서 잡아 죽여야지."

사혼의 눈에 살기가 돈다.

"벌써 삼 년이 지나지 않았습니까? 마군께서 살아계신 걸 모르는 형제도 많을 겁니다. 그러니 일단은 회를 재건하는 것이 우선 아니겠습니까? 이후에야 떠난 자들의 죄를 벌할 수 있겠지요."

"그래야지. 음, 이곳은 아주 좋은 땅이야. 오 년만 힘을 기르면… 흐흠. 오대세가 놈들, 본때를 보여주겠어."

"그런데……."

"뭐 문제 있어?"

"유괴는 어찌하실지?"

"소식은 왔어?"

"수타이의 목을 벴답니다."

"끌끌끌, 역시 난놈은 난놈이야. 수타이의 목을 베다니……."

"더 놀라운 사실이 있습니다."

"뭔데?"

사혼이 호기심을 드러내며 물었다. 평소 근엄하던 삼보노의 모습은 찾아볼 수 없다.

"그 싸움에 혈랑대가 출현했다고 합니다."

"혈랑대가?"

사혼이 놀란 표정을 짓는다. 무림고수인 사혼조차도 혈랑대는 가볍게 생각할 수 없는 모양이었다.

"그렇습니다. 수타이를 도우러 왔다는데……."

"그런데도 수타이의 목을 뱄다고? 유괴 그녀석이?"

"그렇습니다."

"야, 이거 정말… 호랑이 새끼를 키우는 거 아닌지 모르겠네. 혈랑대가 돕는 수타이의 목을 베? 겨우 삼재검법으로?"

"저기……."

사내가 조심스레 말꼬리를 흐린다.

"뭔데?"

"정말 유괴에게 전수한 검법이 삼재검법이 맞습니까?"

"이런 망할 놈! 내가 설마 노망이 들어서 다른 검법을 전수하고 삼재검법을 가르쳤다고 하겠냐?"

사혼이 버럭 화를 냈다.

"그, 그것이 아니오라. 도저히 이해할 수 없어서 말입니다."

"뭐가?"

"도대체 삼재검으로 어떻게 그런 경지에 오를 수 있는지 도저히……."

사내가 고개를 저었다.

"근골이 다른 거지."

사혼이 퉁명스럽게 대답했다. 스스로 심통이 난 모습이다.

"근골이요?"

"그래 가끔 무림에 그런 놈들이 등장해. 타고난 근골이 달라서 삼류무공을 익혀도 일류의 경지에 이르는 놈들 말이다. 녀석도 그런 놈 중 하나인 것 같다."

"그럼 걱정 아닙니까? 너무 뛰어나면……."

사내의 얼굴색이 어두워졌다.

"흐흐흐, 이놈, 엄살 좀 떨었다고 설마 내가 그 녀석에게 당할 것 같으냐?"

"아, 아닙니다. 어찌 마군께서 그런 애송이에게……"

사내가 얼른 고개를 저었다.

"녀석의 자질이 남다른 것은 분명해. 하지만 타고난 자질로 성취할 수 있는 무공은 한계가 있는 법이다. 상승의 무공을 수련하려면 결국 상승의 무결이 필요하지. 녀석에게 그런 행운이 없는 한… 결국 내 수족 노릇을 할 수밖에 없을 것이다."

"그렇다면 다행이지요."

"나가봐라. 남들 눈도 있고 하니. 우리 아이들이 이곳에 도착하기 전에는 만사 조심해야 한다. 얼마나 걸릴 것 같으냐?"

"적어도 닷새 안에는 올 것입니다."

"좋아. 그 아이들이 오면… 단웅족을 장악하는 것은 문제가 아니지."

사혼이 고개를 끄떡였다.

"그럼 전 이만……!"

사내가 고개를 숙여 보이고 사혼의 게루를 벗어났다.

"사혼! 사혼이라니!"

중년 사내가 목소리를 낮췄지만 표정에는 놀란 기색이 역력하다.

"그 마두가 죽지 않았던 건가?"

키 큰 자도 놀란 표정으로 사혼의 계루를 바라보고 있었다.

"정말 그가 맞나요?"

사십 대 여인이 사혼의 계루에 다녀온 자에게 확인하듯 물었다.

"내 귀를 못 믿는 거요?"

"그럴 리가요? 장 대협의 능력을 어찌 의심하겠어요. 하지만 너무 놀라운 일이라……."

여인이 얼른 고개를 저으며 말했다.

"아무튼 그럼 소문이 잘못된 것 아니오? 흑수의 싸움에서 놀라운 능력을 보인자는 바로 사혼이 아니겠소?"

키 큰 사내가 물었다.

"음… 하지만 소문으로는 젊은 사람이라지 않았소?"

중후한 사내가 반문했다.

"소문이란 항상 조금씩 와전되게 마련이지요. 일단은… 사혼을 어찌 처리할지 그걸 결정해야지 않겠어요?"

중년의 여인이 일행을 돌아보며 말했다.

"그러게 말이오. 어쩌겠소, 그를 잡아보겠소?"

키 큰 사내는 벌써 눈가에 투기를 드러내고 있었다. 사혼은 생각보다 훨씬 대단한 거물이다.

"우리의 목적은 그가 아니오."

중후한 인상의 사내가 단호하게 말했다.

"물론 그렇기는 하지만 일단 그를 제압한다면 그를 통해 이곳에 정말 이골마족이 있는지 없는지 확인할 수 있지 않겠소?

흑수 싸움에서 괴물 같은 힘을 자랑했다는 자가 그인지 아니면 다른 자인지 확인할 수만 있다면야……."

"천하인 중 이골마족의 존재를 아는 사람은 극소수요. 그런 자에게 이골마족에 대해 이야기할 수는 없소."

중후한 사내가 고개를 저었다.

"굳이 이골마족에 대해 언급할 필요는 없지요. 그저… 이곳에 있는 자 중 특별히 눈에 띄는 자가 있었는지 알아내면 그뿐 아니겠어요?"

중년의 여인이 말했다. 그녀 역시 사혼에 대해 전의가 돋는 모양이었다.

"모두들 유령마군 사혼을 제압할 수 있다고 자신하는 것이오?"

중후한 사내가 경고하듯 물었다.

"물론 그가 무림의 일대거마인 것을 모르는 것은 아니오. 그러나 그는 혼자고… 우린 다섯이오."

"그의 수하가 있다고 하지 않았소?"

"겨우 하나였고, 그조차도 그와 함께 있지 않는 것 같았소."

사혼의 계루를 살피고 돌아온 자가 말했다.

"휴… 모두 같은 생각인 모양이구려. 그러나… 대주께서 이 일을 어찌 생각하실지 모르겠소. 요하의 마을에서 구지마 기륜, 그자가 사라진 이후 대주께서 행보를 조심하라 특별히 당부를 하셨는데……."

"그를 제압하는 일 역시 이골마족을 쫓는 일의 연장선이오.

그를 통해 이 야인들 틈에 있을지도 모르는 이골마족을 찾을 수 있으니 말이오. 물론 이골마족이 있다면 말이오."

키 큰 사내가 말하자 중후한 인상의 사내가 어쩔 수 없다는 듯 고개를 끄떡였다.

"좋소. 모두가 그리 생각한다면 나만 반대할 수는 없지. 사혼을 잡아봅시다. 그런데 이곳에서 일을 벌일 수는 없는데……."

사내가 주위를 돌아봤다. 야인들의 게루가 가득한 방책 안에서 사람들의 눈을 피해 사혼을 제압하는 것은 불가능했다.

"제가 방책 밖으로 그를 유인하지요."

가장 젊은 여인이 앞으로 나섰다.

"동생, 설마 여기서 미인계를 쓰겠다는 거야?"

중년의 여인이 질책하듯 말했다.

"미인계까지 쓸 필요 있나요? 그저 조용히 가서 한마디만 하면 되죠."

"무슨 말을?"

중년 여인은 여전히 젊은 여인이 못미더운 표정이다.

"유령마군 사혼, 여기 숨어 있는 줄 몰랐네요라고 한마디만 하면 그는 반드시 날 따라 나올 거예요. 아니겠어요? 오대세가의 추격을 피해 이곳에 숨어 있는 자인데."

"그렇구려. 그게 가장 간단한 방법인 것 같소."

중후한 사내가 고개를 끄떡였다.

"더군다나 제가 여자인 걸 알면 더더욱 잡으려 하겠죠. 만만

해 보일 테니 말이죠."

"좋아. 그렇게 합시다!"

키 큰 사내도 서둘러 동의했다.

"그럼 가볼게요."

젊은 여인이 더 들을 말도 없다는 듯 어둠을 타고 삼보노 유령마군 사혼의 게루로 향했다.

"후… 항상 저렇게 성급하게 구니……."

"그래도 우리 중 가장 빠르지 않소."

장 대협이라 불린 자가 낮은 목소리로 대답했다.

"맞소이다. 항상 덜렁대는 것 같아도 지금껏 실수한 적이 없지 않소? 그녀가 자하산장 출신임을 잊지 마시오. 대주도 그녀를 특별히 아끼고 있고……."

키 큰 자가 맞장구를 쳤다.

"일단 방책 밖으로 나갑시다."

중후한 인상의 사내가 서둘러 걸음을 옮기며 말했다.

사혼은 여전히 조용한 게루 안에서 앞으로 그가 이 야인의 땅에서 이룰 일들을 생각하고 있었다.

생각보다 일은 수월하게 진행되고 있었다. 살펴보면 무공을 수련하지 않았을 뿐이지 쓸 만한 자질을 갖춘 자도 여럿 있었다. 그들 중에는 이미 사혼이 조금씩 무공을 가르치는 자도 있었다.

"몇 년 가르치면 아주 괜찮아질 거야."

"누가 말이죠?"

갑자기 들려온 목소리에 사혼이 훌쩍 자리에서 일어났다. 그리고 다음 순간 이미 그의 신형이 막사 입구로 날아오고 있었다.

"호호, 역시 그대였군요. 유령마군 사혼, 당신이 여기에 숨어 있을 줄은 몰랐네요."

"누구냐?"

사혼이 손을 앞으로 내밀었다. 그러자 그의 손이 마치 뼈가 없는 것처럼 길게 앞으로 뻗어 나왔다.

절정에 이른 수공이 만들어내는 환영이다.

"당신 같은 사람과 누가 상대를 하겠어요. 전 감히 그럴 용기가 없네요. 차라리 오대세가를 찾아가죠. 당신이 살아 있다는 것을 알려주면… 꽤 대우가 괜찮을 거예요."

여인임이 분명한 불청객은 이미 단웅족의 천막들 사이로 바람처럼 사라지고 있었다.

사혼이 한순간 숨을 들이마셨다. 그리고 다시 그 숨을 내뱉자 그의 신형이 뿌연 잔영을 남기며 장내에서 사라졌다.

*　　　　*　　　　*

산 능선에 올라선 적풍이 뒤를 돌아봤다. 새벽안개 너머로 아스라이 검은 점들이 보인다. 단웅족의 용사들이다.

눈에 보이는 거리지만 초원의 길은 멀다. 대략 반나절 거리다. 초원이라 사람이 좀 더 가깝게 보일 뿐이다.

혈랑대를 물리친 자에 대한 단웅족 용사들의 존경은 대단했다.

단웅족의 용사들이 적풍을 반나절 거리에서 뒤따르는 것은 혈랑대를 물리치고 수타이의 목을 벤 자에 대한 존경의 표시였다.

감히 적풍에 앞서 단웅족의 숙영지로 들어가지 않겠다는 마음을 그렇게 한 나절 거리로 표현하고 있는 것이다.

단웅족의 숙영지에 가까워지면 그들은 거리를 좁힐 것이다.

그리고 수타이의 목을 벤 영웅 앞세우고 호기롭게 개선할 준비를 알아서 해줄 터였다.

그것이 이 야만의 땅에서 강자에 대해 지켜지는 예의였다.

이런 행보를 주도한 것은 백호장 골도후였다.

그는 철저히 야인인 사람으로 강자에 대한 복종을 수치로 생각지 않는 사람이었다. 오히려 그걸 명예로 생각하는 자였으므로 수하들에 대한 통제 역시 엄격했다.

아마도 돌아가면 적풍에게 가장 든든한 힘이 되어줄 인물일 것이다.

"수타이의 머리는 참으로 쓸모가 많군."

적풍이 중얼거렸다.

"이를 말입니까. 이 땅에서는 어떤 보물보다도 가치가 있지요."

이산해가 대답했다.

이산해와 무투, 흑웅 등 세 사람 역시 적풍을 대하는 태도가 변했다.

그들은 혈랑대가 물러가고 수타이의 머리를 손에 쥔 적풍을 자신들의 주군으로 섬길 것을 맹세했다.

거창한 예식 따위는 필요 없었다. 그저 한마디 말, 이제부터 그대가 우리의 주군입니다라는 말 한마디로 족했다.

적풍 역시 그들의 복종을 거부하지 않았다.

타고난 천성 때문일까. 웬일인지 적풍은 그들이 자신의 수하를 자처하는 일이 자연스럽게 느껴졌다.

그 이후로 그들의 말투 역시 변해 있었다.

"조심하실 일이 있습니다."

문득 무투가 말했다.

"뭘 말이오?"

"족장님 말입니다."

"족장?"

"그렇습니다. 숙영지로 돌아가시거든⋯ 모든 영광을 족장님께 드리십시오. 아니면 족장께서 주군을 경계하실 겁니다."

"설마 그럴 리가 있겠소? 주군을 천호장에 임명하려 하신 족장님인데⋯⋯."

적풍보다 먼저 흑웅이 무투의 말에 반문했다.

"몽골 족장 셋, 수타이의 머리는 괜찮습니다. 그 일을 해낸 사람이라면 유능한 천호장으로서 기꺼이 받아들일 수 있는 족장이시오. 그러나⋯ 혈랑대는 다릅니다."

"다르겠소?"

이번에는 적풍이 물었다.

"다를 겁니다. 혈랑대를 물리친 사람에 대해서는 족장께서도 위협을 느끼실 겁니다."

"음……."

"주군께서 독립적인 힘을 기르실 때까지는 족장의 경계를 누그러뜨릴 필요가 있긴 하지요."

이번에는 이산해가 말했다.

"독립적인 힘이라……."

적풍이 중얼거렸다.

"천호장이 되시면 지근거리긴 하지만 별도의 숙영지를 가질 수 있습니다. 그 상태로 별 탈 없이 이삼 년만 지나면 그 세력은 온전히 주군의 것이 될 겁니다."

"그대가 그렇게 만들겠다는 것이오?"

적풍이 이산해를 보며 물었다.

"맡겨주신다면……."

"그대의 재주가 생각보다 뛰어나다는 것은 알고 있소. 하지만… 난 어리고 이곳 사람도 아니오. 천호장이 되어 일천의 가호를 거느린다 한들 그들이 마음으로 날 따르겠소?"

"혈랑대를 물리치셨습니다. 그건 나이와 혈통을 극복할 수 있는 성과지요. 이삼 년만 주군께 속한 가호를 잘 보호하면 그들은 주군의 사람이 될 겁니다."

이산해가 자신있게 말했다.

"일단 그때까지는 숙여 지내라?"

"어려우시겠지만······."

이산해는 이미 적풍의 성정을 파악하고 있었다. 적풍에게서 자연스레 드러나는 도도한 성정은 이산해가 꿈꾸는 대업에 방해가 될 수도 있었다.

대업을 위해서는 가끔 누군가에게 머리를 숙일 필요도 있었다.

"노력해 보겠소."

"고맙습니다, 주군."

"그리 어려운 일도 아니··· 응?"

적풍이 말을 하다말고 시선을 돌렸다.

"무슨 일이십니까?"

"누가 싸우는 모양이오."

"싸움이요? 이곳은 단웅족의 숙영지와 하루 안쪽의 거리인데 누가······?"

이산해가 의아한 표정을 짓는다.

단웅족은 이미 흑수 인근의 패자다. 그 단웅족의 숙영지와 하루 거리에서 싸움을 벌인다는 것은 단웅족을 도발하는 행동이다.

"가봅시다."

적풍도 궁금했는지 먼저 말을 몰아 언덕을 내려갔다. 이산해 등 삼 인이 부지런히 적풍의 뒤를 따랐다.

적풍이 묘한 표정을 지었다.

그들은 계곡을 날아 넘고 바위를 깨뜨렸다. 가끔은 아름드리 거목들이 무 잘리듯 잘려 나가기도 했다.

이건 적풍이 태어나서 처음 보는 광경이었다.

싸움을 하고 있는 자는 모두 여섯, 그중 한 명은 적풍도 아주 잘 알고 있는 자다.

삼보노가 외인 다섯과 치열하게 싸움을 하고 있었다.

삼보노를 공격하는 자들은 세 명의 남자와 두 명의 여자였는데, 도검을 쓰는 실력이 적풍 등의 눈을 의심케 만들 정도로 뛰어난 자들이었다.

그런데 정작 적풍과 이산해 등이 놀란 것은 그들보다 삼보노 때문이었다.

"제길… 의심스런 구석이 있기는 했지만 저런 괴물이었나?"

무투가 투덜거렸다.

적풍 역시 무투의 생각과 다르지 않았다. 그의 눈에 보이는 삼보노, 그러니까 스스로 유령마군 사혼이라 자칭했던 노인은 적풍이 알고 있던 그 노인이 아니었다.

하늘을 날고 산을 쪼갠다는 전설적인 무림고수가 눈앞에 현신한 것 같았다.

그는 한 번 도약에 삼사 장은 우습게 이동했고, 손에 든 검을 휘저으면 바위든 나무든 속절없이 베어져 나갔다.

쩍!

다시 사혼의 손길에 아름드리나무가 꺾여 나갔다. 사혼이 쓰러지는 나무 사이로 연기처럼 솟구쳐 올라 젊은 여인을 공격했다.

그러자 여인이 황급히 검을 휘두르며 뒤로 물러났다. 사혼이 물러나는 여인에게 재차 검을 찔러 넣으려는 순간 중년의 사내가 사혼의 검을 측면에서 쳐냈다.

쩡!

검과 도가 충돌하며 강력한 충돌음이 일어났다. 그 충격에 숲이 진동했다.

적풍 등의 몸이 흔들릴 정도였다.

검과 도의 주인도 그 충격을 이기지 못하고 밀려나듯 멀어졌다.

"도대체… 어디서 온 놈들이냐?"

삼보노 사혼의 입이 열렸다. 그의 가슴이 거칠어진 호흡으로 벌렁거렸다.

"과연 유령마군 사혼이구나! 오대세가의 공격에서 살아난 이유가 있었어! 밤에 시작한 싸움을 새벽이 되어서도 끝내지 못하다니… 우리가 당신을 너무 쉽게 생각했다는 것을 인정하지."

좀 전, 사혼의 검을 막았던 도의 주인이 대답했다.

"오대세가의 잡종들이냐?"

사혼이 다시 물었다.

"아주 연관이 없다고는 할 수 없지."

중년 사내가 대답했다.

"말장난은 집어치워라!"

"우린… 북두회의 사람들이다."

"북두회? 북두회가 왜 날……?"

유령마군 사혼이 이해하지 못하겠다는 듯 중얼거렸다.

"물론 당신을 찾아 이곳까지 온 것은 아니다. 그저 우연히 당신이 우리 눈에 띄었을 뿐이지. 아주… 재수가 없는 거지. 당신에겐!"

사내의 말에 사혼의 눈썹이 꿈틀거렸다.

"흐흐, 정말 그렇게 생각하느냐? 재수 없는 쪽은 너희들이란 생각은 들지 않고?"

"물론 당신의 재주가 뛰어난 것은 인정하지. 그러나 그렇다 해도 당신은 결코 우리 손을 빠져나갈 수 없어."

중년 사내가 단호하게 말했다.

"낄낄낄! 이런 빌어먹을 놈을 보았나. 머리에 피도 안 마른 놈이 누굴 협박해! 이 멍청한 놈아, 내가 왜 도망을 가겠느냐? 네놈들 모두 죽일 생각인데. 낄낄!"

사혼이 살소를 흘려댔다. 그러나 그럼에도 불구하고 그의 얼굴에선 숨길 수 없는 긴장감이 느껴졌다.

"당신은… 북두회 호천대에 대해 들어보지 못했나? 유령마군 정도라면 얼추 소문은 들었을 텐데?"

"북두회 호천대라… 뭐 듣긴 들은 것 같군. 북두회의 늙은 구렁이들이 비밀스럽게 움직이는 사냥개들이라고."

"비슷하게 알고 있군."

"그래서 그게 뭐 어쨌다는 거냐? 나 사혼은 설혹 북두회의 늙은이들이 몰려와도 두렵지 않아."

사혼이 씹어 뱉듯 말했다.

"한 가지 비밀을 알려주지. 물론 당신이 결국 우리 손에 죽을 것이기에 알려주는 거지만."

"그래? 지껄여 봐. 아주 궁금해 죽겠군."

사혼이 빈정거리며 대답했다.

"우리가 사냥하는 게 누군지 아나?"

"그러게? 정말 누굴 사냥하지? 내가 알기로 북두회는 과거 검은 사자들에게 수모를 당한 문파의 늙은이들이 서로 신세 한탄이나 하자고 만나는 모임인 것으로 알고 있는데?"

"이 늙은이가 정말 죽고 싶은 모양이구나! 대북두회가 정사의 균형을 잡아 무림이 안정을 유지하고 있다는 것을 정녕 모른단 말이냐?"

중년 사내를 대신해 키가 다른 사람보다 한 뼘은 더 크고 긴 장도를 사용하는 사내가 호통을 쳤다.

"이런 애송이 녀석! 아직도 그런 말을 믿고 사는 거냐? 그 나이에?"

사혼이 다시 빈정거린다. 그러자 키 큰 사내가 살기를 드러내며 도를 들어 올렸다.

"목 형, 잠시만!"

사혼과 대거리를 하던 중년 사내가 급히 키 큰 사내를 막는다.

"저런 사악한 자와 무슨 대화를 더 한다는 거요?"

키 큰 자가 불평했다.

"우리가 이곳에 온 목적을 잊지 마시오."

중년 사내가 경고하듯 말했다. 그제야 키 큰 사내도 한 걸음 뒤로 물러났다.

"한 가지 물음에 제대로 대답을 한다면… 오늘 당신을 보지 못한 것으로 해줄 수도 있다."

"흐흐, 왜, 싸워보니 승산이 없어 보이냐?"

유령마군이 다시 빈정거린다.

"당신을 잡자고 마음먹으면 우린 반드시 당신을 제압할 수 있다. 그러나 우리에게 달리 할 일이 있기에 당신에게 기회를 주는 것이다."

"좋아. 감읍하게도 기회를 준다니 어디 한번 씨부려 봐라."

"우리가 이곳에 온 것은 누군가를 찾기 위해서다."

"그러니까 그 말은 날 찾아온 것은 아니란 말이지?"

"이미 말하지 않았던가?"

"늙으면 금세 잊어버려. 아무튼 누굴 찾는데?"

"소문에 듣자 하니 지난 흑수 싸움에서 단웅족에 괴력의 젊은이가 나타나 몽골 부족의 세 족장을 제압했다던데 맞나?"

"글쎄?"

사혼이 심드렁하게 말했다. 그러나 그 순간 그의 눈은 빠르게 움직이고 있었다.

"그자는 무척 젊은 자로 적을 상대할 때 눈에서는 검은 기운이 흘러나오고 본래보다 두어 배는 몸이 커진다고도 하던데…
아는가?"

사혼에게 한 질문이지만 숨어서 이들의 대화를 듣고 있던
적풍의 가슴이 덜컹 내려앉았다.

'젠장, 날 찾는 자들이었어!'

등줄기에 소름이 끼친다. 설마 이곳까지 자신을 추격해 올
줄은 몰랐다.

실수라면 흑수변의 싸움에서 투기를 억누르지 않고 마음껏
발현한 것이 문제이리라.

그러나 그 소문이 날 거라고는 생각지 못했던 적풍이었다.
싸움 중에 일어난 일, 누가 눈여겨보았을까 싶었던 것이다.

'도망갈까?'

본능적으로 도주할 생각부터 떠올랐다.

그건 두려운 감정에 앞선 본능이었다. 어려서부터 어머니 유
하로부터 인이 박히게 들었던 당부, 몸의 비밀이 드러났을 때는
무조건 떠나라는 그 말이 만들어낸 본능인 것이다.

"글쎄… 난 잘 모르겠는데?"

사혼의 목소리가 들렸다.

'저 노인네가 그래도 의리는 좀 있네.'

적풍이 마음을 가라앉히며 생각했다. 사혼이 놈들이 찾는
사람이 적풍임을 모를 리 없었다.

"그를 모른다면 당신은 죽어야 해."

중후한 인상의 사내가 경고하듯 말했다.

"그것도 싫어. 네놈들이 찾는 놈이 누군지도 모르겠고, 죽기도 싫어. 대신… 하나 하고 싶은 일은 있지."

"……?"

"네놈들을 모두 죽여 버리는 것! 아무튼 말이야, 네놈들 목적이 뭐든 이곳에서 살아 돌아가면 결국 무림에 내 소식을 전할 거 아니야? 그럼 오대세가 놈들이 가만있겠어? 당연히 날 찾아오겠지."

"특기를 살려 도망가면 되지 않느냐?"

키 큰 자가 조롱하듯 말했다.

"아니, 그럴 수는 없어. 난 이곳이 마음에 들어. 아주… 기회가 많은 땅이거든. 한 사오 년 고생하면 다시 흑사회를 재건할 수 있는데 이 땅을 떠날 수는 없지. 차라리… 네놈들을 모두 죽여 버리는 게 훨씬 남는 장사야."

"늙은이가 정말 관을 봐야 눈물을 흘릴 위인이군."

키 큰 사내가 사혼을 노려보며 말했다.

그때 갑자기 사혼이 조금 굽혀져 있던 허리를 폈다. 그러자 그에게서 지금껏 볼 수 없었던 강력한 기도가 흘러나오기 시작했다.

"이 어리석은 놈들아, 네놈들은 한 가지 사실을 잊지 말아야 했어. 비록 흑사회는 패망했지만 나 유령마군 사혼이 오대세가의 늙은이들을 상대로 살아남았다는 사실 말이야. 설마 네놈들이 오대세가의 늙은이들보다 더 강하다고 생각하는 것이냐?"

사혼이 검을 들어 올렸다. 그러자 그의 검에 혈기가 감돌기 시작했다.

"유령마기!"

중후한 사내가 굳은 표정으로 중얼거렸다.

"똑똑한 놈이네. 그런데 왜 나의 무서움을 잊었을까?"

사혼이 고개를 갸웃하며 적을 향해 걸어가기 시작했다. 그러자 중년 사내가 대답했다.

"이유야 간단하지. 어쨌거나 우린 당신을 잡을 수 있으니까. 우린… 사냥꾼으로 키워진 사람들이다. 사냥에는 이골이 나 있지. 그것도 보통이 아닌 놈들을 사냥해. 아마 우리가 어떤 자들을 사냥해 왔는지 안다면 당신은 오늘의 선택을 뼈저리게 후회할 것이다. 시작합시다."

사내의 말에 그의 일행이 천천히 거리를 벌려 섰다.

그들은 마치 작은 학인진 같은 모습으로 도열했는데, 워낙 사람 수가 적어서 그저 합공을 위한 포진 정도로만 보였다.

"요즘 놈들은 버릇이 없어. 그래서 명이 짧기도 하단 말이야!"

츄악!

벼락처럼 유령마군 사혼이 검을 뻗었다. 그러자 그의 검에 서렸던 혈기가 중후한 모습의 중년 사내를 향해 일직선으로 뻗어나갔다. 놀라운 쾌검이다.

순간 중년 사내가 허공으로 몸을 떠올렸다.

"미련한 놈!"

사혼이 중년 사내를 따라 몸을 날리며 왼손을 휘둘렀다. 그

러자 그의 팔이 쭉 늘어나는 듯 보이며 사내의 발목을 낚아채
려 했다.

그 순간 사내의 왼쪽 측면에서 장도가 사혼의 옆구리를 파
고들었다.

"죽어라! 노괴!"

키만큼이나 긴 장도를 휘두르며 키 큰 사내가 소리쳤다.

"어림없지."

사혼이 코웃음을 치며 검로를 바꿔 사내의 장도를 내려쳤다.

쩡!

묵직한 소음이 일어나며 사내의 장도가 튕겨 나갔다. 그런
사내를 향해 사혼이 가볍게 손짓을 했다.

그러자 그의 손에서 뻗어나간 혈기가 그대로 사내의 목에
꽂혀들었다.

"웃!"

사내가 다급하게 몸을 틀었다.

찌익!

사내의 어깨 어림 옷자락이 목 대신 찢겨 나갔다.

팟!

찢긴 것은 옷만이 아니어서 사내의 어깨에서 붉은 피가 솟
구쳤다.

"발진!"

그때 허공으로 솟구쳤던 중후한 사내가 급히 소리쳤다.

그러자 젊은 여인이 기다렸다는 듯이 검은 전낭을 사혼을

향해 던졌다.

펑!

전낭이 터지면서 거무스름한 연무가 생겨나 순식간에 사혼의 시야를 가렸다.

"요런 잡술을!"

사혼이 노한 듯 검을 휘둘렀다. 검풍을 일으켜 연무를 흩어버릴 생각이었다.

그런데 일은 사혼의 뜻대로 되지 않았다. 기이하게도 연무들이 살아 있는 생물처럼 사혼을 휘감기 시작했던 것이다.

그리고 그 이유는 금세 밝혀졌다.

사혼을 공격한 삼남이녀, 다섯 사람이 연무 주위를 돌면서 연무의 흐름을 진기로 조정하고 있었다.

한순간 연무가 서서히 하나의 모양을 띠기 시작했다. 확연하게 드러난 모습, 그건 바로 승천하는 용의 모습이었다.

"이놈들!"

사혼이 연무에 휩싸인 채 사방으로 검을 휘둘렀다.

그러나 그의 검은 애꿎게 허공만 갈랐다. 용의 형상을 한 연무가 그의 시야를 가려 적의 위치를 제대로 파악할 수 없었다.

팟!

갑자기 연무 안에서 한 줄기 핏줄기가 솟구쳤다.

"노괴! 이제야 네가 죽을 자리를 찾아왔다는 것을 알겠느냐?"

키 큰 자의 득의한 목소리가 들렸다.

"이놈들… 모두 죽여 버리겠다."

용의 연무에 휘감긴 사혼에게서 살기 어린 목소리가 흘러나왔다. 그러나 누가 봐도 죽을 사람은 사혼이었다.

"주군… 떠나시지요."

이산해가 나직한 목소리로 말했다.

"그게 맞겠소?"

"저런 자들을 상대하는 것은… 죄송한 말씀이지만 무모한 일입니다."

"그렇겠지? 늙은 사부도 감당하지 못하는데… 그런데 그럼 사부는 어쩌란 말이오?"

"죄송한 말씀이지만 삼보노를 살릴 수 있는 기회는 없을 것 같습니다."

이산해가 냉정하게 말했다.

"그의 사람이 아니었소?"

애초에 이산해 등을 소개한 사람은 삼보노였다.

"물론 삼보노께서 우릴 살펴주신 것은 맞습니다. 하지만 주군과의 관계와는 다르지요. 제게 가장 우선은 주군의 안위입니다."

"고맙소. 그런데 말이오, 그거 아시오?"

"……?"

"솔직히 말하자면 난 평생 도망만 다닌 사람이오. 쫓는 자들이 누군지도 모르고 말이오. 그런데 오늘 처음으로 날 쫓는 자들의 실체를 만났소. 바로 저들 말이오."

"북두회라면… 아직은 계속 숨어계셔야 합니다."

이산해가 단호하게 말했다.

"북두회를 아시오?"

"주군께선 중원에서 오셨으면서 무림에 대해선 전혀 모르시는군요."

"뭐 딱히……."

"북두회에 대한 자세한 설명을 지금 할 수는 없습니다. 다만 그들이 당대의 강호에서 가장 강력한 자들의 모임인 것은 확실합니다."

말을 하는 이산해의 얼굴에서 두려움이 엿보인다.

어쩌면 그는 지금 북두회에 쫓기는 적풍을 주군으로 섬긴 것을 후회하고 있을지도 몰랐다.

그런 이산해를 물끄러미 바라보다가 적풍이 대답했다.

"아무래도 도망가는 것은 방책이 아닌 것 같소."

"그게 무슨… 설마 싸우시겠다는 겁니까?"

"가끔 이런 생각을 했었소. 언제까지 도망만 다니며 살 것이냐 하고 말이오. 그때마다 솔직히 한번 만나서 겨루고 싶었소. 날 쫓는 자들 말이오."

"그러나 저들은 강합니다. 눈으로 보고 계시지 않습니까?"

"그렇긴 하지만 기회가 아주 없는 것도 아니오. 작은 틈을 만들면 나머지는 사부가 알아서 할 것이오. 이후에는… 저들에 대해 좀 더 자세히 알아봐야겠소. 기다리시오!"

적풍이 청룡검을 빼 들었다. 그러고는 이산해 등이 말릴 사이도 없이 말을 몰아 삼보노와 그를 공격하는 북두회의 다섯 고수를 향해 달리기 시작했다.

두두두!

말발굽 소리가 지축을 흔들었다.

적풍의 눈에 용의 형상을 한 연무와 그 주위를 빠르게 돌고 있는 북두회의 다섯 고수가 좀 더 확연하게 들어왔다.

반면 삼보노 사혼의 모습은 거의 보이지 않았다.

연무는 사혼의 피를 머금어 붉은 기운을 띠는 곳도 있었다. 아마 이대로 둔다면 채 이각을 버티지 못하고 사혼은 죽을 것이다.

'이상하군. 가능할 것 같아.'

기이한 일이었다.

전장에서도 그랬다. 항상 싸우기 전의 두려움은 일단 도검의 숲으로 들어가면 말끔히 사라졌다.

대신 그 자리를 상대에 대한 적의, 혹은 승리에 대한 갈망과 전장을 지배하고자 하는 욕망이 대신했다.

지금도 그랬다.

적들을 향해 다가갈수록 처음 느꼈던 두려움이 사라져 갔다.

대신 적들을 단번에 벨 수 있을 것 같은 자신감이, 적들에 대한 강렬한 전의가 불타올랐다.

그리고 급기야 어깨뼈가 서서히 이탈되는 것을 느꼈다.

숨기려 했던 그 익골이 그것을 찾는 자들 앞에서 솟구치고 있었다.

"오웃!"

자신도 모르게 적풍의 입에서 야인들 특유의 외침이 흘러나왔다.

두두두!

적풍이 좀 더 속도를 높였다. 그를 태운 흑마가 바람처럼 적들을 향해 닥쳐들었다.

"놈을 막앗!"

중후한 인상의 사내에게서 날카로운 목소리가 터져 나왔다.

그러자 키 큰 사내가 진을 이탈했다. 그러고는 장도를 들어 다가오는 적풍을 향해 휘둘렀다.

사내가 이탈하자 사혼을 휘감고 있던 용 모양의 연무가 일그러지기 시작했다. 그러고는 키 큰 사내가 차지했던 곳으로 급격하게 연무가 빠져나갔다.

그러자 사혼이 연무 속에서 모습을 드러냈다.

"모두 죽여 버리겠다!"

연무 속에서 모습을 드러낸 사혼은 인간의 모습이 아니었다.

붉은 눈, 찢겨진 옷, 낭자한 선혈! 그야말로 백만대군을 뚫고 나온 장수와 같았다.

그리고 찢겨진 진을 탈출하는 순간 그는 소름 끼치는 마인으로 변했다.

그런데 그렇게 고난을 겪고 마인의 본성을 드러낸 사혼보다 더 적을 경악시킨 사람이 있었다.

적풍이었다.

"놈!"

말을 타고 달려오는 모습이 영락없이 야인인 적풍을 보며 키 큰 사내가 노성을 토했다.

상승의 무공을 익힌 무인에게 야인들이란 그저 사나운 짐승에 지나지 않았다.

사내의 도가 허공에 커다란 반월을 그렸다. 도를 따라 달무리가 지듯 흐릿한 도기가 형성됐다.

완벽한 모습은 아니지만 도기를 형성할 수 있다면 사내는 이미 절정의 경지를 넘보는 고수라고 할 수 있었다.

그런 고수를 향해 적풍이 무모하게도 청룡검을 부딪혀 갔다.

콰아아!

적풍의 청룡검과 사내의 도기가 허공에서 격돌했다.

콰릉!

강력한 충돌음이 온 산을 뒤흔들었다.

그리고 그 놀라운 일이 벌어졌다.

"욱!"

"큭!"

두 마디 신음이 동시에 터져 나왔다.

적풍이 충돌의 충격을 견디지 못하고 말 등에서 떨어졌다.

그러면서도 본능적으로 적의 공격을 피해 재빨리 땅을 굴러 삼사 장 거리를 이동한 후 몸을 튕겨 바로 섰다.

그 움직임이 마치 한 마리 야수와 같다.

적풍의 시선이 급히 키 큰 사내를 찾았다. 그런데 의외의 모습이 적풍의 눈에 들어왔다.

적풍과 십여 장 떨어진 곳에서 사내가 자신의 도(刀)를 거꾸로 땅에 박고는 그 도에 의지해 흔들거리고 있었던 것이다.

끊임없이 흔들리는 사내의 입가에 얼핏 핏기가 보이는 것도 같았다.

"별거 아니었던가?"

적풍이 중얼거렸다.

살기만 해도 다행일 거라 생각했던 상대였다. 그런데 외려 상대가 더 심각한 부상을 입고 비틀거리고 있지 않은가.

"네… 놈은?"

사내가 믿을 수 없다는 듯 적풍을 노려보며 중얼거렸다.

사내가 입은 내상은 결코 가볍지 않았다. 그러나 그 내상이 온전히 적풍의 공격에 의해 생긴 것은 아니었다.

단지 적풍이 사내의 예상보다 훨씬 강한 힘을 지니고 있었기 때문이었다.

만약 적풍에게 타고난 신력이 있다는 것을 알고 있었다면 그에 대비한 사내가 이렇게 심각한 내상을 입지는 않았을 것이다.

적풍이 그저 단웅족 용사 중 하나라고 생각해 심맥을 보호하지 않고 진기를 끌어 올렸던 것이 그에게 치명적인 결과를 가져 온 것이다.

"나도 당황스럽군. 하지만… 이유야 어쨌든 승자에겐 승자로서의 권리가 있지."

적풍이 청룡검을 들고 사내를 향해 다가갔다.

사내가 비틀거리면서도 도를 들어 적풍을 겨눴다. 그러자 쓰러질 것 같던 사내의 기세가 다시 사나워졌다.

"그래. 그래야 싸울 맛이 나지!"

적풍이 혀를 내밀어 입술을 적시며 중얼거렸다.

사내에 대한 두려움은 이미 사라지고 없었다. 싸움 자체가 만들어내는 이 긴장감은 적풍에게 마치 마약과 같았다.

검을 들면 없었던 전의가 일어나고, 몰랐던 힘이 생겨났다. 그리고 적풍의 본성이 그 모든 것을 즐겼다.

적풍이 사내를 향해 돌진했다. 청룡검이 바람을 일으키며 사내를 쳐댔다.

유령마군 사혼이 진천벽력검법이라는 그럴듯한 이름으로 둔갑시킨 삼재검법이다.

"이놈… 날 모욕하느냐?"

사내와 같은 고수가 삼재검을 몰라볼 리 없다. 그래서 사내는 적풍이 자신을 조롱한다고 생각했다.

아무리 부상을 당했다고 해도 자신과 같은 고수를 시정잡배나 수련한다는 삼재검으로 상대하려 하니 수치심을 느끼는 것은 당연했다.

"무슨 헛소리를!"

당연히 적풍은 사내의 말뜻을 알아듣지 못했다. 물론 검을 멈추지도 않았다.

적풍의 청룡검이 그대로 사내의 머리를 쪼갤 듯이 떨어졌다.

"놈!"

사내가 장도를 들어 적풍의 청룡검을 막았다.

쾅!

다시 검과 도가 격돌했다. 그리고 처음처럼 그렇게 사내는 믿을 수 없는 힘의 압력을 느꼈다.

"욱!"

사내가 한쪽 무릎을 꿇었다.

부상을 당하기 전에도 힘겨웠던 적풍이다. 그런데 내상을 크게 입은 상태에서는 적풍의 이 기이한 신력을 도저히 당해낼 수 없었다.

그그긍!

검과 도가 마찰을 일으키며 소름 끼치는 소리를 냈다. 그럴수록 청룡검이 키 큰 사내의 이마에 가까이 다가갔다.

적풍이 다시 힘을 냈다. 그러자 그의 눈에 검은 기운이 감돌기 시작하더니 옷 속에 감춰졌던 그의 익골이 눈에 띄게 솟구쳤다.

그 순간 사내가 경악했다.

"놈! 이골마족이구나!"

그게 사내가 세상에 남긴 마지막 말이었다.

퍽!

적풍의 청룡검이 사내의 목과 어깨 사이를 파고들었다.

"욱!"

사내가 막힌 듯한 신음을 내뱉으며 그대로 너부러졌다.

"목 형!"

중년 사내가 급히 사내를 불렀다. 그러나 이미 키 큰 사내의 숨은 끊어진 이후였다.

그렇다고 중년 사내가 적풍에게 복수를 할 수도 없었다. 그와 그의 동료들은 완전히 자유를 되찾은 유령마군 사혼을 상대하는 것도 벅찼기 때문이었다.

"이골마족? 이골마족이라, 괴상한 뼈를 지닌 족속이란 뜻인 것 같은데… 그렇게 부르나 보지? 틀린 말은 아니지."

적풍이 어깨를 으쓱하고는 시선을 돌렸다. 그러자 사혼의 괴물 같은 모습이 보였다.

"괴물은 내가 아니라 사부군."

사혼의 무공은 소름 끼쳤다.

붉은 염기에 휘감긴 사혼의 무공은 빠르고 날카로웠다. 그의 손에 들린 병기도 병기지만 검을 들지 않은 왼손은 더욱 무서웠다.

마치 뼈가 없는 것처럼 움직이는 그의 팔 끝에서 날카로운 손가락들이 어김없이 적의 급소를 찌르고는 후벼 팠다.

"악!"

날카로운 비명이 터져 나왔다.

중년의 여인이 사혼의 검에 찔려 피를 뿌리며 쓰러졌다.

"언니!"

미숙함은 나이에서 여실히 드러났다. 사혼이 상대하던 자 중 가장 나이 어린 여인이 중년 여인이 쓰러지자 진에서 이탈했다.

"몽 여협 조심하시오!"

중후한 인상의 사내가 급히 경고했다.

그러나 때는 이미 늦어 어느새 다가온 사혼의 손이 젊은 여인의 등을 가격하고 있었다.

퍽!

"악!"

젊은 여인의 입에서 피분수가 쏟아졌다. 그녀의 몸이 부축하려던 중년 여인의 몸 위에 포개지듯 쓰러졌다.

두 여인은 한데 엉켜 넘어진 채 쉽게 일어서지 못했다. 몸을 꿈틀대는 것으로 보아 죽은 것 같지는 않았지만 그렇다고 일어나 싸울 지경도 아니었다.

"지켜라!"

사혼의 목소리가 적풍의 귀에 들렸다. 그 소리가 자신에게 하는 말인 줄 알아챈 적풍이 성큼성큼 다가가 땅에 쓰러진 여인들을 멀찍이 끌어냈다.

"으음……."

한데 엉켜있는 두 여인이 적풍의 손에 끌려오며 고통을 참지 못하고 신음을 흘렸다.

그러나 적풍에게 자비 같은 것은 없었다.

싸움에 뛰어든 순간 남자든 여인이든 고통에 숨 쉬는 것처럼 친숙해져야 한다고 생각하는 적풍이었다. 그러니 여인들의 고통쯤은 그의 관심을 끌지 못했다.

대신 적풍의 관심은 여전히 싸움을 벌이고 있는 사혼과 그의 두 적에게 있었다.

상대가 줄었으니 사혼의 무위는 점점 위력을 더해갔다.

보이지 않을 만큼 빠른 움직임, 상대의 빈틈을 놓치지 않고 파고드는 검의 날카로움, 거기에 더해 잔혹하기 이를 데 없는 그의 왼손이 남은 두 사람을 계속해서 밀어붙이고 있었다.

퍽!

급기야 사혼의 손이 음울한 인상을 가진 사내의 가슴에 말없이 박혔다.

"크악!"

심장이 뜯기는 고통을 이기지 못한 사내가 비명을 지르며 쓰러졌다.

"이 악독한 살귀!"

중후한 인상의 사내가 노기를 참지 못하고 부들부들 몸을 떨며 소리쳤다.

"이 애송이 녀석아, 그럼 네 손에 순순히 죽어줘야 정의군자란 말이냐?"

사혼이 호통을 치며 사내를 찔렀다.

창!

사내가 겨우 검을 휘둘러 사혼의 공격을 막았다. 그러나 그건 그의 마지막 몸부림에 불과했다.

검과 검이 마주치는 순간 사혼의 신형이 허공에서 사라지는 듯싶더니 이내 사내의 등 뒤로 빠져나오며 그의 등에 일장을 때렸다. 젊은 여인을 제압할 때와 같은 수법이다.

"컥!"

사내가 입으로 피를 토하며 앞으로 튕겨 나갔다.

"시간이 없으니 고통 없이 보내주마!"

사혼이 적선하듯 말하고는 가차 없이 사내의 목을 검으로 그었다. 그러자 사내가 신음도 없이 그대로 숨을 거뒀다.

"버르장머리 없는 놈들 같으니라구. 새파랗게 젊은 것들이 감히 겁도 없이 날 건드려? 퉷!"

사혼이 마른 침을 땅에 뱉으며 죽은 자들에게 욕설을 퍼부었다.

그러고는 적풍을 보며 물었다.

"죽었느냐?"

"곧 죽을 것 같습니다."

"음… 하나는 살려야 하는데."

"난 그런 재주는 없습니다."

"그건 나도 알아."

사혼이 퉁명스레 대답을 하고는 적풍 옆으로 다가와 두 여인을 살폈다.

"젊은 쪽이 그나마 가능성이 있겠군. 들어라!"

사혼의 말에 적풍이 망설였다.

"들라니까?"

사혼이 재촉했다.

"그냥 죽도록 놔두지요."

적풍으로선 여인이 살아나 그들이 쫓던 사람이 사실은 이골마족이라 불리는 자신이란 것을 떠들어대는 것이 달갑지 않았다.

그 사실은 안 사혼이 어떻게 나올지 도저히 예상할 수 없기 때문이었다.

"젊은 놈이 어째 그리 매정하냐. 하나는 살려야 해. 그래야… 북두회에 대해서 알아내지. 쫓기는 놈은 쫓는 자에 대해 제대로 모르면 결국 잡히게 되어 있단 말이다. 다 널 위해서 하는 일이다."

사혼이 말에 적풍이 어쩔 수 없이 젊은 여인을 어깨에 올렸다. 그도 자신을 쫓는 자들에 대한 알고 싶은 마음이 있기도 했다.

"네 녀석… 볼수록 특이한 놈이다. 설마… 북두회의 고수를 꺾을 줄이야."

여인을 메고 일어서는 적풍을 보며 사혼이 중얼거렸다.

"사부야말로 이상한 사람입니다."

적풍이 퉁명하게 대답했다.

"흐흐, 좀 그렇지? 아무튼 이젠 같은 놈들에게 쫓기게 됐으니 우린 이제야말로 진정한 사제지간이 될 수 있을 것 같구나."

"그동안은 아니었습니까?"

"흐흐, 솔직히 말하자면… 내가 네게 미안한 일이 좀 있지."

"뭐가 말입니까?"

"나중에 말해주마! 일단 여길 좀 정리하자."

사혼이 품속에서 검은 전낭을 꺼내 쓰러진 자들의 시신 위에 뿌렸다. 그러자 거짓말처럼 시신들이 썩어 들어가기 시작했다.

"죽은 자들의 흔적을 남기는 것은 좋지 않지. 가자!"

사혼이 손을 털며 걸음을 옮기기 시작했다.

보면 볼수록 괴이한 사혼을 적풍이 물끄러미 바라보다가 그의 뒤를 따랐다.

제4장
흑사회

둥둥둥!

투박한 북소리가 흑수 강변에 울려 퍼졌다. 그러자 산처럼 거대한 불길이 하늘로 솟구쳤다.

그 아래 번들거리는 눈빛으로 단웅족의 족장 고웅타가 서 있었다.

"가져와라."

고웅타가 말했다.

그는 변해 있었다. 흑수변 작은 사냥꾼 부족의 우두머리였던 그는 어느새 왕의 흉내를 내고 있었다.

말투는 근엄했으며, 주위 십 장 안에 사람을 두지 않는 것 역시 어디서 주워들은 것인지 몰라도 왕들이 고귀함을 드러내기 위해 쓰는 방책 중 하나였다.

적풍이 오르도의 족장 수타이의 머리가 든 가죽 주머니를 들고 고웅타에게 다가갔다.

그러자 재빨리 고웅타의 심복이자 천호장인 울루가 적풍의 앞을 막으며 손을 내밀었다.

적풍이 순순히 가죽 주머니를 울루에게 넘겼다.

울루가 가죽 주머니를 들어 올려 무게를 한번 가늠해 보더니 조심스럽게 고웅타에게 건넸다.

"음… 이게 수타이란 말이지?"

"그렇습니다."

적풍이 대답했다.

"좋아. 그럼 작별 인사를 해야지?"

고웅타가 조금 긴장한 표정으로 가죽 주머니를 열었다. 그러자 그 속에서 눈을 부릅뜬 채 죽은 수타이의 얼굴이 모습을 드러냈다.

"음… 고약하군. 죽어서도 눈을 감지 않다니… 쯔쯔, 어쩌겠나? 그게 그대의 운명인걸. 아무튼 말이야, 난 그대를 이 북방의 관습대로 대우해 주겠네."

고웅타가 가죽 주머니를 닫으며 중얼거렸다.

그가 가죽 주머니를 다시 천호장 울루에게 건넸다. 그러자 울루가 조심스럽게 수타이의 머리를 받아 들었다.

"그의 머리뼈로 술잔을 만들어 와라. 오늘 밤 그 잔으로 이별주를 마시겠다. 그래도 이 땅을 두고 다투었던 친구였는데 관습대로 보내줘야지?"

"알겠습니다."

울루가 대답하자 고웅타가 가볍게 손짓을 해 울루를 물러가게 했다.

울루가 물러나자 고웅타의 시선이 적풍에게로 향했다. 그의 눈빛에 수많은 감정이 뒤섞이는 것을 적풍은 묵묵히 응시했다.

"유괴!"

"예, 족장!"

적풍이 대답했다.

"족장이라……."

고웅타가 슬쩍 머리를 비틀었다. 뭔가 불만인 모습이다.

"칸이라 불러 드릴까요?"

고웅타의 속내를 눈치챈 적풍이 되물었다.

"조금 이른가?"

"흑수를 어머니로 모시고 사는 자들을 모두 소집하십시오. 그 자리에서 정식으로 칸의 자리에 오르십시오. 그래야 모두가 수긍할 것입니다. 그전에는……."

적풍의 말에 고웅타의 얼굴에 웃음이 살아난다.

"하하, 그렇지? 격식을 차리지 않고 칸을 자처하면 무식한 사냥꾼이란 소리를 듣게 될 거야. 좋아. 걸사우!"

"예, 주군!"

천호장 걸사우는 다른 호칭으로 고웅타에게 대답했다.

"한 달 뒤, 흑룡산에 북방의 족장들을 모아라. 그 자리에서 이 땅에 새로운 칸이 탄생했음을 알리겠다."

"알겠습니다."

걸사우가 대답했다.

"유괴!"

고웅타가 다시 적풍을 불렀다.

"하명하십시오."

"명을 내리려는 것은 아니고 약속대로 상을 주겠다. 내일부터 넌 단웅족의 세 번째 천호장이다. 근자에 나의 그늘을 찾아온 자들을 모아 흑룡산 동쪽에 숙영하라!"

"감사합니다!"

"네가 해낸 일에 대한 정당한 보상이다. 모두 들어라!"

"예, 족장!"

사방에서 대답이 들려온다.

"삼 일간 잔치를 연다. 이제 이 땅은 우리 단웅족의 것이다. 마시고 즐겨라. 그리고 새로운 칸이 서면 우린 그 옛날 조상들이 갔던 길을 갈 것이다."

"와아!"

사방에서 단웅족의 함성이 일어났다.

적풍은 그 함성을 들으며 마치 자신이 그 함성의 주인이 된 것 같은 착각에 빠졌다.

그가 시선을 돌려 고웅타를 바라봤다.

고웅타가 도끼를 든 손을 들어 단웅족 용사들의 환호에 화답하고 있었다.

'좋은 자리야.'

적풍이 왕이 된 고웅타를 보며 생각했다.

*   *   *

"왜 저렇게까지 해야 하죠?"

설루가 화를 참지 못하고 물었다.

"저들은 이골마족이니까."

유취려가 냉정하게 대답했다.

"도대체 이골마족이 뭔데요?"

설루가 따지듯 물었다.

"저주받은 몸을 가지고 태어난 자들이랄까?"

"문둥병이라도 된다는 건가요?"

"아니, 더 위험하다."

"도대체 뭐가요? 제가 보기엔 그저 평범하고 순박한 사람들 같은데……."

설루의 시선이 산 아래 마을로 향했다.

마을은 불타고 있었다.

반 시진 전 들이닥친 북두회의 무인들은 마을을 철저히 파괴했다. 마을에 살고 있던 사람 반은 도륙하고 반은 사로잡았다.

죽은 자 중 태반은 어린아이와 여자들이었다. 참혹한 학살이었다.

그렇게 마을을 불태운 자들이 살아남은 사람들을 짐승 묶
듯이 묶어 마을을 떠나고 있었다.

자신들은 말을 타고 있었지만 그들이 끌고 가는 사람들은
걸어야 했다. 끌려가는 사람들 거의가 신발도 제대로 신지 못
하고 있었다.

"그들이 저항하는 것을 보았지?"

"당연히 싸우죠. 자신들을 죽이려는 사람들인데!"

"아니, 그걸 말하는 게 아니라 그들의 힘을 말하는 거다. 마
을에 있던 사람 중 싸울 수 있는 사내의 숫자가 겨우 열이었
다. 그런데… 무림인 스무 명을 상대로 반 시진을 버텼어. 무공
도 모르는 자들이 말이다. 그건 그들이 선천적으로 뛰어난 힘
을 가지고 있기 때문이다. 개중에는 무인도 놀랄 만한 힘을 발
휘하는 자들이 섞여 있다. 너도 보았겠지만 말이다."

유취려의 말을 듣고는 설루가 금세 의아한 표정을 지었다.

"정말 그들이 무공을 전혀 모르는 사람들이었단 말인가요?"

"그래. 병기도 숲에서 쓰는 도끼나 낫이 전부였다."

"그러고 보니 그러네요. 그런데 어떻게……?"

"그래서 그들을 저주받은 몸이라고 하는 게다. 조금 전에 본
것처럼 그들은 보통 사람들과는 다른 힘을 발휘하거든. 그렇지
않은 자라도 특별한 재주들을 지닌 경우가 많지. 그래서 저들
을 이골마족이라 부르는 것이다. 달리 이혈마문이라 부르기도
하고, 자신들 스스로는 신혈족이라고 한다더구나."

"그게… 죽어야 하는 이유인가요?"

"휴… 나도 그건 잘 모르겠다. 그러나 무림에 위협이 되는 것은 분명하다. 그런 일이 이십여 년 전에 정말 일어났으니까. 사실 그때까진 세상에 저런 자들이 존재하는지조차 제대로 알려지지 않았다. 물론… 지금도 저들의 존재는 극비에 속하는 일이지만."

"이십 년 전의 일이라면……?"

"저들 중 일부가 무림을 쑥밭으로 만들었단다. 무림의 명문 중 일곱 곳을 유린했으며 그들의 보물을 탈취했다. 더 두려운 것은 그들의 최후가 무림인들에 의해서가 아니라 단 한 사람의 기지와 희생으로 이뤄졌단 것이다. 그러지 않았다면 무림은 그들의 손에 들어갔을 수도 있다."

"그가 누구죠?"

"응?"

"그들을 제거했다는 사람이요."

"의천노공 우서한이란 사람이지."

"우서한… 지금도 살아 있나요?"

"그건 나도 잘 모르겠다. 그 이후 몇 번 강호에 모습을 보이긴 했지만 그것도 벌써 십 년이 되었구나. 십 년 전부터는 전혀 모습을 보이지 않았지. 살아 있다면 지금 백사오 세가 되었을까?"

"그렇다면 죽었을 수도 있겠네요. 나이가 그렇게 많다니……."

설루가 호기심을 보이며 물었다.

"알 수 없지. 워낙 신비의 인물이니까. 그는 전마가 이끄는 검은 사자들이 무림을 종횡할 때 속마음을 숨기고 그들 사이에 끼어 있었다. 그리고 그들을 북방의 오지로 유인해 그곳에서 수장시켰지."

"수장이요?"

"그 일로 산에 호수가 만들어졌다. 전마호라고 불리기도하고, 검은 사자들의 무덤이라고도 불리는 호수지."

"어디에 있어요?"

"북방 먼 곳, 월하선봉이란 곳에 있다고 하는데 나도 가보지는 못했구나."

유취려가 북쪽으로 시선을 돌리며 말했다.

"아무튼 그래서 그들과 같은 혈통을 지닌 자들은 제거한다는 건가요?"

"그게… 무림이지. 세상이고."

"비겁한 짓이에요. 아무리 그래도 아녀자와 어린애들까지. 그런데 이해할 수 없군요."

"뭐가 말이냐?"

"그렇게 대단한 사람들의 후손이 왜 저렇게 무공도 모른 채 세상에서 숨어 살아가는 거죠? 당연히 그 후손도 뛰어난 무공과 무림인들을 상대할 문파를 가지고 있어야 하는 것 아닌가요?"

"음… 그건 애초에 신혈족은 무공을 수련하지 않았기 때문이다. 이유는 모르겠다. 그런 재주를 가지고 왜 무공들을 수련치 않았는지. 하지만 어쨌든 그들 사이엔 무공을 수련치 말라는 전통이 내려오고 있었다고 한다. 그런데… 그가 나타난 거지. 신혈족 중 근골이 뛰어난 자들을 모아 검은 사자들을 탄생시키고 무림을 뒤집어엎은……."

"전마란 자 말인가요?"

"그래."

"그는 어떤 사람이었죠?"

"그는……."

유취려가 망설이는 듯한 표정으로 설루를 보며 말을 얼버무렸다. 그런데 설루가 유취려의 대답을 기다리다가 갑자기 놀란 표정을 지었다.

"어, 저건!"

"왜 그러느냐?"

"저기 보세요."

설루가 손을 들어 서쪽 숲을 가리켰다.

두두두!

말발굽 소리가 멀리 떨어진 두 사람에게까지 들렸다.

숲에서 나타난 자는 모두 십여 명 정도였다. 그런데 그들은 무모하게도 마을 사람들을 끌고 가는 무림인들을 향해 돌진하고 있었다.

"전부가 아니었나 봐요."

"그러게 말이다. 사냥을 나갔었나? 그런데 그래도 저건 너무 무모하구나."

유취려가 인상을 찌푸렸다.

마을을 떠나 있어 변을 당하지 않았다면 무림인들이 떠날 때까지 숨어 있을 것이지 왜 뛰쳐나왔는지 이해가 되지 않는 표정이었다.

"가족이 끌려가는데 그냥 둘 수 없었겠죠."

"자신들이 죽어도 말이냐?"

"가족이란 그런 거죠."

설루가 대답했다.

"그… 런가? 가족이란 그런 건가?"

유취려가 우울한 표정으로 중얼거렸다.

"그럼요. 아니면 그게 무슨 가족이에요."

"그렇지. 자신의 안위를 위해 가족의 고난을 모른 척한다면 그건 가족이 아니지."

설루는 보지 못했지만 유취려의 얼굴이 묘하게 일그러지고 있었다. 그러면서 그녀가 가볍게 입술을 물었다.

숲에서 나타난 자들이 무림인들과 격돌했다.

그런데 싸움의 양상이 조금 달랐다. 숲에서 나온 자들은 마을에 있던 사람들과 달리 무림인들을 상대로 대등한 싸움을 하기 시작했던 것이다.

"과연 이골마족! 놀랍구나!"

유취려가 감탄사를 흘려냈다.

"그래도 숫자가 너무 적어요."

설루가 우울한 표정으로 말했다. 그녀는 자신도 모르게 어느새 저주받은 혈통이라는 이골마족을 응원하고 있었다.

그 이유가 그들과 같은 피를 지니고 있을 적풍 때문만은 아니었다.

적풍이 아니더라도 이골마족이란 사람들이 당하는 박해는 너무 가혹했다.

"그래, 어쩔 수가 없구나. 숫자가 너무 부족해. 더군다나 상대가 호천대니……."

유취려가 혀를 찼다.

잠시 팽팽하던 싸움은 얼마 지나지 않아 금세 판세가 기울었다. 두 사람의 걱정대로 숲에서 나온 자들이 급격하게 수세에 몰리기 시작했다.

이대로라면 그들조차도 무림인들에게 곧 제압당하고 말 것이다.

그런데 그때였다.

갑자기 천둥 같은 고함 소리가 터져 나왔다.

"으아앗!"

순간 놀랍게도 무림인들 서넛이 튕겨지듯 뒤로 물러났다. 그 사이로 이골마족이라 불린 사내 중 가장 덩치가 큰 사내가 사로잡힌 사람들을 향해 들소처럼 뛰어갔다.

그 기세가 야차처럼 사나워서 일순 누구도 그 앞을 막지 못했다.

그렇게 묶여 있는 사람들에게 다가간 사내가 그중 한 명의 밧줄을 칼로 끊어버렸다.

그러고는 지체하지 않고 묶여 있던 사내와 함께 도주하기 시작했다.

"막앗!"

무림인들을 지휘하고 있던 초로의 노인이 급히 명을 내렸다.

그러자 사내의 괴력에 놀라 뒤로 물러났던 무림인들이 일제히 도주하는 두 사람을 추격하기 시작했다.

그런데 추격에 나선 무림인들을 다른 이골마족들이 죽음을 각오하고 막아섰다.

무림인들은 앞을 막아서는 자들을 향해 가차 없이 도검을 휘둘렀다.

"악!"

"크악!"

이골마족이라 불린 자들이 하나둘 쓰러져 갔다. 그러나 그들은 죽어가면서도 쉽게 길을 열지 않았다.

그 덕분에 도주하는 두 사내는 순식간에 북쪽 절벽에 도달했다.

두 사람은 날짐승처럼 절벽을 타고 오르기 시작했다. 특히 묶여 있다 풀려난 사내는 마치 맨 땅을 달리듯 절벽을 오르고 있었다.

괴력으로 길을 열었던 사내 역시 열심히 절벽을 올랐으나 앞선 사내를 따르기에는 역부족이었다.

그런데 그때 갑자기 매서운 파공음이 일어나더니 한 자루 검이 빛처럼 날아와 괴력을 발휘했던 사내의 등을 뚫고 들어갔다.

"크억!"

사내의 입에서 비명 소리가 터져 나왔다.

"구왕!"

앞서 절벽을 오르던 사내가 아래를 내려다보며 소리쳤다.

"보… 복수를!"

등을 관통당한 괴력의 사내가 그 말을 남기고 절벽 아래로 떨어졌다.

쿵!

사내의 몸이 바위 같은 소리를 내며 땅에 처박혔다. 당연히 그는 더 이상 움직일 수 없었다. 즉사한 것이다.

순간 야수의 울부짖음 같은 소리가 숲을 뒤흔들었다.

"크아악! 내가 반드시 너희들을 찾아가겠다. 그때 단 한 놈도 남기지 않을 것이다. 율법 따위는 버리고 무공을 수련하리라. 제이의 검은 사자들이 반드시! 반드시 너희를 찾아갈 것이다. 내 이름은 우마다! 이 이름을 기억하라!"

절벽에 매달린 채 복수를 맹세한 사내가 순식간에 절벽 위로 올라가 숲으로 사라졌다.

절벽 아래에 도착한 무인들이 걱정스런 표정으로 절벽 위를 바라보고 있었다.

무림인들은 죽은 자들의 시신을 그 자리에 놓아둔 채 다시 길을 떠났다.

그렇게 모든 사람은 떠났지만 설루와 유취려는 쉽게 떠날 수 없었다.

그녀들의 눈으로 목격한 한 사람의 죽음과 한 사람의 도주가 두 사람의 발목을 잡았다.

그 처절한 느낌이 너무도 생생하게 뇌리에 각인되었다.

특히 도주한 자의 저주는 두 사람의 모골을 송연하게 만드는 것이었다.

"가자!"

문득 유취려가 말했다.

"어디로요?"

"그 아이를 찾아야지. 이곳에 없었으니 다른 곳을 찾아봐야지."

"살아 있을까요?"

"글쎄… 그건 나도 모르겠구나."

*　　　　*　　　　*

흑룡산은 흑수를 따라 이어져 동쪽 바다에 이르는 거대한 산맥의 초입이다.

본래 흑룡산을 중심으로 서쪽에는 오르도족이 유목을 하고 있었고, 동쪽에선 단웅족이 산에 들어가 사냥을 하며 살았다.

그래서 이 땅의 지배자를 자처하게 된 고웅타는 자연스럽게 흑룡산을 중심으로 숙영지를 구축했다.

흑룡산 중심에는 고웅타가, 그 앞쪽으로 남쪽을 바라보는 자세로는 천호장 울루가, 서쪽 초원에 인접해서는 또 다른 천호장 걸사우가 자리 잡았다.

동쪽의 험준한 산악 지역은 적풍에게 맡겨졌다.

험악한 산에 숙영지를 꾸리는 일은 여간 번거로운 일이 아니었지만, 가장 늦게 천호장이 된 자가 감수해야 할 일이기도 했다.

천호장이라고 하지만 실질적으로 적풍의 그늘에 들어온 가호는 칠백여 호뿐이었다.

천호장이라고 무 자르듯 사람을 나눠주는 것은 아니어서, 사람을 모으는 것은 각 천호장의 능력에 따라 차등이 있었다.

그런 의미에서 보자면 그나마 칠백이라도 모은 것은 제법 괜찮은 성과였다.

적풍은 이 일이 삼보노, 그러니까 유령마군 사혼 덕분이란 것을 알고 있었다.

사혼은 적풍이 수타이의 머리를 가져오기 전에 이미 적풍의 천호에 속할 사람들을 규합해 놓고 있었다.

사혼의 능력은 겪을수록 대단했다.

단순히 강호의 고수 다섯을 홀로 상대하는 무공에 대한 이야기가 아니었다.

그가 이족인 단웅족에 들어와 그들에게 존경받는 인물로 떠받들어지고, 또 사람들이 모르는 사이에 자신을 따르는 자들을 키워내는 것을 보며 적풍은 새삼 사혼의 능력에 감탄할 수밖에 없었다.

그러면서 적풍은 새로운 사실을 하나 깨달았다.

그건 바로 사혼 같은 사람을 곁에 두면 만사가 편안해진다는 것이었다. 머리를 쓰는 일은 그 일에 합당한 사람이 따로 있었던 것이다. 그걸 깨닫자 사혼의 존재가 더욱 중요해졌다.

물론 사혼은 정반대의 생각을 하고 있었다.

사혼의 입장에서는 자신의 생각대로 움직여 주는 난폭한 사냥개가 필요했다.

특히 이 야만의 땅에서 자신이 원하는 것을 만들어내려면 더욱 그러했다.

그런 점에서 적풍은 사혼에게 아주 훌륭한 사냥개였다.

그래서 서로가 상대를 자신에게 필요한 사람이라 생각하는 두 사람의 관계는 더욱 밀접해졌다.

그런데 두 사람의 관계가 깊어질수록 사혼은 깊은 고민에 빠질 수밖에 없었다.

"어쩐다?"

사혼이 똥마려운 강아지처럼 한곳에 서 있지 못하고 이리저리 움직이며 중얼거리고 있었다.

그러자 숲으로 이어진 길에서 한 사내가 걸어 나오며 물었다.

"회주, 혼자서 뭘 그렇게 중얼거리십니까?"

사내가 나타나자 사혼이 반가운 듯 사내를 반겼다.

"타림, 어서 오게. 그렇잖아도 기다리고 있었네."

사내는 오십 대 중반의 나이로 보였고, 가는 눈을 가졌지만 숨겨진 안광이 무척 날카로운 자였다.

한눈에 보아도 독한 심성에 영악한 머리를 지닌 인물이 분명했다.

그는 사혼이 중원에서 불러온 옛 수하 중 하나인데 과거 사혼이 유령마군으로 불리며 강호를 종횡할 때 그를 따르던 심복 중 하나였다.

"무슨 걱정이라도 있으십니까?"

"걱정이라기 보단 고민이라고 해야지."

"무슨 일이십니까?"

"타림, 자네도 그를 보았지?"

"누굴 말입니까?"

"천호장 말일세."

"유괴 말이군요."

말투로 보아 타림이란 사내는 적풍을 그리 대단찮게 여기는 듯싶었다. 천호장임에도 불구하고 스스럼없이 이름을 입에 올렸다.

"어찌 보았나?"

"뭐… 확실히 특이한 사람이긴 하더군요. 뭐랄까, 우두머리의 풍모가 있달까? 어린 나이에도 불구하고 천호장이라는 자리가 어색해 보이지 않았습니다."

"그렇지?"

사혼이 되물었다.

"회주께는 큰 도움이 될 친굽니다."

"나도 그렇게 생각하네."

사혼이 고개를 끄덕였다.

"그런데 무슨 문제라도 있습니까?"

"아니, 그게 아니고… 그 녀석을 정식으로 내 제자로 들이면 어떨까 해서… 지금처럼 그저 사부 흉내만 낼 게 아니라 말일세."

"그 친구를요?"

중년 사내 타림의 표정이 살짝 굳어졌다.

"가르쳐 보니 자질이 나쁘지 않아. 아니, 솔직히 말하면… 놀라울 정도로 뛰어나네. 욕심이 난단 말이야."

"하지만 그는… 북두회의 추격을 받고 있는 친구입니다. 당장은 쓸모가 이지만 깊은 인연을 맺어서는……."

"나도 그게 마음에 걸리기는 하는데… 솔직히 말해 우리도 쫓기는 입장은 마찬가지 아닌가?"

"그렇긴 하지요."

타림이 떨떠름한 표정으로 대답했다.

그의 반응은 사혼도 예상한 것이다. 타림과 몇몇 흑사회 고수는 지금 치열하게 이 인자 자리를 놓고 경쟁 중이었다.

사혼의 나이 일흔을 바라보고 있었다. 그러니 흑사회가 재건된다면 타림 등 이 인자 자리를 놓고 경쟁하는 자 중에서 사혼의 후계자가 나올 가능성이 컸다.

사실은 그 이유가 타림 등이 사혼의 부름을 받고 이 멀고 먼 야인의 땅으로 군말 없이 달려온 이유기도 했다.

그런데 만약 사혼이 정식으로 제자를 들이면 타림 등은 그 야말로 닭 쫓던 개 신세가 되고 마는 것이다.

"내 자네들 마음을 모르는 것은 아니야."

사혼이 조금 냉정하게 말했다.

순간 타림이 흠칫하며 얼른 얼굴색을 바꿨다. 그제야 그는 자신이 상대하는 사람이 어떤 사람인지 깨달았다.

"회주님의 뜻대로 하십시오."

타림이 아는 흑사회주 사혼은 자신의 결정에 반대하는 자라면 그가 수십 년 충성을 바친 수하라도 단칼에 죽일 수 있는 사람이었다.

"자네들이 불만을 가질 만도 해."

"그럴 리가 있겠습니까?"

타림이 얼른 고개를 젓는다. 사혼이 그런 타림의 대답을 무시하고 계속 말을 이었다.

"자네들이라고 왜 야심이 없겠어. 내가 늙고 병들면 흑사회를 이어받기 위해 경쟁 중인 걸 아네. 그런데 말이야, 자네들 중 흑사회를 이끌고 군림천하할 능력이 있는 사람이 있는가?"

"구, 군림천하요?"

타림이 놀란 얼굴로 사혼을 바라봤다.

"그래, 군림천하! 어때, 그럴 만한 재목이 있나?"

"그… 그건… 그런 사람은 없지요. 그저 흑사회의 명맥을 이어가는 정도라면 모를까, 회주님의 발끝도 따라가지 못하는 저희들입니다."

타림이 솔직히 말했다.

능력으로 보자면 타림과 그의 동료들은 도저히 사혼과 비교할 수 없는 사람들이었다.

오대세가에 풍비박산이 나고도 여전히 타림 등이 사혼에게 의지할 수밖에 없는 이유가 바로 그것이었다.

흑사회를 재건할 능력을 지닌 사람은 그들 중 사혼이 유일했다.

"솔직히 나도 그렇게 생각해. 그런데 말이야, 그 녀석은 할수 있을 것 같거든?"

"유괴 그자가요?"

타림이 믿을 수 없다는 듯 되물었다.

"그래. 자네들 알고 있지? 그 녀석이 몽골 족장 셋을 제압하고, 오르도의 족장 수타이의 머리를 베었으며, 혈랑대를 물리쳤다는 말."

"알고 있습니다."

"그뿐인가? 그 빌어먹을 북두회 놈들을 중 하나를 죽여 버렸단 말이야."

"하지만 그야 저희도……."

사혼의 말에 타림이 불만스런 표정으로 말했다.

"물론 자네 중 몇은 그런 일을 해낼 수 있지. 하지만 그 아이의 나이를 생각해 봐."

"회주께 일 년여간 무공을 배웠지 않습니까?"

타림이 반문했다.

"낄낄낄. 이봐, 내가 녀석에게 가르친 무공이 뭔지 알아? 삼 재검과 도인토납술이야."

"예? 삼재검과 도인토납술이요?"

"고창에게 못 들었어?"

"듣지 못했습니다. 그는 입이 무거운 사람이지요."

고창은 그간 단웅족에서 사혼을 시종해 온 오랜 심복이었 다.

"하긴 그래서 내가 고창을 좋아하지. 아무튼 내가 녀석에게 가르친 건 그런 삼류 쓰레기 같은 무공이란 말이지. 그걸 천지 밀법과 진천벽력검법이라고 속여서 가르친 거야. 그런데 그 녀 석이 그 쓰레기 같은 무공들을 일 년 동안 수련하더니 이런 엄 청난 일을 해낸 거야. 자네… 믿을 수 있겠나?"

사혼이 타림에게 물었다. 그러자 타림의 표정이 심각해 졌 다.

"정말 그렇다면 보통 자질이 아니군요. 뭐… 다른 사람들은 모르겠지만 혈랑대와 북두회의 고수를 벤 것은……."

"그렇지? 그건 정말 보통 일이 아니지. 더군다나 녀석이 그 망할 놈의 오행금룡마진인지 뭔지를 깨뜨리지 않았다면 내가 죽었을 판이었다고."

오행금룡마진은 북두회의 다섯 고수가 용 형상의 연무를 만들어 사혼을 가두었던 진법(陣法) 이름이었다.

사혼은 사로잡은 북두회의 여고수를 살려낸 후 가장 먼저 그 진법의 이름을 알아냈다. 그만큼 그가 상대했던 진법의 위력이 인상적이었던 것이다.

"그런 재질이라면… 정말 회주님의 능력을 모두 전수받을 수 있을지도 모르겠군요."

"그 정도면 내가 고민도 안 해. 녀석은 금세 날 뛰어넘을 걸세."

"설마 그럴 리가 있습니까?"

"아냐아냐. 가르쳐 보니까 알겠더라고. 선천적인 신력을 타고난 것도 있지만 본능적으로 싸움 재주를 타고 태어난 녀석이야. 내 평생 그런 놈을 본 적이 없다니까?"

"그럼 뭘 망설이십니까? 든든한 후계자를 두는 것인데……."

타림이 의아한 표정으로 되물었다.

"쩝, 그렇기는 한데… 두 가지가 마음에 걸려."

"무엇입니까?"

타림이 호기심이 동한 표정으로 물었다.

"하나는… 그놈에게 제대로 된 무공을 가르치려면 그동안 내가 가르친 것이 삼류무공이었다는 걸 말해줘야 한다는 거지. 자네도 그놈 성격을 알겠지만 자신이 속았다는 걸 알면… 더 이상 날 믿지 않을 걸세."

"제 생각은 조금 다릅니다만……."

타림이 말했다.

"어떻게?"

"제가 본 그는 강해질 수만 있다면 과거쯤은 금세 묻어둘 줄 아는 자 같습니다. 가만히 보면 권력욕이라기엔 그렇지만 패도에 경도되는 듯한 인상이었습니다."

"그래? 태생적으로 패도를 쫓는 놈이란 거지?"

"그렇습니다. 해서 흑사회와 회주님의 무공으로 유혹을 한다면 과거쯤은 상관치 않을 겁니다."

"흐흐, 생각해 보니 그렇기도 하군."

사혼이 고개를 끄떡였다.

"두 번째 걱정하시는 것은 무엇입니까?"

"사실은 이 두 번째 걱정이 진짜 문제라네. 가끔 말이야, 녀석과 이야기를 하다 보면 녀석이 주인이고 내가 수하가 된 듯한 느낌이 들 때가 있단 말이야. 이 문제에 대해선 어찌 생각하나?"

사혼의 말에 타림의 표정이 심각해졌다. 사혼이 하는 말이 뭘 의미하는지 이해했기 때문이었다.

"설마 그가 회주님을 밀어내고 흑사회를 차지할 것을 걱정하신단 말입니까?"

"그게… 말이 안 되는 줄 알면서도 자꾸 그런 느낌이 들어."

"회주답지 않으십니다. 그런 애송이에게……."

"나답지 않은 일인 줄은 나도 알아."

"만약 그런 일이 일어난다면 제가 먼저 그를 죽이겠습니다."

"고맙구만!"

사혼이 고개를 끄떡였다.

"그의 기운이 보통 이상이라는 것은 분명합니다. 하지만 그도 약점이 많이 있지요. 예를 들면 북두회에 쫓기는 신세라거나, 그 이유 같은 것 말입니다."

"그렇군. 그걸 알아봐야겠군. 도대체 북두회의 늙은이들이 은밀한 조직까지 만들어 쫓고 있는 이골마족이란 게 뭔지 알아봐야겠어. 그리고… 녀석의 과거를 조사해 봐. 듣자 하니 어려서부터 도망을 다닌 것 같던데."

"그야말로 우리 흑사회의 특기지요."

"에이, 생각해 보니 또 하나 걸리는 게 있네."

사혼이 생각났다는 듯 인상을 쓰며 중얼거렸다.

"또요?"

타림이 물었다.

"언젠가 녀석이 의천노공 우서한에 대해 물었었어."

"의천노공!"

타림 역시 놀라지 않을 수 없었다.

"그래 의천노공, 무슨 연관이 있는 것 같던데……."

"심각한 문제군요."

"심각하지. 선연이든 악연이든 의천노공 우서한과 인연이 있다는 것은. 그래서 녀석을 제자로 들여도 항상 준비는 해야겠어. 언제든… 흐흠!"

사혼이 말꼬리를 흐렸다.

적풍은 나쁘지 않다고 생각했다.

눈앞의 노인, 지금까지 사부라고 불렀던 노인이 갑자기 이제부터 진짜 제자가 되라고 말했을 때, 배신감보다는 뭔가 새로운 기회가 자신을 찾아왔다는 느낌이 들었다.

그래서 사혼이 지금까지 자신에게 가르친 무공이 사실은 무림에서 삼류들이나 수련하는 무공들이었다는 것을 듣고도 그리 화가 나지 않았다.

오히려 그간 느껴왔던 알 수 없는 꺼림칙함이 사라지는 것 같아 시원한 느낌마저 들었다.

아마도 그의 본능이 그동안 무심결에 사혼을 경계하고 있었던 모양이었다.

"설마 알고 있었던 것은 아니지? 내가 가르쳐 준 무공의 정체들을……."

너무 덤덤한 적풍의 반응에 사혼이 미심쩍은 표정으로 물었다. 그러자 적풍이 퉁명스레 대답했다.

"무공의 무(武)자도 모르던 납니다."

"흐흠, 그렇긴 해. 무공을 알고 있었다면 내가 몰랐을 리 없지. 아무튼 말이야, 네놈 재주가 특별하니 이제부터 제대로 된 무공을 가르쳐 주려고 하는데 하겠느냐?"

"대신 뭘 해줘야 합니까?"

적풍이 물었다.

"낄낄, 역시 이 자식이 말이 통한다니까. 절대 네게 손해나는 장사는 아니다. 넌, 내 정식 제자로서 나의 후계자가 되는 거야."

"후계자요?"

"그래. 대흑사회의 회주이자 유령마군 사혼의 후계자! 네겐 대단한 행운이지."

"흑사회는 중원에서 오대세가란 자들에게 박살이 나고, 사부는 그들에게 죽은 사람으로 여겨진다는데… 그런 신분이라면 외려 골치 아픈 것 아닙니까?"

적풍이 떨떠름한 표정으로 물었다.

적풍이 원하는 것은 사혼의 무공이지 그의 신분 따위가 아니었다.

북두회의 고수들을 상대하던 그 놀라운 사혼의 무공만 제대로 전수받을 수 있다면 세력이야 언제든 만들어낼 수 있는 것 아닌가. 굳이 패망한 흑사회의 후계자가 될 이유가 없었다.

"흑사회의 후계자가 싫다는 거냐?"

사혼이 화를 냈다.

"흑사회의 후계자가 되는 순간 오대세가란 자들에게 쫓겨야지 않습니까? 도망 다니는 것은 지금으로도 충분합니다만……."

"후후후. 이 멍청한 놈아, 흑사회의 후계자가 아니더라도 넌 오대세가에 쫓기게 돼 있어."

"그게 무슨 말입니까?"

"널 찾아왔던 그놈들을 보낸 자들 말이다. 북두회란 곳의 늙은이들인데, 그중 오대세가의 하나인 남궁세가도 들어 있거든. 그러니까 어차피 넌 오대세가에게도 쫓기는 몸이야. 뭐… 그렇게 따지면 전 무림이 너를 쫓고 있는 거지만."

사혼의 말을 듣고 보니 적풍은 갑자기 북두회에 대해 자신이 너무 모른다는 생각이 들었다.

"북두회는 어떤 곳입니까?"

"어이구, 참 빨리도 물어본다. 난 이미 알고 있는 줄 알았지. 누구에게 쫓기는 줄도 모르고 도망을 다녀? 쯔쯔."

사혼이 혀를 찼다.

"대단한 곳인가요?"

"그게 참 뭐라 말하기가 애매한 곳이지. 패배자들의 모임이랄까. 그러면서도 천하를 움직이는 자들이지. 하나의 무림세력이라고 하기에는 애매하지만 그렇다고 무시할 수도 없는 그런 모임이야."

"알아듣게 말해주시죠."

"알겠다. 간단히 말해주마. 북두회는 과거 이십여 년 전 검은 사자들의 시간이 끝나고 만들어진 모임이다. 당시 전마가 이끄는 검은 사자들은 일곱 문파를 공격하고 그들의 가보를 강탈했다. 그 일곱 문파는 당연히 검은 사자들의 추격에 앞장섰지. 이후에 검은 사자들이 자신들의 무덤이라 불리는 북방의 한 호수에 매몰되며 그들의 시간이 끝나자 그 일곱 문파는 하나의 모임을 만들었다. 그게 바로 북두회야."

"그런 자들이 왜 나를……?"

적풍은 북두회가 자신을 쫓는 이유를 짐작할 수 없었다. 단순히 이골마족이란 이유로 그런 거대 문파가 추격을 한다는 것이 선뜻 이해가 가지 않았다.

아버지 전마의 정체는 세상 그 누구도 모르는 일이지 않던가.

"그건 나도 궁금하다. 왜 북두회에서 널 쫓는지. 그런데 사실 그것보다 더 놀란 일은 북두회가 움직이는 별도의 조직이 있다는 것이다."

"호천대 말입니까?"

"그래. 사실 북두회는 정기적으로 모임을 갖기는 하지만 하나의 세력은 아니거든. 그도 그럴 것이 북두회에 속한 일곱 문파는 정사로 나뉠 뿐 아니라 각자 속한 세력이 따로 있지."

"그러니까 북두회는 그저 친분을 도모하기 위한 모임 정도였다는 거군요?"

적풍이 물었다.

"친분까지도 아니지. 서로 싸움질을 해대는 문파들도 섞여 있으니까. 하지만 이제 그게 아닐 수도 있다는 의심이 생기는구나. 호천대의 존재로 인해서……."

"그렇군요. 그런데 북두회에는 남궁세가 말고 어떤 문파들이 있습니까?"

"천하에서 가장 유명한 문파들이 있지. 정천육문의 소림, 북산맹의 천룡문, 오대세가의 남궁세가와 사천당문, 혈마련의 혈궁과 천마맹의 천산마문, 그리고 귀신인지 신선인지 모를 놈들이 모여 산다는 자하산장! 이렇게 일곱 문파다. 늘어놓고 보니 정말 천하에서 제일 센 문파들이네. 그런 놈들이… 힘을 모아 움직이는 조직이라. 이거 생각보다 심각한데?"

말을 하다 보니 새삼 심각성을 실감하는 모양이었다. 그의 눈에 강렬한 호기심이 생겼다.

"이것들을 한번 쑤셔봐?"

사혼이 입맛을 다셨다.

"흑사회는 재건될 수 있습니까?"

"물론! 충분히!"

"그들이 다시 사람을 보내지 않을까요?"

"어떻게? 모두 죽여 버렸는데……."

"북두회에서 그들이 이곳으로 온 것을 알고 있을 것 아닙니까?"

"그렇다고 해도 내 손에 죽은 줄은 모르지. 사람을 더 보낼 수도 있지만 그거야 앞으로 조심하면 되는 거고. 그리고… 솔직히 이제 이곳에 오래 머물 생각도 없다."

사혼의 말에 적풍이 뜬금없다는 표정을 지었다.

"그건 또 뭔 말입니까? 이곳에서 단웅족을 기반으로 흑사회를 재건하겠다고 하시고선……?"

"생각이 변했다. 일단 쓸 만한 사람만 모을 거다. 너 같은 놈 말이다. 그러고는 이곳을 떠날 거야. 남쪽에서 날 따르던 자가 제법 그럴듯한 일을 꾸미고 있다는 소식을 들었거든……."

"단웅족을 일으켜 북방을 장악하는 일은 포기한단 말입니까?"

"넌 아직 무림을 모르지?"

"……?"

"무림이란 곳은 말이다, 네가 아는 것보다 훨씬 크고 깊으며 강력한 곳이다. 세속의 왕조 따위… 흥! 이렇게 생각하면 돼. 무림이란 곳은 같은 세상에 존재하지만 전혀 다른 세계를 사는 사람들이라고 말이다. 그곳에 군림하는 자는 황제도 눈 아래 두고 산다. 숫자가 적어 세상을 지배하지는 않지만 말이다. 이런 놀라운 곳을 두고 이 미개한 놈들 왕 노릇이나 하는 것은 아무리 생각해도 우울한 일이지."

사혼을 고개를 저으며 말했다.

"흑사회를 재건하면 그 무림이란 곳을 장악할 가능성이 있습니까?"

"불가능한 일이지. 흑사회뿐 아니라 그 어느 문파도 무림을 손에 넣지 못해. 고금 이래 그런 문파는 없었다. 그래서 검은 사자들이 대단하단 거지. 그 삼 년 동안 아주 무림을 쑥대밭을 만들었거든. 단 일백으로 말이야."

"옛날 얘기는 마시고, 그럼 흑사회를 재건하면 어느 정도 위치까지 갈 수 있습니까?"

"나라면 생존이다. 군림은 어렵고. 너라면… 모르겠다. 그래서 널 정식 제자로 들이려는 거다. 사실, 너로 인해서 모든 계획을 바꾼 거야. 단웅족을 떠나는 것은 네놈 탓도 일부 있어. 네놈은 가늠할 수가 없어. 그 모호함에 흑사회의 운명을 한번 걸어보려는 거지."

"북두회와 적이 되어서라도 말입니까?"

"흐흐, 지금은 적이 아닌가? 북두회에 오대세가의 두 문파가 들어가 있는데. 아무튼 말이다, 네가 내 후계자가 되는 순간 넌 새로운 신분을 가지게 되는 거야. 또한 내 무공을 전수받으면 그 괴이한 모습을 숨기고도 제대로 싸울 수 있을 거다. 넌… 새로운 사람이 되는 거야. 물론 그래도 당분간은 여기서 숨어 지내야 하지만 말이다. 어쨌거나 하겠느냐?"

사혼이 물었다.

적풍이 망설이지 않고 대답했다.

"해보죠."

제5장
천재지변

천하가 요동쳤다.

천년을 이어갈 것 같던 원제국이 곳곳에서 무너지고 있었다.

사분오열된 원의 귀족들은 상무(尚武)의 기풍을 잃고 안락함에 빠져 그들 손에 들어온 부귀영화를 물처럼 흘러보냈다.

해동의 고려에서부터 서쪽의 납살까지 원의 힘은 급격하게 몰락하고 있었다.

천하가 혼란하니 천하각지에서 영웅호걸이 몸을 일으켰다.

단웅족 역시 그런 세력 중 하나였다.

고웅타는 빠르게 북방의 유목민들을 장악해 갔다.

그가 칸을 자칭한 것도 벌써 여러 달 전의 일이었다. 흑수 인근 부족 중 고웅타에게 반발하는 자들은 없었다.

고웅타가 오르도 부족을 시작으로 크고 작은 부족 세 곳을 전멸시키고 그곳의 부족민들을 노예로 삼은 이후에는 누구도 감히 고웅타의 권위에 도전하지 못했다.

그리고 그즈음 간이 커진 고웅타가 흑수의 야만스런 용사들을 이끌고 남쪽으로 내려갈 생각을 하고 있었다.

그 옛날 그 스스로 자신의 조상이었다고 생각하는 금의 황제 아골타의 영광을 다시 재현하겠다는 욕망이 그를 사로잡고 있었던 것이다.

그런 고웅타에게 적풍은 아주 중요한 사람이었다.

가끔 그를 추앙하는 부족민들이 부담스럽기도 했지만 어쨌든 천하는 넓고 정복할 땅은 많았다.

나중에 자신이 황제라도 되면 왕 자리 하나 나눠줄 아량은 있는 고웅타였다.

버리지 못할 바에야 천하를 정복하는 데 선봉에 세우자는 것이 고웅타의 생각이었다.

더군다나 그가 크게 의지하고 있는 삼보노조차도 적풍의 후견인을 자처하고 있으니 적풍을 적대할 수도 없는 일이었다.

고웅타는 적풍을 곁에 붙들어두기 위해 넌지시 딸과의 혼인을 거론하기도 했다.

물론 그의 딸 역시 적풍을 마음에 들어 했으나 웬일인지 적풍은 혼인에는 전혀 관심이 없었다.

그런데 사실 고웅타의 그런 바람과 달리 적풍과 유령마군 사혼은 전혀 다른 준비를 하고 있었다.

고웅타가 꿈꾸는 천하가 아닌 그들만의 천하, 무림에 그들의
시선이 닿아 있었던 것이다.

유령마군 사혼은 두려운 눈으로 적풍을 바라보고 있었다.

나무와 나무 사이를 광풍처럼 움직이는 짐승처럼 빠른 몸,
스쳐 지난 뒤에야 벤 가지가 떨어져 내리는 전광석화의 검, 가
끔 절벽 깊게 파고드는 검에 실린 천근의 힘! 그 모든 것을 사
혼은 두렵게 바라봤다.

서걱서걱!

과거 깊어야 두 치 정도 새겨졌던 절벽의 검흔이 이제는 반
자 이상, 아니, 제대로 힘을 쓰면 한 자 넘게 파여 아예 절벽을
박살 낼 것 같은 위력을 보이고 있었다.

유령마군 사혼은 도저히 이해할 수가 없었다.

아무리 그가 진짜 진천벽력검을 전수했다고 해도 적풍의 무
공은 믿을 수 없을 속도로 진보하고 있었다.

"괴물이야. 정말 괴물이야. 그 이골마족이라는 것이 뭔가 특
별한 것은 분명해……."

이골마족에 대해선 아직 제대로 아는 것이 없었다.

중원에 남아 있는 흑사회의 잔당들에게 연락해 이골마족에
대해 알아보려 했지만 아무도 그에 대한 정보를 제대로 전해오
지 않았다.

북두회를 살피는 일은 더욱 어려운 일이었다. 그들이 호천대
라는 비밀 조직을 움직이고 있다는 것을 알고 있었지만 어디서

도 그 호천대의 흔적을 찾기가 어려웠다.

"얼른 회를 복원해야 해. 그래야 이 이상한 일들을 제대로 조사할 수 있어."

사혼이 심각한 표정으로 중얼거렸다.

그러다가 혀를 차며 말했다.

"제길, 녀석들이 저놈 반에 반 만큼만이라도 따라가면 좋으련만!"

사혼은 단웅족의 젊은이 중에서 근골이 좋은 자들을 골라 은밀히 무공을 가르치고 있었다.

물론 고웅타를 위해 그들을 키우고 있는 것은 아니었다.

오대세가의 공격으로 패망한 그의 세력, 흑사회의 복원을 위해, 아니, 과거보다 훨씬 강해질 흑사회를 만들기 위한 준비였다.

콰릉!

한순간 벽력같은 소리가 터져 나와 상념에 잠겨 있던 사혼이 화들짝 놀랐다.

그의 눈에 정확하게 반으로 갈린 절구통만 한 바위가 보였다.

"저 미친놈이 정말……."

사혼이 자신도 모르게 자리에서 일어서며 중얼거렸다.

"어떻습니까?"

당황하는 사혼 앞으로 적풍이 다가왔다. 어깨에 둘러 멘 청룡검이 오늘따라 더욱 눈부시게 번들거렸다.

"너… 진짜 내가 처음인 거지?"

사혼이 물었다.

"뭐가 말입니까?"

"무공을 배운 거 말이다."

"그렇다고 하지 않았습니까?"

"그럼 이럴 수가 없는데……."

사혼이 중얼거렸다.

"또 뭐가요?"

"너무 빨라……."

"또 그 소립니까?"

벌써 여러 번 들은 말이다. 사혼은 적풍의 수련을 점검할 때마다 같은 말을 했었다.

"그러니까 말이다. 어떻게 볼 때마다 이렇게 강해질 수 있는 거지?"

"제 자질이 좋다고 하지 않았습니까?"

"젠장, 그걸로는 설명이 되지 않으니까 하는 말이다. 내가 만약 진천벽력검을 수련한다 해도 칠성을 성취하는 데 십 년이 걸릴 것이다. 그런데 네놈은……."

"한 삼성쯤 됩니까?"

"빌어먹을 놈! 칠성이다!"

"예?"

이번에는 적풍이 놀랐다.

사혼에게 정식으로 무공이란 것을 배우면서 적풍은 무공의 세계는 그 경계가 자신이 생각한 것보다 훨씬 깊고 넓다는 것을 알았다. 그리고 왜 그렇게 사혼이 현실의 권력이 아닌 무림의 권력을 원하는지도 알게 되었다.

이 세계는 천외천의 세계, 말로 설명할 수 없는 마력을 지닌 세계였다.

무공의 성취는 아주 오랜 시간이 필요한 일이었다.

내공의 증진과 도검의 쓰는 법은 병행하여 그 성취가 이뤄지고, 그 지난한 시간을 버텨낸 자만이 절정고수에 오를 수 있다는 것을 알았을 때, 적풍은 그리 대단찮게 보이던 사혼이 존경스럽기까지 했었다.

그런데 그런 그가 십 년에 걸릴 성취를 단 몇 달 만에 도달했다니 적풍 자신도 믿을 수 없는 일이었다.

"칠성이라고 이 망할 놈아!"

사혼이 같은 말을 하며 다시 욕을 퍼부었다.

"정말요?"

"그래. 칠성의 진천벽력검은 두 자의 검흔을 바위에 만들 수 있다고 했다. 그런데… 저 바위의 두께가 두 자쯤 되지 않느냐."

사혼이 적풍의 청룡검에 쪼개진 바위를 가리키며 말했다.

"그렇긴 하군요. 그럼 이게 무슨 일일까요? 물론 내가 신력을 타고난 것은 알고 있었지만……."

"그걸로는 설명이 안 돼. 네가 수련한 진천벽력검은 근육의 힘으로 시전할 수 있는 무공이 아니다. 그건 오로지 내력을 바

탕으로 해야 하는 거야. 근육의 힘이야 전쟁터에서나 도움이
될까."

"그럼 제 천지밀법도 꽤나 발전했다는 건가요?"

천지밀법은 사혼이 적풍을 속였던 도인토납술 대신 전수한
진실한 그의 독문심법이었다.

오늘날 사혼을 마도를 대표하는 고수 중 한 명으로 만든 실
질적인 무공이 바로 천지밀법이었다.

"그렇다고 봐야지."

사혼이 우울한 표정으로 대답했다.

"놀랄 일이군요. 제 자질이 그렇게 뛰어나다니. 그런데……."

"또 뭐?"

사혼이 짜증을 내며 적풍을 바라봤다.

"놀랄 일이긴 한데 화낼 일도 아니지 않습니까? 제자의 성취
가 뛰어나면 사부로서 기뻐해야 하는 것 아닙니까?"

"그, 그야 그렇지. 그런데 이놈아, 내가 언제 화를 냈다고 그
러느냐? 단지 당황스러울 뿐이지. 그리고 내 재주가 네놈에 비
하면 한참 모자라는 것 같아 우울한 것이고."

"그래 봐야 사부의 경지에 이르려면 아직 멀었지요."

"물론 그렇긴 하지. 그러니 자만하지 말거라."

"재미가 있으니 자만할 일은 없지요."

"무골(武骨)이란 말이 있더니… 네놈이 바로 하늘이 내린 무
골이구나."

사혼이 탄식하듯 말했다.

"그런데 언제 떠납니까? 눈치를 보니 족장이 조만간 군사를 일으킬 생각인 모양이던데… 요즘 들어 족장의 딸과 혼인 이야기도 자주 꺼내고, 계속 거절하기도 멋쩍더군요."

"그전에 떠나야지."

"그들은 준비되었습니까?"

"애들? 뭐 아직 쓸 만하지는 않아. 너와 달라서 그놈들이 제 몫을 하려면 삼사 년은 기다려야지."

"그럼 그때까지 여기 더 머무는 것입니까?"

"아냐, 아냐. 지금 천하가 광풍에 휩싸였어. 원이 멸망하고 야심가들이 일어서고 있지. 이럴 때는 무림도 혼란하지. 흐흐, 바람을 타야 할 때가 된 거야."

"무림은 보통 세상과 다르다면서요."

"그래도 왕조가 교체되는 정도의 태풍이라면 어느 정도 무림에도 영향이 있지. 이럴 때는 몸을 조심하면서 은밀히 이득을 취해야 해. 자칫 잘못 섞이면 무림인이라도 피를 볼 수 있단 말이야. 원제국이 설 때 세상일에 깊이 관여했다가 멸문한 자가 많아."

"하긴… 다른 땅에 사는 것은 아니니까요."

적풍이 고개를 끄떡였다.

"그리고 북두회가 계속 거슬려. 벌써 왔어야 하는데……."

사혼이 심각한 표정으로 말했다.

"오지 않는 게 아닐까요? 벌써 일 년이 다 돼가는데……."

북두회는 생각과 달리 고수들을 보내지 않았다.

사혼은 은밀히 자신을 찾아온 흑풍회의 생존 고수들을 풀어 단웅족으로 오는 먼 길목을 지켰지만 무림인들은 코빼기도 보이지 않았다.

　"아니, 언젠가는 반드시 온다. 그게 추격자들의 본성이지. 사냥개나 인간이나 냄새를 맡는 놈들은 결국 목표물을 찾아오게 돼 있어."

　"그런데 왜 지금껏 오지 않았을까요?"

　"지들 내부적으로 무슨 사정이 있었겠지. 하지만 결국엔 온다. 그러니 그들이 오기 전에 이곳을 떠나야 해."

　"언제 떠나시렵니까?"

　"이달 보름!"

　"그렇게 빨리요?"

　적풍이 놀란 표정으로 되물었다.

　"머물 곳이 생겼다."

　"어딥니까?"

　"십자성이라고… 절강의 오지에 있는 곳이지."

　"절강이요?"

　적풍이 눈살을 찌푸렸다.

　절강이라면 흑수와는 수만 리 길이다.

　"흔적을 지우고 사라지려면 확실히 멀어져야지."

　사혼이 진지하게 대답했다.

　"그래도 너무 먼 것 아닌가요? 사람도 이젠 적지 않은데……."

그간 사혼의 노력으로 그를 따르는 자가 본래의 흑사회 고수들을 합쳐 오십에 육박하고 있었다.

그 인원을 데리고 중원을 횡단하는 것은 결코 쉬운 일이 아니었다.

"배를 타고 가면 돼."

"배요?"

"그래. 요하 하구에서 배를 타고 절강으로 간다. 그곳에서 육로로 십자성에 들어가면 돼. 흐흠, 마도충이 십자성에 터를 잡았다니 가봐야지."

"요하 하구……."

적풍이 말꼬리를 흐렸다.

요하 하구라면 잊을 수 없는 사람이 있다.

설루!

지금도 눈을 감으면 어제 보았던 것처럼 떠오르는 얼굴이다.

'아직도 그곳에 살고 있을까? 날 기다리고 있을까? 아니지, 시간이 너무 지났어. 벌써 몇 년이야. 시집을 갔을 거야. 보통 예뻤나. 하지만… 어쩌면 기다릴지도 몰라. 어쩌면…….'

설루의 향기가 코끝을 스치고 지나가는 것 같다.

하지만 아무리 생각해도 그녀가 마을에 그대로 살고 있을 가능성은 거의 없었다. 요하 주변 사람들에게는 조혼의 풍습이 있어 당시에도 적풍과 설루는 혼인하기에 어린 나이가 아니었다.

하물며 오 년이 넘은 지금에서야…….

비록 떠나기 전 하룻밤을 함께 보냈다고 해도 북방의 여인들에게 절개를 기대하는 것은 무리였다.

그러니 설혹 그녀가 다른 사람에게 갔다고 해도 그녀를 탓할 수는 없었다. 약속을 지키지 못한 것은 적풍이었다. 아직도 돌아가지 못했으니까.

"무슨 생각을 하냐?"

갑자기 딴생각에 빠진 적풍에게 사혼이 물었다.

"아닙니다. 어쨌든 보름이면 떠난다는 말이지요?"

"그래."

"족장에겐 뭐라 말할 겁니까?"

"마침 좋은 핑계가 있다. 족장이 남쪽으로 부족들을 이끌고 내려가고 싶어 해. 그러니 그전에 요동이나 고려, 그리고 장성 부근의 사정을 알아볼 필요가 있겠지. 내가 먼저 가서 살펴보고 오겠다고 하겠다."

"좋은 핑계군요."

"요하에 이르면 우리는 배를 타고 떠나는 거지. 연기처럼!"

사혼이 빙글거리며 두 손을 모았다가 폈다.

"족장이 무척 화를 내겠군요."

"이게 다 그를 위한 거야."

"그건 또 무슨 말입니까?"

워낙 궤변을 잘 늘어놓는 사혼이라 이번에는 또 어떤 핑계를 대려나 궁금해하며 적풍이 물었다.

그런데 적풍의 생각과 달리 사혼은 무척 진지하게 대답했다.

"솔직히 말해서 내가 그리 착한 늙은이는 아니지만 그래도 은혜를 잊는 사람은 아니다. 고웅타는 내게 고마운 사람이지. 재기할 시간과 기회를 주었으니까. 물론 그 자신이야 모르겠지 만."

"그래서 그를 속이고 떠나는 것이 왜 그에게 은혜를 갚는 일 이라는 겁니까?"

"내가 곁에 있으면 그는 그 옛날 완안씨처럼 천하에 자신의 제국을 세우려는 야망에서 벗어나지 못하겠지. 그러나 난 그 가 그 정도 그릇은 아니라고 판단했다. 그의 그릇이 그 정도였 다면… 글쎄 중원으로 가지 않고 애초의 계획대로 그의 곁에서 천하를 도모해 볼 생각을 했을 수도 있지."

사혼이 조금 아쉬운 표정으로 말했다. 그러다가 이내 고개 를 저었다.

"하지만 부족해. 아무리 생각해도. 욕심을 냈다가는 필시 어 느 정도 한계에 막혀 스스로 무너지고 말 거야. 그는 그저 이 흑수변에서 칸 노릇이나 하고 사는 게 좋아."

사혼의 말에 적풍도 고개를 끄떡였다. 그 역시 고웅타가 천 하를 제압할 인물이라고는 생각지 않았다.

"우리가 떠나고 나면 그는 무척 의기소침해질 거다. 물론 그 렇다고 남쪽으로 내려가는 걸 포기하진 않겠지. 하지만 나 없 이 스스로 병사들을 규합하고 움직이다 보면 자신의 능력이 부족하다는 것을 금세 알게 될 거야. 그땐 결국 스스로 이 땅 으로 돌아오겠지."

"무모하게 도전하진 않을까요?"

적풍이 물었다. 야망에 물든 자는 결코 그 수레바퀴를 쉽게 멈출 수 없다.

"다행히 그는 겁이 많은 사람이야. 자신의 야망보다는 실패를 두려워할 인물이지. 즉, 겁이 많아서 오래 살 팔자인 거다. 좋은 성격이야."

사혼이 부러운 듯 중얼거렸다.

그와 같은 사람은 죽음을 무릅쓰고라도 목표를 위해 싸워볼 성격이기 때문이었다.

"뭐, 그럼 이제 떠날 일만 남았군요."

"그래. 그렇게 알고 준비하거라."

사혼이 자리를 털고 일어났다.

고웅타는 사혼의 말을 철석같이 믿었다.

오히려 위험한 곳을 자청해서 가겠다는 사혼에게 미안해하기까지 했다. 그래서 사혼이 자신을 호위할 사람으로 적풍을 지목했을 때도 별 의심 없이 적풍의 동행을 허락했다.

떠나기 전날 밤에는 성대한 잔치까지 열었다.

천하를 꿈꾸는 자에게는 첫걸음 같은 시간이었기에, 고웅타와 단웅족의 수뇌는 흥분을 감추지 못했다.

그리고 한밤의 열기가 채 식기 전에 적풍과 사혼이 오십여 명의 일행을 꾸려 길을 떠났다.

고웅타는 수하들을 이끌고 십 리 밖까지 전송을 나와 두 사람을 배웅했다.

그때까지도 그는 그것이 두 사람을 보는 마지막 순간이라는 것을 꿈에도 생각지 못했다.

*　　　　*　　　　*

하늘의 눈(天眼)을 가졌다는 천안 묵호자가 훗날 말하기를 그날 천산(天山) 부근에서 그가 본 낙뢰의 숫자가 모두 일천이 백 번이라고 했다.

사람의 눈으로 어찌 낙뢰의 숫자를 다 헤아릴까마는 그 말이 천안 묵호자에게서 나왔기에 사람들은 그 말을 믿었다.

칠십을 살면서 처음 본 광경이었다고도 하고, 하늘이 노한 것인가 두려워 평생을 염원하던 서역 여행을 포기하고 다시 중원으로 돌아왔다고 회상하곤 했다.

그런데 그 당시 천안 묵호자 말고 다른 한 노인이 천산에 떨어지는 낙뢰들을 보고 있었다는 사실을 아는 사람은 아무도 없었다.

그는 놀랍게도 어린 동자(童子) 한 명을 데리고 낙뢰가 떨어지는 산 위로 올라갔다.

벼락이 유성처럼 떨어지는 산 위에는 사람들이 신령시하는 천왕송 한 그루가 우뚝 솟아 있었다.

위험했지만 장관은 장관이어서 천왕송 주위로 떨어지는 낙뢰를 구경하는 것이 목숨을 걸 만한 구경거리기는 했다.

그러나 노인은 신령스런 천왕송은 거들떠보지도 않았다.

대신 그 옆으로 오십여 장 떨어진 산비탈에 땅을 기어가듯 자란 박달나무를 살폈다.

"노야, 쓸모없는 그 나무는 왜 그렇게 자세히 살피시는 겁니까? 더군다나 벼락 맞아 죽어버린 나무인데요. 나무 구경이라면 저 천왕송이 제일이지 않습니까?"

노인을 시종하는 동자가 벼락 속에서도 늠름함을 잃지 않는 천왕송을 가리키며 물었다.

"어리석은 눈에 이물(異物)이 보일 리 없지. 박달나무는 예로부터 신령스러운 나무로 여겨진다."

"물론 제가 무식하기는 하지요. 그러나 그렇다 한들 그 벼락 맞아 죽은 볼품없는 박달나무에 무슨 신령스러움이 있겠습니까?"

소동이 시종답지 않게 투덜거린다.

"후후, 네놈은 나와 오 년을 함께 지내고도 안력이 겨우 그 정도냐?"

"뭐라하셔도 제게는 저 천왕송이 훨씬 대단해 보입니다. 저 늠름함을 보세요. 아주… 헉!"

소동이 말을 하다 말고 놀라 뒤로 나자빠졌다.

꽈릉!

강력한 벼락이 천왕송에 떨어져 내려 한순간에 천왕송을 가루로 만들어 버렸던 것이다.

"아이구야, 아이구야. 정말 세상이 망해 버릴랑가 보다."

소동이 머리를 감싸 쥐고 바위 아래 머리를 처박았다.

그 순간 노인이 들고 있던 나무 지팡이 속에서 시퍼런 검을 빼 들었다.

검은 떨어지는 벼락만큼이나 강렬한 광채를 흘렸다.

번쩍!

노인의 검이 한 차례 번뜩이자 박달나무가 그대로 베어져 나 갔다.

벼락을 맞았음에도 그 속살은 푸른빛을 띠고 있는 기이한 박달나무였다.

노인의 검이 다시 몇 차례 허공을 갈랐다.

그러자 쓰러진 박달나무가 일정한 길이로 다섯 토막 났다.

"이놈아! 정신 차렷! 일할 시간이다."

노인이 소리쳤다.

그러자 바위 아래 머리를 처박고 있던 소동이 고개를 돌리 며 대꾸했다.

"번개가 그치고 하면 되잖아요?"

"그러다간 죽어."

"왜요?"

"이곳은 곧 호수가 될 테니까."

"무슨 말도 안 되는 말씀을 하세요. 이 높은 산이 어떻게 호 수가 돼요?"

"글쎄 그렇게 된다니까. 내가 지금껏 틀린 말 한 적이 있더 냐?"

노인이 침착하게 말했다.

"뭐, 그런 적은 없지만… 그래도……."

소동은 여전히 믿을 수 없다는 표정이다. 그러면서도 어쩔 수 없다는 듯 머리를 들고 노인 곁으로 다가왔다.

"두 개만 들어라."

노인이 다섯 토막이 난 박달나무 중 두 토막을 가리켰다.

"알았어요."

소동이 미리 준비해 온 밧줄로 나무토막 두 개를 엮더니 어깨에 걸머졌다.

그러자 노인도 나무토막 세 개를 모아 묶고 가볍게 어깨에 올렸다.

"가자!"

노인이 정말 산이 무너지기라도 할 것처럼 걸음을 재촉했다.

소동은 노인의 말에서 알 수 없는 두려움을 느낀 듯 노인보다 먼저 앞서 나가기 시작했다.

꽈르릉!

다시 벼락이 쳤다. 그런데 수십 줄기의 벼락 중에 눈에 띄는 놈이 있었다.

"이상해요."

소동이 걸음을 멈추고 자신들이 박달나무를 베어 온 건너편 봉우리를 보며 중얼거렸다.

"뭐가 말이냐?"

그 즈음에는 노인도 걸음을 재촉하지 않았다.

"색이 다른 것이 있어요."

"그게 보이느냐?"

노인이 신중한 표정으로 소동에게 물었다.

"예. 처음에는 몰랐는데 지금 보니까 색이 다른 번개가 간혹 보여요. 지금 것도 그렇고……."

소동의 말에 노인이 탄식했다.

"선재로다. 월문의 수련 없이 교벽(橋霹)을 보다니."

"그게 무슨 말씀이세요? 월문은 뭐고 교벽은 또 뭐에요?"

소동이 물었다.

"그런 것이 있다. 나중에 알게 될 거다. 그나저나 이번에 돌아가면 이젠 공부를 시작하자."

"정말요?"

소동이 기쁜 표정으로 소리쳤다.

"그래. 때가 된 것 같구나."

"히히, 그럼 저도 노야처럼 나비를 부르고 손으로 꽃을 피울 수 있는 건가요? 아니, 그것보다 바람처럼 빠르게 걸을 수 있는 건가요?"

"이 녀석아, 그건 네가 수십 년 수련해야 할 수 있는 일들이야."

"수십 년이요?"

소동이 실망한 표정으로 되물었다.

"그래. 그것도 아주 열심히 수련해야 가능한 일이다. 그러니… 자신 없으면 지금이라도 그만둬. 내 저잣거리에 장사 자리 하나 마련해 줄 테니."

"음… 그게……."

소동이 쉽게 결정을 못하겠다는 듯 요리조리 머리를 조아리며 궁리한다. 그러다가 이내 입술을 물며 대답했다.

"아니에요. 할 수 있어요. 사내대장부가 한번 태어났으면 큰 공부를 해봐야지요."

"아이구, 그래 대단한 결심 했다. 아주 큰 인물 나겠구나."

"그런데 저 산봉우리 무너진다고 하지 않으셨나요?"

"그랬지."

노인이 대답했다.

"멀쩡한데요?"

소동이 다시 노인이 믿을 수 없어졌는지 따지듯 물었다.

"곧 그리될 거야."

콰르릉!

그 순간 다시 벼락이 쳤다. 그 어느 때보다도 강렬한 벼락이었다.

그리고 소년은 보았다.

작은 산봉우리가 누가 잡아당기듯 땅속으로 빨려 들어가고 그곳이 물로 가득 차는 광경을.

그날 이후 소년은 더 이상 의심하지 않았다. 그의 사부가 될 노인이 정말 보통 노인이 아니라는 것을.

소년이 중얼거렸다.

"정말 산 위에 호수가 생겼어요."

"그렇구나."

"어떻게 된 일이죠?"

"또 다른 문이 잠시 열렸던 거지."

"문이요?"

"그런 게 있다. 가자."

"구경 좀 더하면 안 돼요?"

소년은 산 위 웅덩이에 물이 모이는 모습을 좀 더 보고 싶은 모양이었다.

"갈 길도 멀고, 할 일도 많다."

"에이, 재밌었는데… 알았어요. 가요."

"기특하구나."

"뭐가요?"

"그 나이에 고집을 부리지 않으니……."

"어려서 고생을 너무 많이 해서 그래요."

"그 또한 기특하구나. 그 고생을 하면서도 밝게 자랐으니……."

"웃어야 밥 한술이라도 더 얻어먹을 수 있었으니까요."

"그랬더냐?"

노인이 애정이 담긴 손으로 소년이 머리를 쓰다듬었다.

"가요."

두 사람이 잠시 멈췄던 길을 다시 걷기 시작했다.

그러다가 소년이 문득 다시 물었다.

"이 박달나무들은 뭘 하려고요?"

"화살을 만들 거란다. 나무토막 하나 당 하나씩, 다섯 대의 화살을!"

"겨우 다섯 대요? 굵기로 보면 몇 십 개는 만들 수 있을 것 같은데……."

"특별한 화살이니까."

"특별한 화살이요?"

"그래. 파마시(破魔矢)라고, 아주 특별한 놈이지."

"그걸로 뭘 하려고요?"

소년이 다시 물었다.

"글쎄다. 나도 아직은 모르겠구나. 하지만 준비를 아니 할 수는 없다. 얼마 전에 소식이 왔었다. 그가… 살아 있다는구나."

"누가요?"

"그런 사람이 있다. 아주 무서운 사람이지."

"죽은 줄 아셨었어요?"

"그래… 그런데 이십여 년 만에 살아 있다는 소식을 들은 거지. 역시 무서운 사람이야. 그 시간 동안 인내하며 숨어 지냈다니. 그의 성격을 보자면 거의 불가능한 일이지."

"성미가 급한 사람인 모양이군요?"

소동이 물었다.

"성미가 급한 것이 아니라 단호한 사람이란 뜻이다. 타고난 싸움꾼인데 천하에 적수가 없었지. 그리고… 아니다. 나중에 알게 될 게다. 아무튼 다시 그가 이곳에 나타날 리야 없겠지만 그래도 준비는 해야 해서… 세상천지가 다 소란스러우니 무슨 일이 생길지 모르겠다."

노인이 말했다.

"에이, 그럼 더 말이 안 돼요."

"뭐가 말이냐?"

"나무로 만든 화살로 어떻게 그렇게 무서운 사람을 잡아요?"

"이 나무는 보통나무가 아니니까. 그래서 이 천산까지 온 것 아니냐."

"벼락 맞은 나무가 뭐 그리 대단할까요?"

소동은 여전히 믿지 못하는 분위기다.

"이놈아, 이 나무로 만든 화살은 파사현정! 신령스런 기운을 지니게 된단 말이다. 그래서 사람들이 이 화살을 파마시라고 부르는 거야."

"그런 뜻이 있었군요. 파마시라 그래서 이상한 이름이다 했는데……."

소년이 중얼거렸다.

"솔직히 말하자면 이 물건을 다시 쓸 일이 없기를 바라야지."

노인이 굳은 표정으로 중얼거렸다.

* * *

북방을 떠나 남쪽으로 내려오는 동안 적풍 일행은 기이한 소문들을 여럿 들었다.

천산 인근에서 수일 동안 수천 번의 벼락이 쳤으며, 고려 백두 인근에선 땅이 흔들리고 천지에서 용암이 솟구쳤다는 소식도 들려왔다. 중원에선 때아닌 홍수가 일어나 황하가 범람하기도 했다.

이런 천재지변 속에서는 괴담이 세상을 어지럽히게 마련이다. 기이한 괴물이 등장했다는 둥, 죽은 사람이 살아났다는 둥 허무맹랑한 소문들이 세상을 휩쓸고 있었다.

적풍이 천하각지에서 들려오는 천재지변과 이상한 소문을 두고 사혼과 언쟁을 벌인 것은 요하 중류에 이르렀을 때였다.

근자에 내린 때아닌 홍수로 요하의 물도 흙빛을 띠고 있었다.

물론 그 덕에 일행의 행보가 수월해진 면이 있었다. 배가 뜰수 없는 곳까지 물이 차서 예상보다 빨리 배를 띄울 수 있었기 때문이다.

물론 배라고 해도 나무토막을 이어 만든 뗏목이었지만.

삼보노, 그러니까 유령마군 사혼은 이 모든 소문이 원(元)조가 쇠퇴하고 새로운 나라가 설 징조라고 했다.

"천하의 운명이 천재지변에 의해 예견된다는 겁니까?"

적풍은 풍수나 역학을 신뢰하지 않았다. 그따위 잡학들은 나약한 자들이 만들어낸 궤변이라 생각하는 적풍이었다.

그러니 천재지변이 나타난 것이 원조가 망할 징조라는 말 역시 그에게는 탐탁지 않았다.

"그게 아니라 몽골놈들이 망하게 돼서 그런 일들이 세상의 관심을 끈다는 거다."

"그게 그거 아닙니까?"

"다르지. 천재지변이 일어나는 것이 원조가 망할 전조라면 그건 미신이 될 수 있지만 원조가 먼저 꺼꾸러지면서 천재지변이 널리 회자되는 것은 현실을 반영하는 것이다."

"무슨 말인지 모르겠군요."

적풍이 못마땅한 표정으로 중얼거렸다.

"잘 들어봐라. 이것이야말로 세상을 움직이는 책사들이 즐겨 쓰는 방책이기도 하니까. 천재지변이라 하는 것은 사실 어느 시대에나 존재했다. 가뭄이란 것도 일정한 주기에 따라 찾아오지. 홍수나 폭설도 마찬가지다. 그것이 자연의 이치야."

"그런데요?"

적풍이 되물었다.

"그런데 이상하게도 유독 그 천재지변이 세상의 관심을 크게 끌 때가 있다. 그건 바로 세상의 권력이 변할 때지. 사실은 언제나 일어나는 일인데 사람들이 인간사의 변화를 천재지변을 끌어들여 설명하려 한다는 거다."

"그러니까, 천재지변과 인간사는 사실 아무 연관이 없다는 말 아닙니까?"

"그렇지. 다만 일단 일어난 천재지변이 세상의 형편에 따라 부풀려지기도 하고 소리 없이 지나가기도 한다는 것이다. 지금은 그 소문이 마치 세상이 멸망할 것처럼 부풀려졌으니 역시 대변혁의 시기라 할 수 있다. 아마… 천하의 야심가들이 이 천재지변들을 이용하고 있을 거야."

사혼이 은밀한 비밀이라도 알려주는 듯 소리 낮춰 말했다.

"원조가 멸망할 징조라고 떠들어대면서 사람들의 마음을 움직인다는 거지요?"

"바로 그거지. 이것이야말로 머리 좋은 놈들이 세상의 민심을 움직이는 방법 중 하나지."

"나쁘지 않군요."

적풍이 고개를 끄떡였다.

"그래서 지금 이 소문도 결국 몽골 놈들이 몰락하려다 보니 과장되게 퍼져 나간다는 거다."

"그런데 이 모든 소문이 정말 그래서만일까요?"

"응?"

"너무 기이한 소문이 많이 들려서 말입니다."

"하긴… 나도 좀 지나치다는 생각이 들기는 해. 하지만 그만큼 세상이 혼란스럽다는 말이겠지. 낄낄, 덕분에 우린 좀 편해졌지만……."

혼란한 세상은 흑사회 같은 무리에겐 더할 나위 없이 좋은 환경이다. 그 혼란이 그들을 세상의 눈으로부터 감춰주고, 또 세력을 키울 기회를 줄 것이기 때문이었다.

두두두!

두 사람이 천재지변을 가지고 이런저런 이야기를 나누고 있을 때 갑자기 강변에서 말발굽 소리가 요란하게 들려왔다.

"저놈들은 뭐지?"

사람의 숫자는 대략 이십인 정도 되었다.

그런데 남녀가 뒤섞여 있었고 나이도 다양해 보였다. 그런 자들이 말을 몰고 강변을 따라 북으로 달리고 있었다.

"무인들인 모양인데요."

적풍이 말했다.

"그러게 말이다. 이 길을 따라 올라가면 무림문파는 없는데… 야인들이 있는 곳으로 저 많은 인원이 움직이다니 누굴까… 음!"

갑자기 사혼의 표정이 굳어졌다.

"짐작이 가십니까?"

"예감이 좋지 않아. 무림문파가 없는 곳으로 저렇게 많은 무인이 간다면 결국 그곳에 무척 중요한 일이 있다는 거겠지. 어쩌면 북두회 놈들일 수도 있다."

"하지만 지금껏 안 오지 않았습니까?"

"여유가 생긴 거겠지. 북쪽으로 왔던 동료들의 행적을 조사할 여유 말이다."

"우릴 찾을까요?"

"북두회 놈들이라면 십중팔구! 더군다나 우리가 사라진 것을 알게 되면 추격하게 될 거다. 서둘러야겠어."

"저들을 쫓아가서 제거하는 것은 어떻습니까?"

"아서라. 앞서간 자들에게 일이 생겼는데 보통 놈들을 보냈겠느냐? 아직은 우리에게 저들과 맞설 힘이 없다. 이럴 땐 숨는 게 제일이야."

"우울한 일이군요."

"강호에선 그렇게도 살아가는 거다."

사혼이 달래듯 말했다.

"그나저나 저 여인은 어쩔 겁니까?"

적풍이 배 한켠에 묶여 있는 여인을 가리켰다.

"그러게. 나도 골치가 아프네. 제길, 하필이면 자하산장의 여인이라니."

"상대하기 힘든 곳이라고 하셨지요?"

"이를 말이냐? 북두회 일곱 문파 중 가장 상대하기 까다로운 곳이다. 정사중간의 문파고, 실체는 비밀에 싸여 있고… 환술과 잡기에 능해서 강호의 그 어느 세력도 함부로 상대하지 못하는 곳이다."

"그렇다고 언제까지 끌고 다닐 수도 없지 않습니까? 벌써 일 년이 넘었는데. 차라리 죽이는 것이……."

"그렇기는 하다만… 왠지 쓸모가 있을 것도 같단 말이야."

"후환은 남기는 것이 아니라고 하셨죠?"

적풍이 단호하게 말했다. 이럴 때 보면 마치 적풍이 이 무리를 이끄는 우두머리 같았다.

"일단 두고 보자. 북두회에 대해 아직은 알아낼 것이 많아. 보아하니 털어놓지 않은 것들이 있는 듯하니. 그건 네게 필요한 것 아니냐?"

"그렇긴 하지요."

적풍이 고개를 끄떡였다.

"그런데 이상하구나. 넌 왜 그동안 저 계집을 추궁하는 데 직접 나서지 않은 것이냐?"

적풍을 쫓는 자들의 실체가 북두회라는 것이 드러난 이상 자하산장의 여인, 몽연을 추궁하는 것은 사혼보다 적풍에게 더 급한 일이었다.

"아직은 사람 다룰 줄 모르니까요. 그런데… 바다로 나가면 한번 이야기를 나눠봐야겠어요."

"보통 계집이 아니다. 입을 열기 쉽지 않을 거야."

"그럼 그만이고요. 물고기 밥이나 주든지."

"아이구야. 이런 독한 놈……."

사혼이 혀를 찼다.

사혼은 북두회의 고수들로 추정되는 무리를 본 이후 길을 더욱 서둘렀다.

덕분에 닷새가 지나기 전에 일행은 요하 하류에 이르렀다.

그리고 그곳에서 적풍은 사혼의 만류에도 불구하고 잠시 뗏목 배에서 내렸다.

설루를 만났던 그 마을을 그냥 지나칠 수는 없기 때문이었다.

제6장
호수를 찾아서

차가운 바람이 무덤을 덮은 잡초를 쓸고 지나갔다.

돌보지 않은 무덤은 지난 폭우로 군데군데 구멍이 나 있었다. 그렇다고 시신이 보일 정도는 아니어서 약간 손만 보면 제구실을 할 수 있었다.

적풍이 들고 온 삽으로 무덤의 흙을 돋웠다.

일 년이 더 지난 일이라고 했다.

"설 씨가 죽은 이유는 나도 잘 몰라. 하지만 그자들이 다녀간 그 밤에 일이 벌어졌지. 루가 그날 밤 아비를 묻고 누군가를 따라 이곳을 떠났다는 것만 안다네."

설루의 초옥과 가장 가까이 사는 공 노인의 말이었다.

자신의 신분을 드러내면 안 되는데도 불구하고 적풍은 공

노인을 찾아갔다.

구천이라는 이름으로 자신을 알고 있는 공 노인은 설루가 사라지던 날 밤 일어났던 일들을 띄엄띄엄 말해줬다.

노인의 이야기를 꿰맞추기가 쉽지 않은 것은 그의 나이 때문이 아니었다.

설루의 초옥에 찾아온 자들이 무림인이란 걸 알았을 때 공노인은 방으로 도망쳐 숨은 채 문틈으로 멀리서 그들의 모습을 지켜보았기 때문이었다.

물론 그것만으로도 적풍에게는 충분했다.

그 이야기를 자세히 해줄 사람을 따로 알고 있기 때문이었다.

"다시 올 때는 루와 함께 오겠습니다. 살아 있다면요."

적풍이 봉분에 두 번 절을 하고는 신형을 돌려 산을 떠났다.

달빛 아래 비친 그의 눈이 검게 물들어 있었다.

사혼은 일이 뭔가 잘못 되어간다고 생각했다.

마을에서 돌아온 적풍의 표정이 갈 때와는 전혀 달랐기 때문이었다.

더군다나 바다로 나간 이후에나 얘기를 해보겠다던 녀석이 돌아오자마자 자하산장의 여고수 몽연을 강변으로 끌고 갔다.

"따라오지 마세요."

적풍의 한마디에 사혼은 그를 만류하거나 혹은 뒤를 따라갈 엄두를 내지 못했다.

그리고 그 순간 사혼은 확실히 깨달았다. 적풍을 제자로 들인 것은 확실히 실수였다고.

"저 녀석은 내가 흑사회를 물려주기도 전에 흑사회를 장악할 거야. 호랑이 새끼를 키운 거야. 젠장할! 이 나이에 저놈 뒤치다꺼리나 하며 살아야 하는 건가? 아니면… 죽여?"

몽연을 끌고 강변 저 멀리, 미루나무 아래로 가는 적풍을 보며 사혼이 중얼거렸다.

"아니지. 그래도 제잔데 죽일 수는 없지. 이제 와서……."

사혼이 고개를 저었다. 솔직히 말하자면 적풍을 죽일 자신이 없기도 했다.

무공을 떠나서 적풍의 그 강력한 기운은 처음부터 사혼의 전의를 꺾는 힘이 있었다.

"두고 떠나는 것이 제일 나을 것 같기도 한데… 아니지, 놈이 없으면 흑사회가 강호에 군림하는 건 포기해야 하잖아?"

세상에 포기하기 쉬운 일은 아무것도 없다는 것을 다시 한번 뼈저리게 느끼며 사혼이 소리쳤다.

"술 가져와!"

"앉아!"

적풍이 몽연에게 말했다.

그간 말할 수 없는 고초를 겪은 몽연은 그러나 눈빛만은 형형하게 살아 있었다.

그야말로 강호의 신비문파인 자하산장의 무인다운 기개다.

몽연이 적풍을 노려보며 나무 아래 바위에 걸터앉았다. 그러자 적풍 역시 맞은편 바위에 걸터앉아 잠시 생각에 잠겼다.

"뭘 하려는 거냐?"

침묵을 참지 못하고 몽연이 물었다.

"그러게 나도 고민이야. 어떻게 당신의 입을 열어야 할지 말이야."

"내가 할 이야기는 모두 다 했다."

"나도 그러리라 생각했는데 아닌 것 같더군."

"무슨 소리냐?"

"너희의 행적에 대해 조금 더 알게 되었지. 그런데 그 일이 내겐 아주 중요한 문제야."

"……?"

"그래서 고민 중이야. 아예 사지를 자르고 대화를 시작할까 아니면… 그냥 좋은 말로 대답을 들을까 하고 말이야."

적풍의 말에 몽연이 코웃음을 쳤다.

"협박이 통하지 않는다는 걸 알고 있을 텐데?"

"협박? 아냐. 사지를 자른다는 것은 입을 열기 위한 고문은 아니야. 빚을 먼저 받는다는 의미지."

"빚?"

"저 마을 기억나지?"

적풍이 손을 들어 어둠에 잠긴 강변 마을을 가리켰다.

"마을?"

몽연이 갑작스런 질문에 의아한 표정을 지으며 뒤를 돌아봤다. 어둠 속에 웅크린 마을에 몇 개 불빛이 보였다.

"이곳은……?"

그제야 몽연은 이 마을이 자신이 한 번 와봤던 곳임을 깨달 았다.

뗏목 위에 묶여 있을 때는 무기력해져서 자신이 어디에 있는 지조차 관심이 없었다.

"생각나나?"

"한 번… 들렀었지. 일 년이 넘은 것 같은데… 내가 얼마나 붙잡혀 있었지?"

너무 오랫동안 포로 신세로 있다 보니 세월 가는 것도 가늠 하기 힘든 몽연이었다.

"그건 알 것 없고, 아무튼 그쯤 되었다는 말이지? 그럼 맞겠 군."

적풍이 말했다.

"그런데 그건 왜 묻느냐?"

"이곳에 왜 왔었지?"

적풍이 몽연의 질문에 대답하지 않고 다시 물었다. 자연스럽 게 팔다리를 자르는 일은 뒤로 미루게 된 모양새다.

"이골마족의 흔적이 이어졌기 때문이지."

몽연이 순순히 대답했다.

'역시 날 찾아왔었단 말이군. 그래서… 아저씨가 죽은 것이 고. 젠장!'

적풍이 쓴 침을 뱉어냈다. 그러고는 잠시 고개를 숙이고 있다가 천천히 눈을 들어 몽연을 바라봤다.

순간 몽연이 자신도 모르게 부르르 몸을 떨었다.

심연처럼 깊은 눈, 그 깊은 곳에서 흘러나오는 검은 기운…
그 기운은 살기를 넘어선 그 무엇이었다.

그 무엇도 자신의 앞을 막는 것을 용납하지 않겠다는 강렬
한 패도의 기운이 적풍의 눈에서 흘러나오고 있었다.

그리고 몽연은 이러한 눈빛에 대해 알고 있었다.

'그들은 검은 기운을 흘려낸다. 말로 설명할 수는 없지만 그 기
운을 접하는 순간 그대들도 알게 될 것이다. 그들이 얼마나 위험
한 자들인지. 만약 그런 경우가 생긴다면 극히 조심해야 한다. 왜
냐하면 그때가 놈들의 흉성이 가장 강해졌을 때니까.'

북두회 호천대에 들어와 이골마족의 추격에 나서기 전 호천
대주가 했던 말이다.

"나와 같은 사람을 찾아다닌다고 했지?"

적풍이 물었다.

그 낮은 목소리에서 몽연은 두려움을 느꼈다.

죽음의 두려움이라고는 말할 수도 없는 본능적인 두려움. 그
건 그녀 자신이 산산이 파괴될 것 같다는 두려움이었다.

"그렇다."

몽연이 내심을 숨기며 이를 악물고 대답했다. 자칫하면 상대
에게 영혼까지 굴복할 것 같기 때문이었다.

"그래서… 그들 부녀를 죽였나?"

순간 몽연이 의아한 표정을 지었다.

"죽여? 누굴⋯⋯?"

"당신들이 그날 밤 루의 아버지를 죽이고 그녀를 데려가지 않았단 건가?"

"무슨 소리, 우린 함부로 사람을 죽이지 않아. 그것도 무공도 모르는 사람은 더욱⋯⋯."

"피를 보자는 말이군. 거짓말을 하는 걸 보니."

적풍이 몸을 일으켰다. 그러자 그의 몸 주위로 검은 기운들이 그를 보호하듯 일어났다.

환영이었지만 전혀 환영 같지 않는 기운이었다.

"검은 사자⋯⋯."

몽연이 자신도 모르게 중얼거렸다.

"뭐?"

적풍이 청룡검을 꺼내다 말고 되물었다.

"넌 누구냐?"

외려 몽연이 추궁하듯 물었다.

"이골마족이라며?"

"검은 사자는 모두 죽은 걸로 알고 있는데⋯⋯."

몽연이 혼잣말로 중얼거렸다.

"이골마족과 검은 사자가 다른가?"

호기심이 동한다.

검은 사자에 대해 이미 들은 것이 있다. 자신의 아버지 적황이 이끌던 자들이라고 했다.

"이골마족의 마기가 극성에 이른 자들… 그들을 검은 사자라 부른다. 그런데… 넌 너무 어리군, 검은 사자이기에는. 아니, 나이를 속인 건가?"

몽연이 계속 혼잣말을 중얼거렸다. 그쯤 되니 적풍도 더 이상은 참을 수 없었다.

픽!

적풍의 청룡검이 몽연의 한쪽 다리를 때렸다.

"악!"

몽연의 입에서 비명이 터져 나왔다.

본래 인내심이 무척 강한 몽연이다. 그간 사혼의 고문도 이겨낸 몽연이었다. 그러나 마음의 준비도 없이 갑자기 닥쳐든 적풍의 매질에는 비명을 지르지 않을 수 없었다.

다행인 것은 적풍이 검신으로 몽연의 다리를 때려 잘리거나 하지는 않았다는 것이다.

"잘 들어. 이제부터 질문은 내가 해. 대답 말고 다른 말을 멋대로 지껄였다가는 그땐 혀를 뽑고 시작하겠다. 대답은 손으로 듣고 말이야. 글은 쓸 줄 알지?"

시정잡배들이 상대를 겁주기 위해 지껄이는 말들이지만 몽연은 감히 그 말을 무시할 수 없었다. 이자라면 정말 그럴 수도 있겠다는 생각이 들었기 때문이다.

몽연이 입을 다물자 적풍이 다시 입을 열었다.

"그러니까, 이골마족 중에서도 특별하게 강한 자들을 검은 사자라 부른단 말이군."

"그렇게도 말할 수 있다."

"대답이 시원치 않군. 어쨌든 내가 검은 사자든 이골마족이든 그건 됐고, 정말 그때 설루와 아저씨를 죽이지 않았느냐?"

적풍이 검을 들어 몽연의 턱에 들이댔다. 그러고는 스윽 몽연의 턱을 그었다.

그러자 붉은 피가 그녀의 턱을 타고 내려 목으로 흘렀다.

몽연은 자신의 목을 타고 내리는 피보다 그녀의 눈앞에 다가온 적풍의 깊고 검은 안광에서 다시 두려움을 느꼈다. 그래서 자신도 모르게 입을 열었다.

"그런 일 없다. 다만……."

"다만 뭐지?"

"당시 우리 중 하나가 그날 밤 늦게 사라져 돌아오지 않았는데 그와 연관이 있을지는 모르겠다."

"그가 누구냐?"

"구지마(九指魔) 기륜."

대답을 하면서 몽연이 본능적으로 인상을 썼다. 아마도 구지마 기륜이란 자를 좋아하지 않는 모양이었다.

"어떤 자냐?"

"혈궁의 마인 중 하나다. 손속이 잔혹하고 세상에 알려지진 않았지만 사실은 무척 호색한 인물이다. 그러나… 북두회의 일을 하면서는 번거로운 일을 벌이지 않았는데……."

"그때 그가 사라졌다고?"

"그렇다."

"그가… 여인 하나를 데리고 강호를 떠날 위인인가?"

적풍이 물었다.

혈궁은 혈마련이라는 강호이대마문 중 한 곳의 중심 문파다. 그곳의 고수라면 부귀와 영화가 보장된 자다. 그런 자가 설루 하나를 원해 강호를 떠날 수 있을까 싶었다.

"절대 그럴 수 없는 자다."

몽연이 대답했다.

"그럼 다른 인물이 있단 건가?"

"그게 무슨 소리지?"

몽연이 되물었다.

삭!

순간 적풍의 검이 몽연의 팔을 그었다.

"흡!"

몽연이 본능적으로 숨을 들이쉬며 몸을 움찔했다. 그녀의 어깨 부근이 베어져 피가 옷을 물들였다.

"말했지. 질문은 나만 한다고."

적풍이 검을 몽연의 아미에 대며 말했다.

"잔악하구나. 나이도 어린 놈이……."

몽연이 이를 갈며 말했다.

"태어나서부터 지금껏 도망만 다닌 놈에게 뭘 기대하는 거냐?"

적풍이 되물었다.

그의 반박에는 몽연도 대답을 하지 못했다. 이골마족들의 삶이 어떠한지 그들을 추격하던 그녀가 더 잘 알고 있기 때문이었다.

"아무튼… 너희 중 하나가 사라지고 설루도 사라졌단 말이지. 그런데 아저씨의 봉분이 있는 것을 보면 구지마 기륜이란 자가 설루를 데려갔을 것 같지는 않고. 그런 놈이 자기가 죽인 자의 무덤을 만들 리가 있나. 복잡하군. 그래도 일단 구지마 기륜을 찾는 것이 먼전가?"

"그를 찾기는 쉽지 않을 거다. 혈궁도 그의 행적을 모르는 눈치였다."

"그래? 알든 모르든 결국 혈궁이란 곳도 그 대가를 치러야겠지."

적풍이 덤덤하게 말했다.

누가 들어도 허무맹랑한 소리다. 혈궁은 강호이대마문 중 하나다. 감히 그들에게 누가 빚을 받아낼 수 있단 말인가.

그런데 웬일인지 몽연은 이자라면 그럴 수도 있겠다는 생각이 들었다.

"이제 다른 이야기를 좀 하자."

적풍이 몽연에게서 멀어졌다. 그러고는 본래 앉아 있던 곳으로 돌아갔다.

"이골마족이 그렇게 위험한 사람들인가?"

적풍이 물었다.

"그렇다. 그들의 마기는 언제든 강호를 위협할 수 있다."

"그들이… 무림에 어떤 해악을 끼쳤지?"

"이십여 년 전 이골마족 출신의 검은 사자들이 강호를 혈란에 빠뜨렸었다."

"그전에는?"

"그건……."

몽연이 말을 잇지 못했다.

생각해 보면 그녀 자신도 검은 사자들의 시간이라 불리는 그 삼 년 말고는 이골마족이 세상에 끼친 해악을 알지 못했다.

아니, 이골마족 자체에 대해 아는 것이 없었다. 그들의 유래가 무엇이며 검은 사자들이 나타나기 전에는 어떤 삶을 살았는지조차 아는 것이 없었다.

"단지 그들 한 무리의 행동으로 조금 특이하게 생긴 자들을 모두 주살하고 있다는 말이군. 그게… 정당한 일이라고 생각하나?"

적풍이 물었다.

"우린 명에 따를 뿐이다. 그리고 마의 씨앗은 애초에 싹을 거둬야 한다."

"크크크, 이거야 정말 궤변이로군. 궤변이야. 일어나지도 않은 죄를 미리 묻겠다니."

"이골마족이 마의 씨앗임은 분명하다."

"어떻게 그렇게 확신하지?"

"대주의 말에 의하면 이골마족의 피는 파괴의 본능을 지니고 있다고 했다."

"아까부터 대주란 자를 언급하는데 그자는 누구냐?"

"그분은 의천노공의 사형되시는……."

말을 하다 말고 갑자기 몽연이 입을 닫았다. 그러고는 자책하는 표정을 지으며 입술을 깨물었다.

자신도 모르게 북두회의 가장 은밀한 인물에 대해 말하고 있었던 것이다.

"의천노공 우서한?"

적풍이 되물었지만 몽연은 더 이상 대답하지 않았다.

"이젠 죽어도 입을 열지 않을 건가?"

입을 굳게 다물고 있는 몽연을 보며 적풍이 물었다.

몽연은 말없이 시선을 돌렸다. 정말 죽어도 좋다는 태도다.

"뭐 좋아. 이 정도면 제법 소득이 있어. 서로 입장이 있는 거니까. 그런데 하나만 더 묻자. 의천노공이란 자… 어디 가면 만날 수 있지?"

적풍의 질문에 몽연이 물끄러미 적풍을 바라보다 피식 실소를 흘렸다.

"무슨 뜻이냐?"

적풍이 물었다.

"설마 그분을 찾아가 따지기라도 하겠다는 말이냐?"

"그거야 네가 알 것 없고, 어디에 있지?"

"그분을 만나는 순간 넌 죽게 될 거다."

"아무튼!"

"스스로 지옥에 가겠다면 말릴 필요 없지. 그분의 종적은 가능할 수 없다. 하지만 최근에는 호수에 자주 기거하신다고 하더군."

"호수?"

"검은 사자들이 수장된 호수 말이다. 월하선봉에 있는……."

"월하선봉! 좋아. 그만하지!"

적풍이 갑자기 자리에서 일어났다.

"날 죽여줄 수 있느냐?"

몽연이 급히 물었다. 이대로 흑사회에 끌려 다니면서 치욕을 당하느니 죽는 것이 낫기 때문이었다.

"그럴 수야 없지. 사부의 전리품인데."

적풍이 심드렁하게 말하고는 몽연을 일으켰다.

"제발 죽여다오."

몽연이 사정했다.

"아마… 설루와 아저씨도 너희 중 누군가에겐 이렇게 말하지 않았을까?"

뗏목으로 돌아온 적풍의 말에 사혼이 눈을 부릅뜨며 물었다.

"뭐? 떠나겠다고?"

"예."

적풍이 대답했다.

"이런 배은망덕한 놈! 기껏 무공을 전수해 줬더니 다 배우고 나서 떠나겠다고? 지금 날 갖고 노는 거냐?"

사혼이 칼을 잡았다. 아무리 적풍이라 해도 이 일만은 용서하지 못하겠다는 표정이다.

"아주 떠나겠다는 건 아니니 흥분하지 마세요."

적풍이 별일 아니라는 듯 말했다.

"아주 떠나는 건 아니라고?"

"예. 누굴 좀 만나야겠습니다."

"누굴 만나겠단 말이냐? 북두회가 추격 중인 이 지경에……."

"북두회의 추격이야 사부를 따라 다니는 것이 더 위험하지요."

"그, 그거야 그렇다만……."

흑사회와 함께 움직인다면 오히려 사람들의 눈에 띌 가능성이 컸다.

"시간은 얼마나 걸릴지 모르겠습니다. 하지만 반드시 사부께 다시 가지요. 그래서 사부가 원하시는 대로 흑사회를 무림 위에 군림시키지요. 나도 그 망할 무림에서 할 일이 있으니……."

"도대체 누굴 만나려는 거냐?"

사혼이 다시 물었다.

"그건 나중에 말씀드리지요. 하지만 일단 그를 만나야 뭘 해도 할 수 있을 것 같습니다."

"네 신상에 관련된 일이냐?"

"그렇습니다."

"음… 위험하지 않겠느냐?"

"반반입니다."

"죽을 수도 있다는 거냐?"

"그럴지도 모르지요."

어머니 유하는 우서한을 만나면 그가 적풍을 죽일 수도 있다고 했었다.

"제길, 그런 자를 꼭 만나야 한다는 거냐?"

사혼의 물음에 적풍이 고개를 끄떡였다. 그러고는 미련 없이 몸을 날려 뗏목을 벗어났다.

강변에 내려선 적풍이 사혼에게 고개를 숙여 보였다. 사부에 대한 예를 제대로 차린 것은 이번이 처음이었다.

"조심해라! 일이 끝나면 어디로 와야 하는지 알고 있지?"

"절강성 십자성!"

적풍이 짧게 대답하고는 어둠 속으로 사라졌다.

"망할 놈 도대체 누굴 만나겠다는 거야? 아니지. 가만 있자……."

사혼이 시선을 돌려 뗏목 한쪽에 묶여 있는 몽연을 찾았다. 그러고는 재빨리 그녀 앞으로 다가가 물었다.

"녀석이 누굴 만나러 갔는지 아느냐?"

"의천노공!"

몽연이 나직하게 대답했다.

"의천노… 뭐? 뭐라고?"

사혼이 화들짝 놀라며 되물었다.

"그는 의천노공 우 노야를 만나겠다고 했다."

"이… 이… 미친놈이!"

사혼이 재빨리 시선을 돌려 적풍을 찾았다. 그러나 적풍은 이미 어둠 속으로 사라지고 없었다.

*　　　　*　　　　*

한 가지 일은 쉬웠고, 한 가지 일은 어려웠다. 그러나 그 두 가지 일을 동시에 해내야 여행의 끝에 도달할 수 있었다.

의천노공 우서한이 자주 머문다는 월하선봉의 호수를 찾는 것은 그리 어려운 일이 아니었다.

물론 이십여 년이 훌쩍 지난 일이기는 하지만 생각보다 검은 사자들의 시간에 대한 무림인들의 기억은 또렷했다.

어쩌면 그만큼 검은 사자들이 무림에 준 충격이 강력했기 때문일 것이다.

덕분에 멀리 갈 것도 없이 심양의 저잣거리에서 무림인으로 보이는 자들과 잠시 말을 섞는 것만으로도 검은 사자들의 무덤이라는 그 기이한 호수가 어디쯤에 있는지 얼추 추측할 수 있었다.

단지 문제는 그 위치를 정확하게 지목할 수 있는 자가 아무도 없다는 것뿐이었다.

그러나 그 또한 사실 그렇게 큰 문제가 되지 않았다.

호수라는 것이 사람의 눈에 감출 수 있는 것이 아니어서 근방에 가면 쉽게 찾을 수 있을 것이기 때문이었다.

정작 어려운 일은 그곳까지 여행하는 일이었다.

"사막을 건너야 해. 북쪽에 천해라고 거대한 호수가 있어. 그들 말로는 바이칼이라고 부르는데, 그 천해 서쪽으로 거대한 산맥이 이어지지. 그 산맥 초입에 월하선봉이 있다고 하더군."

늙은 거지가 전해준 말이다.

늙은 거지가 저 유명한 개방의 방도인지는 확실치 않았지만 그래도 자신은 개방의 방도라고 주장했다.

물론 그 대답을 듣기 위해 늙은 거지에게 술 한 병과 만두 한 접시를 선물해야 했던 걸 보면 진짜 개방의 거지 같지는 않았다.

개방의 거지는 거지면서도 자존심이 강하다고 하지 않던가. 그러기에 그 거지는 너무 비굴했었다.

어쨌거나 천해라면 준비가 필요했다.

늙은 거지의 말 중 틀린 것도 있었다. 천해까지 사막을 가로질러 갈 수도 있지만 초원을 따라 갈 수도 있었다.

아마 늙은 거지는 대막이나 천해는 구경도 해보지 못한 인물일 것이다.

하지만 그게 무슨 상관인가. 들어 알고 있는 사실이 도움이 되면 그뿐이었다.

적풍은 심양에 십여 일 머물면서 긴 여행을 준비했다.

그리고 준비가 끝나자 미련 없이 심양을 떠났다. 남기고 떠나는 것이 없으니 떠나는 길 역시 홀가분했다.

그렇게 여행을 떠나자 이상한 기분이 들기도 했다.

마치 정해진 운명처럼 그 노인이, 아니, 정확히는 그 호수가 자신을 부르는 것 같은 생각이 들었던 것이다.

                    *   *   *

  긴 시간이었다.

  홀로 몽골 초원을 횡단하는 일은 결코 쉬운 것이 아니었다.
가끔 초원을 배회하는 마적들을 만나기도 했다. 물론 그런 경
우 운이 없는 것은 마적 쪽이었다.

  적풍은 마적들을 상대할 때 손속에 사정을 두지 않았다.

  타고난 성정이 패도적이기도 했지만 그것보다는 자신의 흔
적을 뒤에 남기고 싶지 않기 때문이었다.

  혹시라도 북두회의 사냥개들이 뒤를 쫓을 수도 있다는 위협
감은 항상 적풍의 뇌리에 남아 있었다.

  하지만 생각해 보면 실소가 나는 일이었다. 그가 찾아가는
자가 의천노공인데 북두회의 추격자를 걱정하다니 말이다.

  북두회의 사냥개를 부리는 자가 의천노공의 사형이라는데
둘 사이에 다를 바가 무엇이 있겠는가.

  하지만 어쨌든 적풍은 자신의 흔적을 남기지 않기 위한 노력
을 게을리하지 않았다.

  그러나 사실 앞을 막는 마적이나, 흔적을 지우는 일, 그리고
밤낮으로 변하는 가혹한 날씨보다 더 적풍을 힘들게 하는 것
은 외로움이었다.

  어려서부터 도망자로 살아온 그였기에 홀로 있는 것이 익숙

하다고 생각했었지만 초원에서의 외로움은 그의 예상을 뛰어넘었다.

자신도 모르는 사이에 고독이 가슴 깊은 곳까지 파고들었다. 그래서 가끔 죽은 어머니 유하와 어디론가 사라져 버린 설루를 생각하며 눈가가 축축해지기도 했다.

그러다 보니 간혹 사부 유령마군 사혼까지 그리워졌다.

사부란 이름으로 존재하지만 사실 서로에 대한 정은 없는 관계다. 그저 서로에게 필요한 존재일 뿐인 두 사람인데 그 사혼까지도 그리워졌다.

그럴 때면 적풍은 초원의 유목민들을 찾아갔다.

초원에서 적의 없는 손님은 언제나 환영받는다. 더군다나 적풍은 단웅족과 여러 해 어울렸기에 유목민의 풍습에 익숙했다.

물론 자신을 드러내지 않기 위해 충분히 조심해야 했다. 그들의 손님일 때는 철저히 자신의 본성을 감췄다. 노하는 일도 없고, 가끔 실없는 농담도 지껄였다.

물론 청룡검도 감췄다.

그러다가 사람에 대한 갈증이 어느 정도 해소되고 몸이 근질거리기 시작하면 다시 여행을 떠났다.

그러다 보니 여정은 엿가락처럼 늘어져서 천해, 바이칼을 마주했을 때는 심양을 떠난 지 다섯 달이나 지나 있었다.

"호수라더니 바다 아닌가?"

적풍이 찬바람을 막으려고 목에 두른 사슴 털을 얼굴로 끌어 올리며 중얼거렸다.

거대한 호수가 눈 아래 펼쳐졌다. 갑자기 웅심이 용솟음쳤다. 가슴이 넓어지면서 천하를 발아래 두고 싶다는 패기가 뭉실뭉실 일어났다.

초원에서 겪었던 그 지독한 외로움이 단번에 날아가 버리는 듯한 느낌이 들 정도였다.

적풍이 시선을 왼쪽으로 돌렸다.

거대한 산맥의 초입, 근방의 사람들이 알타이라 부르는 산맥의 초입이다.

이제 저곳에서 월하선봉을 찾으면 그를 만날 수 있을 것이다.

의천노공 우서한!

"산에 올라가면 작은 나룻배가 두 척 있을 거야. 마을 사람들이 십여 년 전부터 호수에 올라가 고기를 잡아. 그전에는 없었는데 그즈음 호수에서 고기가 잡히기 시작했지. 누가 씨를 뿌려놓았는지는 몰라도 말이야."

노인이 구름에 쌓인 산봉우리를 보며 말했다.

높지는 않았지만 이상하게도 아득하게 보이는 산봉우리다.

적풍은 드디어 월하선봉을 눈앞에 두고 있었다.

산 아랫마을에 사는 노인은 월하선봉을 찾는 적풍을 이상한 눈으로 바라보면서도 봉우리 위 사정에 대해선 자세히 말해

주었다.

"배 주인이 산 위에 머뭅니까?"

적풍이 물었다.

"주인은 무슨 주인, 이곳 사람들이 함께 사용하는 배야. 사실 물고기를 잡는다고는 하지만 팔 수 있는 양은 아니고, 그저 철마다 산에 올라 철렵이나 하는 정도지. 그래서 배도 산 위에서 나무를 잘라 대충 만든 거고……."

"그 배를 타면 그 신선 같은 노인이 사는 곳에 갈 수 있습니까?"

"그렇다네. 그런데 그분이 계실런지는 몰라. 우리도 거의 뵙지 못하거든."

"알겠습니다. 고맙습니다."

적풍이 노인에게 고개를 꾸뻑하고는 신형을 돌렸다.

"그런데 신선님은 왜 찾는 건가?"

노인이 뒤에서 물었다.

"신선이라니 한번 만나보고 싶어서요."

적풍이 노인을 돌아보며 대답했다.

"예끼, 이 사람! 늙은이를 놀리네. 그저 신선 같은 분이란 거지 정말 신선이 있겠나?"

"그야 저도 알고 있지요. 하지만 신선같은 분이라니 특별한 가르침을 얻을 수도 있지 않겠습니까?"

"그야 그렇지. 보통 분은 아닌 게 확실하니까. 그런데 자네 도인술을 수련하나 보군."

"예?"

"소문에 듣자 하니 그 어르신은 호수를 두 발로 건너시고 월하선봉을 날아 넘는다고 하더라고. 물론 사람이 어찌 그러겠는가마는… 어쨌든 신선술을 쓰시는 분은 분명한 것 아닌가? 그걸 배우러 가는 사람이라면 자네도 역시 도인술을 수련하는 것 아닌가?"

"글쎄요."

적풍이 말을 얼버무렸다.

"흐흠… 사실 이 근방에서 그 어른의 신령스러움을 알아보는 사람은 우리 마을 사람들밖에 없다네. 다른 부족 놈들은 다 무식한 사냥꾼이거나 양이나 치는 목동들이지. 우리 마을만이 농사도 짓고 글도 좀 읽는다네."

"그렇군요."

적풍은 이 노인네가 갑자기 왜 이렇게 말이 많아졌지 하는 표정으로 대답했다.

"그래서 하는 말인데… 혹시 이 부근에 정착하려거든 우리 마을로 오게. 내게 과년한 딸년이 하나 있는데……"

"다음에 뵙지요."

더 들어볼 것도 없었다. 장대 같은 젊은 놈을 보니 데릴사위를 들이고 싶었던 모양이다.

적풍이 뒤도 돌아보지 않고 말에 올라 휑하니 노인의 초가를 벗어났다.

그런데 그 순간 노인의 눈빛이 살짝 변했다.

"법황님을 찾아온 자가 얼마 만인가? 세상의 공기가 심상치 않더니 어른을 찾는 자가 생겨나는구나."

노인이 가볍게 발걸음을 옮겼다. 그러자 그의 신형이 미끄러지듯 초가 안으로 사라졌다.

"미친 늙은이, 어디서 수작을 부려? 데릴사위라니!"

적풍이 투덜대며 산길을 오르기 시작했다.

산은 신비로웠다.

월하선봉이란 말이 부끄럽지 않은 풍광이 계속 이어지는 통에 적풍은 지루할 겨를이 없었다.

그러나 그 모든 풍광도 월하선봉 정상의 수천 평 너른 호숫가에 섰을 때 머릿속에서 먼 기억처럼 지워졌다.

"참… 무덤 한번 훌륭하구나."

적풍이 푸른 호수를 앞에 두고 중얼거렸다.

호수는 그 주변으로 험준한 산줄기를 담장처럼 두르고 있었다.

수백 년 된 나무들이 호숫가에 가지를 드리우고 있었고, 호수가 거울처럼 숲과 산, 그리고 그 위의 하늘을 빠짐없이 담아내고 있었다.

물은 바닥까지 보일 만큼 투명해서 이곳에 고기가 산다는 것이 믿기 어려웠다.

검은 사자들의 무덤이라 불리는 호수, 혹은 전마의 호수로 불리기도 하는 전설의 그 호수다.

이곳에 적풍이 단 한 번도 보지 못한 아버지 적황이 그의 수하들인 검은 사자들과 함께 수장됐다.

그러니까 결국 이 호수는 이름 그대로 거대한 무덤인데, 주변의 아름다움 때문인지 어디서도 그런 죽음의 기운 같은 것은 느껴지지 않았다.

적풍이 한동안 호수의 풍광에 빠져 있다가 문득 정신을 차리고 호숫가로 내려갔다.

노인의 말대로 두 척의 허름한 나룻배가 흔들거리며 호수에 떠 있었다.

적풍이 슬쩍 주변을 살폈다. 보는 눈이 없는 것을 확인한 적풍이 훌쩍 땅을 차고 날아올라 한 척의 배에 내려섰다.

아마도 유령마군 사혼이 보았으면 경악했을 만큼 고절한 적풍의 신법이었다.

"이거 물이 꽤 새겠군."

적풍이 낡은 배를 보며 중얼거렸다.

물에 닿는 부분이 삭아서 호수 건너편까지 가다 보면 물이 적지 않게 새어 들어올 것 같았다.

마침 타다가 물이 들어오면 퍼내라는 듯 바가지 몇 개도 배 안에 있었다.

"어쨌든 가보자고, 의천노공인지 뭔지 하는 노인에게."

적풍이 힘차게 노를 저었다.

부러질 것 같던 노가 애써 물의 무게를 버티다가 배를 호수 가운데로 밀어내기 시작했다.

　　　　　　*　　　　　*　　　　　*

"소월! 빨리 가져오너라!"

노인이 급하게 소리쳤다.

"가요. 지금 가요!"

소년도 황급하게 대답했다.

그러나 대답과 달리 소년의 걸음은 무척 조심스러웠다. 소년의 손에 뜨거운 쇠절구가 들려 있기 때문이었다.

크기가 작은 꿀단지만 한 쇠절구에는 은이 녹은 물이 가득했다. 표면은 이미 공기에 노출되어 얇은 은막이 형성되고 있었다.

"어서!"

노인이 다시 소년을 재촉했다.

"알았어요. 다 왔다구요."

소년이 투덜대며 노인이 있는 허름한 통나무집으로 들어섰다.

통나무집이라고 해야 기둥 서너 개를 세우고 지붕만 갈대로 덮은 것으로 잠을 잘 수도 없는 곳이었다.

그 안에서 노인은 나무로 깎아 만든 화살 다섯 개를 가지런히 놓고 소년을 기다리고 있었다.

소년이 오두막으로 들어와 조심스럽게 절구를 내려놓았다.

"어디 보자."

노인이 소년이 내려놓은 절구 안을 살폈다. 뜨거운 은액이 가득한 절구 안에서 매캐한 연기가 일어났다.

"좋아. 제대로 됐군."

노인이 고개를 끄떡이며 다섯 대의 나무 화살 중 하나를 집어 들었다.

"다시 생각해 보시는 게 어때요?"

문득 소년이 말했다.

"무슨 소리냐?"

"아무리 단단한 나무라도 그 뜨거운 은액에 들어가면 금방 타버리고 말걸요?"

"녀석아, 이게 보통 나무가 아니지 않느냐?"

"아무리 벼락을 견뎌냈다고 해도 나무는 나무예요."

"흐흠, 네놈이 날 못 믿는 것은 알고 있었지만 본 문의 비술마저 믿지 못하는 줄은 몰랐구나."

"누가 본 문의 비술을 못 믿나요? 또 스승님을 믿지 못하는 것도 아니에요. 전 단지 나무토막을 믿지 못할 뿐이라고요."

"그래? 그럼 오늘 넌 좋은 것을 배우겠구나. 세상에는 가끔 이치를 거스르는 물건과 사람이 존재한다는 것을 말이다."

"좋아요. 어디 해보세요. 하지만 천산까지 가서 어렵게 구한 나무를 버리실 것 같아 아쉽네요."

"후후후, 녀석. 보거라!"

노인이 나무 화살의 촉 부분을 손으로 감싸 잡았다. 그러고는 눈을 감고 나직하게 무슨 말인가를 중얼거렸다.

그러자 그의 손에 잡혀 있던 나무 화살의 색깔이 투명하게 변하기 시작했다.

소년이 눈을 동그랗게 뜨고 노인의 손에서 변해가는 화살을 뚫어지게 응시했다.

나무 화살이 완전히 투명해졌을 때 노인이 눈을 뜨고 화살을 거꾸로 들어 절구 안에 담갔다.

치이익!

쇠가 달궈지는 소리가 나며 절구 안에서 연기가 일어났다. 누가 봐도 나무 화살이 뜨거운 은액에 타버리는 모습이었다.

노인의 손에서 신비롭게 변했던 화살의 모습에 잠시 기대를 하고 있던 소년의 얼굴에 실망의 빛이 어렸다.

그 순간 노인이 다시 무슨 말인가를 중얼거렸다.

그러자 놀라운 일이 벌어졌다.

마치 먹물이 붓으로 스며들듯 은액이 투명한 나무 화살 속으로 빨려 들어가기 시작했던 것이다.

더군다나 나무속으로 빨려 들어간 은액들은 나무 화살을 훼손하지 않았다.

잠시 후 노인이 절구에서 나무 화살을 꺼냈다.

소년이 고개를 숙여 보니 절구 안에 들어 있던 은액들이 상당 부분 사라지고 없었다.

"됐다!"

노인이 나무 화살을 눈앞에 들어 올리며 말했다. 그의 손에 들린 나무 화살은 기이한 모습으로 변해 있었다.

은액을 안에 머금은 투명한 나무 화살은 신령스럽기까지 했다. 그러나 그도 잠시, 노인이 허공에 대고 몇 번 휘두르자 거짓말처럼 은액에 담그기 전 그 모습으로 되돌아가 버리는 것이었다.

"어떠냐? 타지 않았지?"

노인이 소년을 보며 말했다.

"도대체 어떻게 된 일이지요?"

"말하지 않았느냐? 본 문의 비술과 신령스런 박달나무의 기운이라면 세상에서 가장 강한 화살이 만들어진다고 말이다."

"이게… 파마시인가요?"

"그렇다. 이게 바로 파마시다."

"그 옛날 스승님이 전마를 죽이셨다는 그 파마시오?"

"맞다. 그 파마시다. 그러나 네 말은 틀렸다."

"뭐가요?"

"그는… 살아 있으니까."

"저, 정말요? 전마가 살아 있다고요? 어디에요? 그가 복수를 하러 올까요?"

소년이 겁에 질린 듯 화들짝 놀라며 되물었다.

"걱정 말거라. 그는 오지 않는다. 아니… 올 수 없다. 돌아갈 순 있어도 다시 올 수 없는 곳으로 갔으니까."

"그곳이 어딘데요?"

"나중에 알게 될 게다. 네가 정식으로 월문의 후계자로 인정되면 그때. 문지기로서의 천명을 받게 되는 그때 말이다! 세상에서 오직 본 문의 법황 한 사람만이 알 수 있는 비밀이지."

"에이, 미리 말해주시지."

소년이 투덜댔다.

그러자 노인이 미소를 지으며 소년의 머리를 쓰다듬다가 문득 얼굴이 굳었다.

노인이 시선을 오른쪽으로 돌렸다. 그러자 그의 눈에 맑은 호수를 건너오는 한 척의 돛단배가 보였다.

노인의 눈이 가늘어졌다.

"손님인가? 정말 오랜만이군. 월문의 문주를 찾아온 건가, 아니면 의천노공을 찾아온 건가?"

제7장
뿌리

결국 피는 속일 수 없는 걸까?

어떻게 제 아비랑 이렇게 똑같을까. 고집불통에 난폭해 보이고, 거기에 거만하기까지 한……

정말… 빌어먹을 부자(父子)들이다.

그 아비와 다른 점은 날 찾아온 방법뿐이다.

그의 아비는 말이라기보다는 괴물이란 말이 더 어울리는 거대한 흑마를 타고 왔고, 그의 아들은 구멍 뚫린 배를 타고 이 맑은 호수를 건너왔다.

바가지로 연신 물을 퍼내면서.

노인은 한눈에 알 수 있었다. 그를 찾아온 이 괴이한 청년이

누구인지.

어찌 모를 수 있겠는가.

단지 모르는 것은 녀석의 이름뿐이다.

"이름이 뭐냐?"

배에서 내려 거만하게 걸어온 청년을 보고 노인이 물었다.

"당신이 의천노공 우서한이오?"

청년이 대답 대신 물었다.

"그렇다. 네 이름은 뭐냐?"

"난… 적풍이라고 하오."

적풍은 오직 설루에게만 말했던 자신의 본명을 입에 올렸다. 의천노공 우서한 앞에서는 속일 것이 없었다.

아니, 속이고 싶지 않았다.

그는 모든 것을 아는 자다. 아버지 적황에 대해서도 그만큼 아는 사람은 없을 것이다.

"그의 아들이냐?"

노인, 의천노공 우서한의 질문에 적풍이 고개를 끄떡였다.

"왜 날 찾아왔느냐?"

의천노공 우서한이 물었다.

"몰라서 묻는 거요?"

적풍이 되물었다. 그러자 우서한이 잠시 적풍을 바라보다 고개를 저으며 말했다.

"이렇게는 이야기가 안 될 것 같고… 일단 널 잡아야겠다."

한순간 의천노공 우서한이 움직였다.

그의 손이 번개처럼 적풍의 목을 잡아갔다.

그러자 적풍이 기다렸다는 듯이 검을 들어 올려 우서한의 손을 막았다.

그 기세가 태산 같아서 우서한이 미처 적풍의 앞에 도달하기도 전에 뒤로 물러났다.

"무공을 수련했구나!"

우서한이 놀라며 소리쳤다.

"그럼 아무 준비 없이 당신을 찾아왔겠소?"

적풍이 우서한을 향해 달려들며 말했다.

사실대로 말하자면 적풍은 우서한을 이길 자신 같은 것은 없었다.

그가 누군가. 천하무림인의 존경을 받는 의천노공이다.

무림에서의 존경은 인품으로만 얻을 수 있는 것이 아니다. 절대의 무공이 없이는 누구도 무림에서 존경을 받을 수 없다.

그러니 우서한의 무공은 적풍이 감당할 수 없는 경지에 있을 것이 분명했다.

그럼에도 불구하고 적풍은 최대한 우서한을 밀어붙일 생각이었다.

생부의 원수이기 때문이 아니다.

얼굴도 보지 못한 아버지다. 더군다나 어린 자식과 아내를 버린 자이기도 하다. 새삼스레 아버지의 복수를 한다는 것도 우스운 일이다.

그럼에도 적풍은 천하에서 가장 존경받는 이 늙은이와 한번 제대로 겨뤄보고 싶었다.

어쩌면 적풍은 그렇게 함으로써 자신의 절박함을 우서한에게 드러내 보이고 싶었는지도 모른다.

하지만 또 한편으로는 과연 만인이 떠받드는 그의 무공이 어느 정도인지 직접 겪어보고 싶기도 했다.

물론 그가 자신을 죽일 수도 있지만, 적풍은 원하는 바를 얻기 위해선 능히 위험을 감수할 사람이었다. 그것이 목숨이라 해도.

적풍의 청룡검이 점점 힘을 내기 시작했다.

얼마간의 수련을 통해 얻은 내공과 타고난 신력을 모두 청룡검에 실었다.

검술은 당연히 흑사회주 유령마군 사혼에게 전수받은 진천벽력검이다.

쾅쾅쾅!

적풍의 청룡검이 연신 우서한을 내려쳤다.

잠시의 쉴 틈도 없었다. 우서한은 처음에는 신묘한 보법으로만 적풍의 공격을 피해냈다.

그러다가 어느 순간 적풍의 기세가 워낙 거세서 우서한조차도 병기가 없으면 막아내기 힘든 지경에 처했다.

그러자 우서한이 방금 전 은액을 주입한 나무 화살을 손에 들어 적풍을 상대하기 시작했다.

카카캉!

가느다란 나무 화살과 거대한 청룡검이 부딪혔음에도 불구하고 외려 적풍의 청룡검이 뒤로 밀렸다.

그뿐인가. 그 단단하던 청룡검의 날에 상처까지 났다.

그러자 한순간 적풍의 눈에 검은 기운이 감돌았다. 겨우 화살 하나로 자신을 밀어내는 의천노공의 무공에 수치스럽다는 생각까지 들었다.

그 수치심이 그의 뜨거운 피를 움직였다.

두둑!

어깨뼈가 탈골되는 소리가 들렸다. 날개처럼 솟은 어깨뼈가 적풍의 몸을 훌쩍 커 보이게 만들었다.

"좋구나!"

뭐가 좋다는 건가. 이골마족으로 불리며 세상이 잡아 죽이지 못해 안달인 몸이다.

그 몸을 보고 의천노공 우서한이 감탄했다.

적풍은 마치 조롱받은 듯한 기분이 들었다. 그러자 앞서의 수치심까지 더해져 더욱 광폭해졌다.

"늙은이!"

어느새 검은 기운에 휩싸인 적풍이 우서한을 향해 재차 달려들었다.

콰콰쾅!

벼락 치는 소리가 호숫가를 뒤흔들었다.

태양은 눈부셨다.

마른하늘에 날벼락이란 말이 어울리는 광경이었다.

소년은 자신의 눈앞에서 벌어지는 놀라운 싸움을 목격하고 나서야 자신의 스승이 생각했던 것보다 훨씬 대단한 사람이란 걸 깨달았다.

더불어 그 스승과 싸우고 있는 청년이 두려웠다. 온몸을 검은 기운으로 감싸고, 처음보다 두어 배는 커 보이는 몸집으로 검을 휘두르는 것이 꼭 절간에 드나들 때 보았던 사천왕을 보는 것 같았다.

"마귀 같은 자야."

거대한 검으로 자신의 스승을 짓이길 듯 찍어대는 청년을 보며 소년이 자신도 모르게 중얼거렸다.

그러면서도 한편으로는 말아 쥔 손에 힘이 들어갔다. 여차하면 자신도 싸움에 뛰어들 용기를 애써 내보고 있는 것이다.

그러나 소년이 싸움에 뛰어들 일은 생기지 않았다. 그의 스승이 드디어 본래의 실력을 발휘하기 시작했던 것이다.

"잘 컸구나. 그러나 아쉬운 일이다. 그의 아들이라는 것이!"

문득 의천노공 우서한이 쓸쓸한 표정으로 말하고는 화살을 들어 허공에 일곱 방위를 찍었다.

그러자 기이한 일이 벌어졌다.

분명 빈 허공을 찔렀음에도 불구하고 화살이 찍은 곳에 푸른 구슬 같은 점이 생겨났다.

그 점들이 적풍의 주위를 돌기 시작하자 적풍을 감싸고 있던 검은 기운들이 급격하게 옅어지기 시작했다.

"늙은이, 무슨 장난을!"

적풍이 노성을 토해내며 맹렬하게 검을 휘둘렀다. 그러나 이상하게도 그의 몸은 시간이 지날수록 점점 둔해졌다.

몸이 마치 물먹은 솜이불을 덮은 것처럼 무거워졌다.

"이 나이 먹고 장난이나 치고 있겠느냐? 이야말로 너희 신혈족을 위해 준비된 무공이다."

의천노공 우서한이 적풍 앞으로 다가서며 말했다.

적풍은 우서한이 바로 눈앞에 있는 데도 불구하고 청룡검으로 그를 내려칠 수 없었다.

그때 우서한이 나무 화살을 들어 적풍의 마혈을 찔렀다.

"컥!"

사납던 대호가 급소에 활을 맞은 것처럼 갑자기 적풍이 움직임을 멈췄다.

쿵!

적풍이 무릎을 꿇으며 노인을 노려봤다.

쩡그렁!

적풍의 손에서 청룡검이 떨어졌다.

"무… 슨 짓을!"

너무 허무한 결과에 눈물이 날 지경이었다.

패배를 예상하지 못한 것은 아니지만 이런 패배는 너무 치욕적이다. 적어도 팔다리 하나쯤은 잘려 나가는 처절한 패배를 기대했던 적풍이었다.

"이야기는 나중에 하자. 네놈 때문에 요기할 시간이 지났어. 소월아!"

"예, 스승님!"

그 사납던 청년을 단번에 제압한 스승이 자랑스러워 우서한의 어린 제자가 재빨리 대답했다.

"밥상 차려라. 손님이 있으니 아침에 낚은 고기도 좀 굽고."

"예?"

소년이 뜨악한 표정으로 우서한을 바라봤다.

손님이라니. 지금까지 칼 들고 싸운 자가 어찌 손님이란 말인가.

"서둘러라. 힘을 썼더니 배가 고프구나."

우서한이 소년을 재촉했다.

"아, 알았습니다. 얼른 할게요."

소년이 얼떨떨한 표정을 지으며 초옥으로 달려갔다.

소년이 사라지자 우서한이 은근한 목소리로 적풍에게 물었다.

"죽으러 온 것은 아니겠지?"

"물론⋯⋯."

"그런데 왜 그렇게 치열하게 덤볐느냐? 날 시험해 보려는 것치고는 지나치지 않느냐?"

"당신이 내 아버지를 죽였다고 해서 자식 노릇 좀 해보려고."

"음⋯ 그 이유는 아닌 것 같은데?"

우서한이 고개를 저으며 말했다.

그러자 적풍이 한참 동안 우서한을 응시하다 말투를 바꾸며 대답했다.

"맞소. 솔직히 얼굴도 보지 못한 아버지 복수를 할 만큼 대단한 효자는 아니오. 더군다나 처자식을 버리고 천하제일의 마인으로 낙인찍혀 그 처자식까지 쫓기게 만든 사람이라면 더더욱 그렇소. 난 그저… 당신과 나를 시험해 보고 싶었을 뿐이오."

"후후. 그래, 그래야 그의 자식이지. 시험해 보니 어떠하더냐?"

"설마 하니 사술을 쓸 줄이야 누가 알았겠소? 천하의 의천노공이!"

적풍이 비웃음을 흘리며 말했다.

"사술이라. 겨우 사술로 보이더냐? 네 눈에는?"

"아니오?"

"그렇게 봤다면 실망이군. 전마의 아들이 생각보다 눈이 어둡군."

"미안하구려. 실망시켜서."

적풍이 코웃음을 치며 대답했다. 언제나 먼저 언급되는 전마 적황, 그 이름이 영 신경에 거슬렸다.

"내가 쓴 무공은 밀황지라는 지법으로 경혼검법에 실어 북두현진이라는 진법을 펼친 것이다."

"참 고명하시구려. 알아들을 수도 없는 무공들을 섞어 쓰시니."

여전히 적풍이 우서한을 비웃었다. 그러자 우서한이 어쩔 수 없다는 듯 고개를 저었다.

"정말 닮았구나. 절대 다른 사람을 인정하지 않는 그 고집스
런 성정하며……."

"누굴 말하는 거요?"

"알면서 뭘 묻느냐?"

당연히 적풍의 아버지 전마 적황을 두고 하는 말이다.

"그를 죽일 때도 이런 사술을 쓴 거요?"

순간 우서한의 얼굴이 굳었다.

"사술? 말도 안 되는 소리. 이런 무공으론 절대 그를 상대하
지 못하지. 당시 난 파마시를 전륜밀궁으로 쏘았지. 하지만 솔
직히 말하면 그때 난 무공이 아니라 계책을 그를 공격한 거다.
내가 삼 년 동안 그의 길잡이 노릇을 하지 않았다면 그는 절대
방심하지 않았을 테니까. 방심하지 않은 전마는 파마시로도 죽
일 수 없었겠지."

우서한이 대답했다.

적풍은 자신이 묻는 대로 대답해 주는 우서한이 이상하게
느껴졌다. 자신의 거친 태도에도 우서한은 큰 동요 없이 하나
하나 대답을 해주고 있었다.

"혹 날 죽일 생각이요?"

"왜 그렇게 생각하느냐?"

"당신과 당신의 무공에 대해 너무 자세히 알려줘서 말이오."

"그게 널 죽일 이유냐?"

"이유 없이 적에게 자신의 속을 온전히 내보이는 사람은 없
소."

"한 가지 경우에는 가능하다."

"……?"

"그 적이 전혀 위협이 되지 않을 때!"

순간 적풍은 참을 수 없는 모멸감을 느꼈다. 이 늙은이는 처음부터 자신을 적수로조차 생각지 않았던 것이다.

그러나 또 다음 순간 적풍은 한 줄기 미소를 지었다.

"왜 웃느냐?"

"결국 날 죽일 생각은 아니란 말 아니오?"

"그렇게 생각하느냐?"

"적수로 생각지 않는다면 군이 죽일 필요도 없거니와 죽일 사람과 이렇게 구구절절한 이야기를 할 필요가 없으니까."

"흐흠… 하나는 맞고 하나는 틀렸다. 네 말대로 난 널 죽일 생각이 없다. 그러나 널 죽이려 했다 해도 네가 궁금해하는 것은 모두 말해줬을 것이다. 그게 그에 대한 내 예의이니까."

"무슨 예의 말이오? 당신은 그를 죽이지 않았소?"

"뭐… 애증 같은 거지!"

그때 초옥에서 소년의 목소리가 들렸다.

"밥 다 됐어요!"

"오냐, 간다. 가자!"

우서한이 적풍을 잡아 일으켰다.

적풍의 몸에는 꼭 그가 걸을 정도만 힘이 남아 있었다.

적풍은 순순히 우서한에게 의지해 초옥으로 향했다. 그 역시 이상하게 몹시 시장기가 느껴졌다.

철컹! 철컹!

적풍의 두 발목에 쇠사슬이 채워졌다.

"지금 뭘 하자는 거요?"

적풍이 우서한을 노려보며 물었다.

밥 한 끼 잘 해 먹인 우서한은 적풍을 데리고 초옥 뒤쪽에 있는 동굴로 들어왔다.

겉으로 보기엔 평범했던 동굴은 안으로 들어서자 놀라울 정도로 넓어졌다.

여러 개의 석실이 이어져 있었고, 수십 명이 함께 머물 수 있는 공간도 존재했다.

우서한은 석실들을 지나쳐 적풍을 동굴 더 깊은 곳으로 데려갔다.

입구로부터 거의 일백여 장을 들어가자 앞서 와는 전혀 다른 분위기의 공간이 나타났다.

출구가 쇠창살로 막혀 있는 다섯 개의 뇌옥, 우서한은 그중 한 곳에 적풍을 집어넣고 그의 발목에 쇠사슬을 채운 것이다.

"본래는 당장 널 죽였어야 한다. 다른 사람도 아니고 그의 아들이니까 그 자체로 위협적인 존재지. 그러나 차마 그럴 수가 없구나."

이리처럼 자신을 노려보는 적풍을 보며 우서한이 말했다.

"흐흐흐, 그래서 이렇게 묶어놓고 죽을 때까지 기다리겠다는 거요?"

"때마다 끼니는 챙겨줄 것이다."

"차라리 죽이지 이런 상태로 평생을 살라는 거요?"

"지금으로썬 나도 어쩔 수 없다. 나중에… 다른 방도를 생각해 보자. 네 말대로 그 상태로 평생을 살 수는 없으니까. 몇 십 년만 되어도 그냥 두겠지만 몇 백 년이 될 수도 있는 문제라……."

"무슨 헛소리요?"

사람의 수명은 길어야 백 년이다. 그러니 천수를 누린다 해도 적풍이 이곳에서 백 년을 넘게 머물 일은 없다.

"절대 널 놀리려고 하는 말이 아니다. 그게 바로 너희… 신혈족의 특징이기 때문이다. 네 부친이 검은 사자들을 이끌고 천하를 종횡할 때 나이가 몇이었는지 아느냐?"

"……?"

"그때 그의 나이가 일백하고도 아홉이었다!"

이건 또 무슨 헛소린가 싶었다.

믿을 수 없는 이야기였다. 강호에 알려진 바로 전마 적황은 오십 대 중반의 사내였다.

그런데 백아홉 살이라니!

우서한은 신혈족, 그러니까 추격자들이 이골마족이라 부르는 적풍의 혈족은 보통 사람에 비해 수명이 훨씬 길다고 했다.

개중 특별한 재능을 타고 태어난 자들이 무공을 수련하면 보통 사람보다 수명이 두어 배까지 늘어난다고도 했다.

"그럼 인간이 아니란 말이오?"

"그건 아니다. 분명 사람이지."

"그런데 왜 이런 괴물이 된 것이오?"

"보자… 세상이 널 괴물로 부른다고 해서 너까지 스스로 괴물임을 자인할 것까지는 없지 않느냐? 오히려 무인으로서는 하늘이 내린 복을 타고난 사람들이라고 할 수 있으니까."

"보통 사람들과 다른 것, 그 자체가 사람들에게는 괴물이지 않겠소? 어쨌든, 어떻게 이런 피를 지닌 자들이 탄생한 거요?"

"신혈족의 뿌리에 대해선 나도 정확하게 말해줄 수 없다. 단 신혈족의 역사가 그리 짧지는 않다. 다만 그간에는 무림의 일에 관여치 않아 세상의 관심을 끌지 않았지. 그런데… 전마와 그를 따르는 검은 사자들이 그들의 전통을 깨고 강호에 나왔던 것이다. 그것이 오늘날 신혈족이 마족으로 불리며 핍박받는 이유다."

우서한이 대답했다.

그러나 적풍은 알 수 있었다. 우서한의 말은 그가 알고 있는 것, 신혈족과 무림의 관계에 대한 진실의 일부에 지나지 않는다는 사실을. 아니, 어쩌면 지금의 말 자체가 거짓일 수도 있었다.

"도대체 당신의 정체는 뭐요?"

적풍이 불쑥 물었다. 그러자 우서한이 잠시 침묵을 지키다가 입을 열었다.

"월문이라는 곳이 있다. 나의 사문이다. 난 그 월문의 제이십칠대 문주이자 법황이다. 법황이라 부르는 것은 월문이 밀교의 신비불맥 중 일맥을 잇고 있기 때문이다. 아무튼… 월문의 문주에게는 한 가지 사명이 있다."

"그게… 신혈족과 관련이 있소?"

"그렇다. 월문의 선조들은 신혈족의 존재를 아주 오래전부터 알고 있었다. 또한 그들과 밀접한 교류를 하며 살았지. 이유는 단 하나, 세상으로부터 신혈족을 보호하기 위해, 또는 세상을 신혈족으로부터 보호하기 위해서였다. 월문의 법황에게 주어진 사명 중 하나가 바로 강호에서 신혈족을 제어하는 일이었다. 그들이 세상을 어지럽히지 못하게 말이다."

"왜 월문에서 그 일을 하는 것이오?"

"그건… 지금은 말해줄 수 없다. 다만… 확실한 것은 우리 월문만이 그들을 제어할 수 있다는 것이지."

그러자 적풍이 무겁게 침묵을 지키다가 나직하게 물었다.

"설마… 당신도 신혈족이오?"

순간 우서한의 눈빛이 번쩍였다. 그러고는 갑자기 실성한 사람처럼 웃음을 터뜨렸다.

"하하하! 역시 똑똑한 놈이로구나!"

"신혈족임을 인정하는 거요?"

"반은 그렇다고 해두지. 난 너희처럼 이골을 지닌 것은 아니니까. 하지만 신혈족의 시작과 연관이 있는 사람이니 신혈족이 아니라고 할 수도 없다."

"동족을 잡아 죽인다?"

"말이 그렇게 되나?"

우서한이 겸연쩍은 표정으로 대답했다.

"그대야말로 마인(魔人)이로군."

"후후, 그럴지도 모르지. 그러나 그것이 세상을 위한 일이라고 믿기 때문에 네 말에 동의할 수 없구나. 그리고 고대의 오랜 약속을 깬 것은 월문이 아니라 신혈족이었다. 네 아버지와 검은 사자들은 오랜 약속을 깨고 힘을 깨우고 세상에 나갔으니까. 그들이 아니었다면 오늘날과 같은 일은 벌어지지 않았을 것이다. 그랬다면… 월문은 여전히 신혈족의 추격자가 아닌 보호자로 남아 있었을 것이다. 후우, 자, 오늘은 이만하자. 늙으니까 피곤하구나."

우서한이 적풍은 뇌옥에 남겨두고 자리에서 일어났다.

"한 가지만 더 묻겠소."

"뭐냐?"

"날 살려두는 진정한 이유가 뭐요? 사람 죽이는 것을 좋아하지 않는다는 말장난은 집어치우고 말이오."

적풍의 질문에 우서한이 걸음을 옮기려다 말고 물끄러미 적풍을 응시했다.

그러다 무거운 목소리로 대답했다.

"그에게 부탁을 받았으니까."

"누구에게 말이오?"

"네 부친, 그러니까 전마 적황에게……."

"당신은 그를 죽이지 않았소?"

"그것과는 별개의 문제다. 네가 세상에 존재한다는 것을 그는 자신의 최후의 순간에 말했다. 망설였던 것 같아. 네 존재를 타인에게 발설하는 것을. 아마도 그에게도 아버지로서의 정이 있었던 모양이다. 그날 널 부탁했지. 사실 넌 모르겠지만 난 널 처음 보는 것도 아니다."

"……?"

"검은 사자들의 시간이 끝나고 난 가장 먼저 네 모친을 찾아 갔었다. 그리고 너희 모자를 돌보겠다고 말했지. 네 부친과의 약속이었으니까. 그런데… 네 모친은 단호히 거절했다. 물론 그 때는 네 몸에 아직 신혈족의 특징이 나타나지 않았을 때니까."

"그렇구려. 그래서 어머니가 당신의 이름을 말한 것이구려."

"모친께서 뭐라 하시더냐?"

우서한이 물었다.

"언젠가 내 힘을, 내 몸을 견딜 수 없게 되거나 혹은 나 자신에 대해 참을 수 없는 의심이 생긴다면 그때 당신을 찾으라 하셨소. 당신이 나에게 일어난 이 모든 일을 설명해 줄 거라고. 하지만… 당신을 믿지는 말라 하셨소. 당신이 날 죽일 가능성이 크다시며. 후후, 그런데 죽이지는 않고 가둬둘 줄은 몰랐소."

적풍의 말에 우서한이 고개를 끄떡였다.

"아주 정확하게 말씀해 주셨구나. 그렇다. 난 너에게 바로 그런 사람이다. 내일 보자!"

우서한이 그 말을 남기고 쫓기듯이 뇌옥을 떠났다. 오늘만큼은 더 이상 적풍과 이야기를 나누고 싶지 않다는 듯이…….

그릉!

검이 울음을 토했다.

순간 낮이 밤으로 변하는 느낌이 들었다. 물론 실제 일어난
일은 아니다. 그러나 검이 빛을 빨아들이는 것은 분명했다.

의천노공 우서한의 눈빛이 떨렸다. 검을 들고 있던 그의 손
이 부르르 요동친다. 그조차도 검의 기운을 감당하기 쉽지 않
은 듯 보였다.

"널… 없앴어야 하는데……."

우서한이 중얼거렸다.

우우웅!

그러자 검이 다시 울음을 운다. 마치 우서한의 말을 알아들
은 듯한 모습이다.

"걱정 마라. 이 지경이 되고서야 어찌 널 없애겠느냐? 그러
나… 전마의 부탁을 들어줄 수는 없어. 널 녀석에게 주지는 않
겠다. 그건… 너무 위험한 일이니까."

탁!

우서한이 검을 다시 검집에 밀어 넣었다.

그러자 사방이 다시 환해졌다.

햇빛은 여전히 투명하게 호수와 그의 초옥에 내리고 있었고,
주위는 고요했다.

"정말 그를 평생 가둬두실 거예요?"

문득 동굴이 있는 숲 쪽에서 소년이 걸어 나오며 물었다. 표

정을 보니 못마땅한 기색이 역력했다.

"그가 마음에 드느냐?"

"……."

소년은 대답이 없다.

"소월, 이리와 앉거라."

우서한이 고개를 까딱여 소년을 불렀다.

그러자 소년이 분위기가 범상치 않음을 깨닫고는 재빨리 우서한 곁에 다가와 앉았다.

"소월, 우리가 처음 만났던 때를 기억하느냐?"

"그럼요. 그걸 어떻게 잊어요. 스승님이 그때 절 구해주지 않으셨다면 전 아마도… 지금쯤 몽골 놈들의 노예로 살고 있겠죠. 하초가 잘리고 여자 목소리를 내면서요."

소년의 표정이 어두워졌다.

노인이 소년을 구할 당시 소년은 원황실에 바쳐질 환관의 재목으로 끌려가고 있었다.

"난 그걸 운명이라 생각한다. 해동의 수미산문을 찾아간 것은 초 스님의 유품을 전하려 함이있지만, 생각해 보면 너와의 인연이 날 그곳으로 이끌었는지도 모르겠구나. 사실 초 스님의 유품을 전하는 일은 꼭 내가 가지 않아도 되는 일이었으니까. 그렇게 삶은 우연 속에서 정해진 인연과 운명을 마주하게 된다. 그러니 적풍 그 녀석의 운명이 어찌 될지는 내 손에 달린 것이 아니라 그 녀석의 운명에 달려 있는 거다."

"그런데 초 스님이 누구세요?"

"해동 수미산문 출신의 고승이시지. 은자인도(隱者人道)를 깨달아 보이지 않는 곳에서 세상을 밝혀주시던 분이셨단다. 입적하시면서 자신의 행장을 수미산문에 전해달라 유언하셔서 그곳에 가게 되었던 것이다."

"친하셨어요?"

"친하다기보다는… 내겐 스승 같은 분이셨다."

"그럼 월문의 스님이셨어요?"

"그건 아니지. 우리 월문은 밀교의 법을 이은 불맥이고, 수미산문은 선종의 법을 이은 불맥이니 조금 다른 면이 있지."

"그런데 어떻게 그분이 스승이 될 수 있어요?"

"스승의 인연이 어디 출신 문파에 달려 있겠느냐? 본래 우리 월문은 부처의 가르침을 따르는 종파지만 세상의 일에 깊이 관여함으로 인해 구도의 법을 간과한 면이 있었다."

"세상을 위한 일이잖아요?"

"물론 그렇긴 하다만 어쨌든… 그래서 난 항상 구도에 대한 목마름 같은 것이 있었다. 그러던 차에 인연이 닿아 초 스님을 만나게 된 것이다. 그분의 말년을 곁에서 보살필 수 있었던 것은 내겐 큰 행운이었지. 그제야 진짜 중이 된 것 같았거든."

"그런데 말이에요."

소년이 갑자기 고개를 갸웃하며 입을 열었다.

"뭐가 궁금하냐?"

"왜 제겐 머리 깎고 중이 되라고 하시지 않으세요? 스승님의 제자라면서요."

"그게 바로 월문의 변화를 말해준다고 할 수 있겠구나. 애초 불맥을 이은 밀교에서 시작되었지만 지금은 반불반속의 문파로 변했으니 말이다. 하지만 그 변화가 나쁜 것은 아니다. 자연의 변화처럼 자연스러운 것이지. 월문에 주어진 숙명을 생각하면 외려 나을 수도 있고……."

우서한이 소년의 머리를 쓰다듬으며 말했다.

"그를… 정말 평생 가둬둘 건가요?"

소년이 처음 했던 질문을 조심스레 다시 물었다.

"지금으로썬 어쩔 수 없구나."

"풀어줄 수도 있단 건가요?"

"모르겠다. 상황이 어찌 변할지 나도 종잡을 수가 없으니……."

"스승님은 천기를 읽으시잖아요? 미래를 볼 수 있으시고요."

"멍청한 소리. 세상의 어느 누가 미래를 볼 수 있겠느냐? 단지 여러 가지 상황을 보고 이리저리 예측할 뿐이지. 천기라는 것도 그렇다. 하늘의 움직임도 일정한 것 같지만 사실은 수시로 변한지. 그러니 어찌 천기를 완벽하게 읽을 수 있다고 말할 수 있겠느냐?"

"그래서 그의 운명을 모른다는 거군요."

"대견하구나. 금세 이해를 하다니."

"헤헤, 그러니까 월문의 제자가 되었죠."

소년이 실실거리며 농을 흘린다.

"그래, 넌 똑똑하니까. 아무튼 이제부터 내가 하는 말을 잘 들어라."

"예, 스승님!"

"언제가 그의 운명이 다시 세상에 나갈 인연과 닿는다면 넌 항상 그를 주시해야 한다."

"예?"

"멀리서라도 언제나 그를 네 시야에서 놓치면 안 돼. 그리고 때가 되면… 그를 죽여야 할지도 모른다."

"제, 제가요?"

소년이 떨리는 목소리로 되물었다. 사람을 죽이라니, 이는 소년이 생각지도 못했던 일이다.

"두려운 일일 게다. 나 역시 그런 일이 일어나지 않기를 바란다만 그래도 운명이란 놈의 장난은 매번 고약하기 이를 데 없으니까."

우서한의 말에 소년이 침을 꿀꺽 삼켰다.

비록 거칠어 보이지만 그의 눈에 비친 적풍은 묘하게 호감이 가는 사람이었다.

만인이 우러러보는 의천노공 우서한을 상대로 칼부림을 할 수 있는 패기와 패배를 당하고도 외려 당당한 사내다움에 소년은 이미 홀렁 마음을 빼앗긴 상태였다.

그런 그를 베는 일이라니. 상상하기도 싫은 일이다.

소년의 마음을 눈치챈 우서한이 소년의 머리를 쓰다듬으며 자조하듯 말했다.

"나도 그랬다. 너처럼 나도 그에게 마음을 뺏겨 버렸지. 그와의 시간이 즐거웠고, 강렬한 쾌감에도 취했었다. 그러나 결국 난 그를 향해 파마시를 날렸지. 지금 생각해 보면… 모두 부질없는 짓이 되었지만 말이다."

"우린 잘 지낼 수 있을 거예요."

"이놈아, 우리도 사이는 좋았어. 그래도 가끔은 어쩔 수 없는 일이 일어나는 법이야. 서로 갈 길이 다르면 말이다. 아무튼 지금부터 내가 하는 말을 명심해라!"

"예, 스승님!"

소년이 정색을 하며 대답했다.

"허소월! 넌 월문의 제이십팔대 법황이 될 사람이다. 천기자와 밀교의 문을 지켜내는 것이 네게 주어진 업이요 숙명이다. 신혈족과 세상의 일 따위는 문을 지키는 일에 비하면 하찮은 일일 뿐이다. 그 일을 해내려면 아주 많은 노력을 해야 한다. 그러니… 오늘부터 좀 더 수련에 정진해라. 알겠느냐?"

"예, 스승님. 꼭 그렇게 할게요."

소년이 다부지게 대답했다.

"좋아. 그럼 이제 밥 먹자."

"예?"

"벌써 끼니때가 훌쩍 지났느니… 세상에서 가장 중요한 것이 끼니를 거르지 않는 일이다. 그러니 어서 준비하거라."

*　　　　*　　　　*

세상은 한시도 쉬지 않고 흘러갔다.

천재지변이 잇따라 일어나던 시절이 수년 전이다. 그 천재지변을 두고 수많은 사람이 예언했듯이 원나라가 패망해 장성 넘어 북쪽으로 도주했다.

그 세월 동안 세상 곳곳이 피에 잠겼다. 하루가 멀다 하고 원의 잔병과 정벌군 사이에 싸움이 일어났다.

피가 강을 이루고 시체가 산을 이루는 시간이 지나서야 동쪽에서는 조선이 서고, 중원에는 명(明)이 섰다. 서쪽은 여전히 원제국의 후예들이 분열하며 초원을 지배하고 있었다.

세상이 그렇게 새로운 왕조들을 탄생시키고 있을 때 무림에도 놀라운 사건이 터졌다.

그 사건으로 인해 세상의 왕조가 바뀌는 대변혁의 시절도 무림인들에게는 관심을 끌지 못할 정도였다.

항주금가의 본거지가 무너졌다.

단 하룻밤 사이에. 누구도 예상치 못한 일이었다.

항주금가는 여러 차례 이름을 바꾸기는 했지만 그 뿌리가 수백 년 된 무림의 명문이었다.

더군다나 그들은 당대 무림의 패권을 다투는 거대 세력 오대세가의 한 가문이다.

그런 가문의 본거지가 하룻밤 새 불타버린 것이다.

처음 사람들은 누군가 실수로 화재를 일으켜 항주금가가 불탔다고 생각했다.

그러나 그 불길 속에서 살아난 사람들의 증언이 흘러나오면서 무림은 용암처럼 들끓기 시작했다.

"괴물 같은 자들이었어요. 금가이십팔숙이 단 반 시진도 안 되어 도륙당했고, 가주께선 명검 천명도를 들고 대적하셨지만 오십 초를 견디지 못하고 그만……."

또 다른 자는 이렇게 증언했다.

"그들은… 악귀였어요. 가문의 모든 무인이 그들의 눈빛만 보고 오금이 저려 제대로 싸우지도 못했어요."

더 충격적인 증언도 있었다.

"그들은 마치 주인 같았어요. 꿇으라는 말 한마디에 가문의 고수들이 순순히 칼을 버리고 그들 앞에 목을 늘였지요. 그러면 그자들은 소나 돼지를 잡듯이 아무렇지도 않게 항복한 사람들의 목을 베었어요."

어떤 말이 사실에 부합되는지는 알 수 없었다.

본래 극도의 공포를 경험한 사람은 실제 이상으로 자신의 겪은 공포를 과장하게 마련이었다.

그러나 그래도 확실한 것은 있었다.

항주금가가 실수로 인한 화재가 아니라 외부의 세력에 의해 몰락했다는 것이다.

사방에서 항주금가의 변고를 조사하기 위해 사람들이 몰려들었다.

당장은 강호에 나가 있던 금가의 고수들이 만사를 제쳐 두고 항주로 달려왔고, 그다음으로는 오대세가의 고수들이 몰려왔다.

물론 그 뒤로도 북산맹이나 정천육문의 고수들이 오기는 했으나 어쨌든 이 혈사에 대한 조사는 항주금가의 생존자들이나 오대세가를 중심으로 이뤄질 수밖에 없었다.

더군다나 오대세가의 고수들은 도착하자마자 전소된 항주금가의 장원 주변을 철통같이 에워쌌기 때문에 다른 사람들이 조사를 하려 해도 할 수가 없는 지경이기도 했다.

그 와중에 사람들의 이목을 피해 조용히 항주금가로 들어서는 자들이 있었다. 그들은 놀랍게도 불타 버린 항주금가의 장원을 아무런 제지 없이 들어갔다.

그리고 앞서 이 혈사를 조사하던 오대세가의 고수들에게 그때까지 조사된 모든 것을 전해 듣기까지 했다. 그리고 올 때와 마찬가지로 조용히 금가의 장원을 벗어났다.

"어찌 보았느냐?"

흑의를 입은 노인이 물었다.

머리에 문사건을 써 날카로운 인상이 조금은 부드럽게 보였으나 그 눈매의 매서움을 감출 수는 없었다.

"죄송합니다, 사부. 불민하여 저로서는……."

그의 앞에 앉아 있던 삼 인 중 중년 사내가 대답했다.

담담한 눈매에 부드러운 인상이지만 동공 깊숙이 날카로운 안광을 지닌 자다.

"둘째는?"

흑의 노인이 셋 중 가운데 앉은 삼십 대 중반의 여인에게 물었다.

"사형과 다르지 않습니다. 죄송합니다."

여인이 담담하게 대답했다.

현숙한 듯하면서도 묘하게 농염함이 묻어나는 여인이었다.

"그래. 알겠다. 그럼 셋째가 한번 말해보거라."

노인이 마지막 청년에게 물었다.

청년은 다른 두 사람과 달리 이십 대 중반으로 보이는 젊은 나이였다. 그 나이의 젊은이들답게 조금 도도해 보이기는 했으나 얼굴에 드러나는 재기를 숨길 수 없었다.

"이골마족의 행위는 아닌 것 같습니다."

"어째서……?"

"제가 겪은 바에 의하면 이골마족은 거칠기는 해도 잔인하지는 않습니다. 그런데 금가에서 혈사를 벌인 자들은 손속이 너무 잔인하더군요."

"너는 항상 이골마족들을 동정했지."

노인이 말했다.

"검은 사자들이 벌인 일에 대한 책임을 그들이 지는 것에는 여전히 의문입니다."

"좋아. 그 논쟁을 지금 할 것은 아니고… 어쨌든 마족은 아니다?"

"그렇습니다."

젊은이가 고개를 끄떡였다. 그러자 노인이 깊은 생각에 잠겼다가 고개를 들며 말했다.

"나도 이골마족이 벌인 일은 아닌 것 같구나. 두 가지 이유에서 그렇다. 하나는 셋째 말대로 그들이 한 것이라기에는 너무 잔혹했다. 두 번째는 세상에 금가를 하룻밤 새 태워 버릴 이골마족이 남아 있다고 믿지 않기 때문이다. 그러려면 적어도 신력을 쓰는 자가 수십은 되어야 하기 때문이다. 지금까지 그런 자들은 검은 사자들이 유일했다."

"사부님의 말씀이 지당하십니다."

세 사람이 동시에 대답했다.

"그러나… 그렇다면 답이 나오지 않지. 정파는 물론이고 혈마련이나 천마맹도 이런 식으로 일을 벌이지는 않아."

"그럼 누굴까요?"

중년의 사내가 조심스럽게 물었다.

"지금으로썬 나도 잘 모르겠다. 그래서… 법황을 만나봐야겠다."

"사숙을요?"

중년 사내가 놀란 듯 되물었다.

"말조심하거라. 비록 나와 소원한 사이라고는 해도 그는 월문의 법황이다."

"죄송합니다, 사부!"

중년 사내가 얼른 고개를 숙였다.

"너희가 명심해야 할 것이 있다. 지금이야 법황이 내가 하는 일에 관여치 않는다만 그는 무서운 사람이다. 나와는 비교할 수 없을 만큼! 그는 호천대의 일을 탐탁지 않게 생각하고 있다. 그러니 절대 법황을 두고 경거망동해서는 안 된다."

"명심하겠습니다, 사부님!"

흑의 노인의 말에 세 사람이 공손하게 고개를 숙여 대답했다. 그러자 노인이 혼잣말처럼 중얼거렸다.

"아무튼 달갑지는 않지만 이 일은 법황과 상의해야 해야 할 것 같구나. 사라진 물건이 하필이면 신동초(神動草)니……."

제8장
배신, 그리고 하나의 시작

삼사 일에 한 번씩은 의천노공 우서한이 직접 밥을 가져왔다.

　그때마다 그는 한참 적풍 곁에 머물며 신혈족에 대한 이야기들을 옛이야기처럼 들려줬다.

　그건 전실 같은 이야기였다.

　신혈족 중 능력이 출중했던 자들에 대한 이야기는 전설 속의 무인에 대한 이야기만큼이나 흥미로웠다.

　우서한도 그들이 정말 자신들이 원하는 대로 그들의 이상향을 만들어냈는지 궁금하다고도 했다.

　그리고 세상과의 불화도 이야기했다.

　수백 년 전 어느 때인가 신혈족의 힘을 가진 자 중에서 세상

위에, 인간 위에 군림하기를 원하는 자들이 생겼다.

당시 월문의 법황이 그들의 야심을 막았다. 그리고 그들의 후손에게 약속을 받아냈다. 어떤 경우에도 무림강호의 일에 관여치 않겠다는……. 그 약속으로 신월족은 다시 세상에 존재하게 되었다. 물론 어둠 속에 숨어사는 존재들로서.

말 상대가 꼭 우서한만 있는 것은 아니었다.

사실은 우서한보다도 꼬마 녀석을 만나는 시간이 훨씬 길었다.

꼬마라고는 하지만 그래도 벌써 십오 세가 되어 청년의 모습이 어렴풋이 보이기 시작한 녀석이었다.

그럼에도 불구하고 적풍이 녀석을 꼬마라고 부르는 이유는 소년의 키가 보통 또래의 아이들보다 작기 때문이었다.

얼굴에는 청년의 모습이 나타나기 시작했지만 몸은 왜소해서 여전히 소년의 모습인 녀석이었다.

"꼬마!"

"이름 있어요. 허소월!"

적풍이 녀석을 꼬마라고 부르면 녀석은 언제나 화를 내며 자신의 이름을 말했다.

그렇다고 둘 사이가 나쁜 것은 아니었다. 두 사람은 제법 죽이 잘 맞았다. 그래서인지 적풍이 묻는 말에 허소월은 성의껏 대답했다.

적풍에게 아쉬운 것은 허소월이 월문에 대해 그리고 신혈족에 대해 아직은 많이 알지 못한다는 것 정도였다.

하지만 어쨌든 적풍은 기이한 평온한 속에 있었다.

허소월과 이야기를 하게 되면 적풍은 누군가에게 쫓기며 살아온 과거를 잊곤 했다.

어쩌면 그건 허소월 때문이 아니라 그가 의천노공 우서한에게 잡혔기 때문인지도 몰랐다.

도망자는 결국 잡혔을 때, 더 이상 도망갈 수 없을 때 편안함을 느낀다는 말이 사실일지도 몰랐다.

더군다나 그의 말대로라면 우서한이야말로 세상의 신혈족들을 쫓는 자들의 우두머리가 아니던가.

그런 자에게 잡혔고, 그의 처분에 자신을 맡기고 나니 오히려 평생 느끼지 못했던 편안함을 느끼게 되는 적풍이었다.

"월문에는 사람이 몇이나 있지?"

어느 날 허소월이 밥을 들고 찾아왔을 때 적풍이 물었다.

"저도 잘 몰라요."

"이상하네. 자칭 월문의 다음 대 법황이라지 않았어?"

"맞아요."

"그런데 월문의 문도가 몇인지도 몰라?"

"법황의 맥은 일인전승이에요."

"그래? 그럼 문도가 없다는 거냐?"

"그건 아니고요."

"꼬마야. 알아듣게 말을 해야지?"

"글쎄, 난 꼬마 아니라니까요!"

허소월이 단박 화를 냈다.

"하하. 알겠다, 알겠어. 그런데 법황의 맥은 일인전승인데 월문에 다른 문도가 있다니 이상하지 않느냐?"

"그런 말을 하는 걸 보니 생각보다 머리가 나쁘군요."

이번에는 허소월이 적풍을 놀려댔다.

"맞아. 난 본래 머리가 좋지 않단다. 그러니 이렇게 죽을 자리인 줄 알면서 네 사부를 찾아왔지."

적풍이 빙글거리며 대꾸했다. 그의 얼굴에서 웃음을 보는 것도 드문 일이다.

"사부께선 고고하신 분이에요. 만인의 존경을 받으시며 구름 위 신선처럼 세상에 머무시죠. 어쨌거나, 세상에 있는 월문의 문도들은 사백께서 이끄세요. 월문외족이라고 하는데 월문의 본령이자 일인전승인 법황의 줄기와는 조금 다르죠."

"사백?"

사백이란 말에 적풍의 눈이 번쩍였다. 그 눈빛에 허소월이 겁을 먹은 듯 뒤로 물러설 정도였다.

"꼬마야, 겁먹었냐?"

적풍이 다시 허소월을 놀렸다. 어느새 검광 같던 안광은 사라지고 없었다.

"겁을 먹다니 누가요?"

"지금 겁먹지 않았느냐?"

"흥, 그건 겁을 먹은 것이 아니라 본능적이 경계심이에요. 당신은… 이골마족이잖아요?"

"하지만 묶여 있지."

"이골마족은 무슨 일이든 할 수 있죠."

"누가 그러든?"

"사부께서 그러셨어요. 이골마족의 무서움은 각자 타고난 재능이 다른 점에 있다고요. 어떤 자는 바람처럼 빨리 달릴 수 있고, 또 어떤 자는 몇 리 밖을 보는 신안을 타고난대요."

"그래? 하지만 걱정 마라. 난 그런 재주가 없다. 아쉽게도!"

"사부께서 말씀하시길 당신이야말로 이골마족 중 가장 무서운 사람이라던데요?"

허소월이 적풍을 빤히 쳐다보며 말했다.

"웬걸. 난 이렇게 힘이 없단다."

적풍이 두 손을 들어 올리며 말했다. 그러자 허소월이 정색을 했다.

"사부께선 당신이 신력을 타고났다고 하셨어요. 그 힘은… 제대로 발휘되면 절대지경의 공력을 지닌 자보다 무섭다고……!"

허소월이 말을 하다 말고 입을 닫았다.

적풍에게 그가 모르는 사실을 말해주고 있다는 것을 깨달은 것이다. 더군다나 이 이야기는 적풍에게 특별한 기회를 줄 수도 있는 말이었다.

"그래도 걱정 마라."

"걱정하지 않을 수 있나요? 당신이 어느 순간 천력을 발휘해 그 쇠사슬을 끊고 날 공격할 수도 있지요."

"후후, 녀석 아직 어리구나. 네 사부가 그리 만만한 사람이겠 냐?"

"예?"

"이 쇠사슬은 아마도 네가 말한 절대지경의 무공을 지닌 사 람이 절대의 신검으로 휘둘러도 끊기지 않을 것이다."

"…하긴……."

허소월이 적풍의 말을 인정한다는 듯 고개를 끄떡였다.

"그러니 겁먹지 말고 네 사백이란 자에 대해서 말해봐."

"흐흠… 사실 저도 별로 할 말이 없어요. 한 번도 뵌 적이 없 거든요."

"사백을 못 봐? 거 희한한 문파군그래. 그런데 그는 어디 있 는데?"

"북두회에 머무세요. 사백은……."

"북두회!"

적풍이 얼굴빛을 굳히며 나직하게 중얼거렸다.

대충 그림이 그려진다. 아마도 실제로 북두회를 움직여 이골 마족을 잡아내고 있는 것은 바로 그자일 것이다. 월문의 문주 우서한은 그런 일에 직접 손을 담글 사람은 아닌 듯 보였으니 까.

"그의 이름이 뭐지?"

"그분은… 에이, 그건 말할 수 없네요."

"왜?"

"사부께서 사백의 함자는 함구하라 하셨거든요."

"그 말은 지금 네가 하는 이 모든 말이 결국 네 사부의 허락을 받고 하는 말이란 거냐?"

"뭐, 대충요."

"후후, 과연 늙은 생강이 맵군!"

"사부님을 모욕하지 마세요."

허소월이 화가 난 표정으로 소리쳤다.

"왜 안 되느냐? 그는 날 잡아 가둔 사람인데 내가 그를 모욕하면 왜 안 된다는 거냐?"

적풍이 반문했다.

"흥, 사부께서는 당신을 죽일 수도 있었는데 살려주셨어요. 고마운 줄 알아야죠. 난 가겠어요. 은혜를 모르는 사람과 더는 얘기하고 싶지 않네요."

허소월이 정말 화가 난 듯 적풍의 뇌옥을 떠났다.

"너무 놀렸나? 단단히 화가 난 모양이니 한동안 심심하겠군."

적풍이 서운한 듯 중얼거렸다. 그러다 뇌옥 바닥에 벌렁 드러누웠다.

"그러니까, 지금까지 날 추격했던 것은 의천노공 우서한이 아니라 그의 사형이란 자가 주도한 일이란 말이지? 북두회… 역시 이곳을 나간다면 반드시 그자들을 손봐야겠어."

적풍이 눈을 감으며 중얼거렸다.

허소월이 동굴에서 나왔을 때 의천노공 우서한은 호수가 내려다보이는 절벽 위에 서 있었다.

허소월은 급히 달음질을 쳐 우서한에게 다가가다가 이십여 장을 남기고 급히 걸음을 멈췄다.

"또 수문(水文)을 읽으시나?"

허소월이 조심스럽게 의천노공 우서한을 바라봤다.

절벽 위에 서서 호수를 응시하고 있는 우서한의 모습이 전설 속에 나오는 신선과 같다.

허름한 옷차림이지만 우서한 주위에 만들어지는 뿌연 빛무리가 그를 세상에서 가장 고귀한 존재처럼 보이게 했다.

수문(水文)이란 물 위에 드러난 문양을 보고 세상의 변화를 읽어내는 월문 최고의 비술이라고 허소월은 들었다.

허소월이 수문에 대해 들었을 때 처음에는 그 말을 믿지 않았다. 어떻게 세상의 변화가 물 위에 쓰여진단 말인가.

그런데 스승 우서한이 수문을 읽은 후에는 반드시 그가 예측한 일이 일어났기에 지금에 와서는 철석같이 수문의 존재를 믿는 허소월이었다.

수문의 존재를 믿게 된 이후에는 가끔 수문을 읽는 법을 가르쳐 달라고 조르기도 했다.

그러나 우서한은 수문을 읽는 것은 월문의 비술들을 모두 습득한 이후에 배우게 될 것이라며 거절해 허소월을 실망시키곤 했었다.

후웅!

바람이 일었다.

그러나 바람이 산이나 혹은 호수에서 일어난 것은 아니었다. 바람은 우서한의 손끝에서 일어났다.

우서한을 휘감고 있던 빛무리가 그의 손이 일으킨 바람을 타고 호수 쪽으로 밀려가더니 수면에 작은 파랑을 일으켰다.

수문을 읽는 일은 언제나 이렇게 갑자기 끝이 났다.

"왔느냐?"

"또 수문을 읽으셨어요?"

"음, 그래."

대답을 하는 우서한의 표정에 그늘이 져 있음을 보고 허소월의 표정도 덩달아 어두워졌다.

"안 좋은 일이 생길까요?"

"어쩌면……."

"무슨 일인데요?"

"글쎄다. 그것까지는 아직 모르겠구나. 아무튼… 조만간 손님이 올 것 같으니 집 주변 청소를 해놓거라."

"누가 오는데요?"

"사형이 오실 것 같다."

"사백님이요?"

"그래."

"수문에 그리 나왔나요?"

"후후, 수문에 그런 것이 나오지는 않는단다. 단지… 수문으로 읽은 일이 일어났다면 사형이 올 것이기 때문에 오신다고 한 거란다."

"사백은… 무서운 분이라고 하셨지요?"

허소월이 바짝 긴장한 표정으로 되물었다.

"그런 분이지. 그런데 처음이지?"

"네……"

허소월이 기가 죽은 표정으로 대답했다.

강호에 사백이 있다는 것은 알고 있었다. 그가 하는 일도 얼추 짐작하고 있었다. 그래서 그가 무척 무서운 사람이란 것도 알고 있는 허소월이었다.

그런 사백을 보려니 걱정이 없을 수 없었다.

"사형은 예를 중시하는 사람이다. 그러니 각별히 조심해라."

이 당부는 진심으로 한 말이었기에 허소월이 다시 긴장했다.

"혹… 제가 마음에 들지 않으시면 어쩌죠?"

"그런들 네가 내 제자라는 사실은 변함없다. 또한 네가 내 뒤를 이어 월문의 법황이 된다는 사실도 변함없고. 솔직히 말해주마. 월문에서 법황은 절대적 존재다. 법황의 명은 사형이라 해도 거스를 수 없다. 그리고 넌 법황의 후계자다. 그러니… 결국 네가 사형 위에 존재하는 사람이다. 적어도 월문에서는. 그러니 당당함을 잃지 말거라."

"그래도……"

"사형은 좀 특이한 성정을 지닌 사람이다. 예를 중시하지만 또한 비굴한 것을 좋아하지 않아. 네가 당당히 사형을 대하면 사형 또한 너를 존중할 것이다. 좋아하실지는 모르겠지만……."

"알겠어요."

"잊지 말거라. 넌 나 우서한의 유일한 후계자이며 월문의 차기 법황임을!"

"명심할게요."

허소월이 단단히 입술을 물며 대답했다.

*   *   *

기이한 전서구가 하늘에서 내려왔다. 하늘빛과 같은 푸른색 전서구다. 세상에 이런 비둘기가 존재한다는 것이 신기할 정도다.

"혈마련이 움직였답니다."

중년 사내가 조심스럽게 말했다. 그러자 가파른 산비탈을 오르던 노인이 걸음을 멈추고 눈살을 찌푸렸다.

"그자들이 결국……."

"회에 문제가 생기지 않겠습니까?"

"아무래도 그렇겠지. 북두회가 그간 강호의 일에는 개입하지 않기로 약조했지만 그래도 그간 무림의 조정자 역할을 해온 것은 사실이니까."

"회가 분열될까요?"

"그렇게 되지는 않을 게다."

노인이 대답했다.

"하지만 혈마련이 항주금가의 공백을 취하려 움직였다면 결국……."

"혈마련은 얼마 후에 큰 낭패를 볼 것이다. 그때가 되면 사람들은 결국 의지할 곳이 북두회밖에 없다는 것을 알게 되겠지."

"제자가 아둔하여……."

"두고 보면 알 일이다."

노인이 대답을 미루고는 걸음을 재촉하기 시작했다.

노인이 한 발을 옮길 때마다 그의 신형이 죽죽 산 위로 올라갔다. 전설의 축지술을 쓰는 듯한 보법이다.

그의 제자를 자처하는 중년 사내는 땀을 뻘뻘 흘리며 노인의 뒤를 따랐다.

사내 역시 놀랄 만큼 빠른 경공을 지니고 있었으나 노인을 따라잡는 것은 힘겨운 모양이었다.

그렇게 두 사람이 반 시진 정도 산을 오르자 갑자기 시야가 확 트이면서 작지만 신비로운 호수가 눈앞에 펼쳐졌다.

"이곳이군요!"

중년 사내가 탄성을 자아냈다. 자못 감개무량한 표정이기도 했다.

"처음이지?"

"예, 스승님!"

"널 데려온 것을 알면 법황이 화를 낼 지도 모르겠구나."

"법황님을 뵐 자격도 없는 것입니까?"

중년 사내가 서운한 표정을 지으며 물었다.

"자격은 있지. 또 언젠가는 뵈어야 하고. 하지만 미리 허락을 득해야 하는 일이다."

"기별을 넣지 않으셨습니까?"

"알고 있을 텐데 굳이 기별을 넣을 필요는 없지."

"스승님께서 오시는 걸 알고 계신다고요?"

"월문의 법황이다. 그를 모를까. 아무튼 법황의 냉대가 있더라도 네가 이해하거라."

"알겠습니다."

"함부로 입을 열지도 마라. 법황은… 보기와 다르게 무척 무서운 사람이다. 그는 결심이 서면 누구라도 죽일 수 있는 사람이다. 자신이 가장 좋아하는 사람조차도 말이다."

"명심하겠습니다."

"술은 잘 챙겼지?"

"여부가 있습니까? 법황께 드릴 선물인데……"

"좋아. 그럼 호수를 건너자. 마침 배가 있구나!"

"와요, 와요!"

허소월이 호숫가에서 건너편을 살피다가 소리쳤다. 그러고는 도망치듯 의천노공 우서한을 향해 달려왔다.

"올 사람이 오는데 웬 호들갑이냐?"

우서한의 타박에 허소월이 뻘쭘한 표정을 지으며 입을 닫왔다.

"가보자!"

우서한이 초옥 앞 허름한 정자에서 몸을 일으켜 호숫가로 향했다.

촤아악!

허름한 배지만 배는 물 위를 미끄러지듯이 밀려왔다.

아무리 노련한 뱃사람이라도 저런 식으로 배를 몰지는 못한다. 배에 탄 사람들이 평범한 자들이 아니라는 의미다.

"동행이 있구나."

우서한의 눈썹이 살짝 꿈틀거렸다.

허소월이 눈을 가늘게 뜨고 살폈지만 배 안의 사정이 자세히 보이지 않았다.

늙으면 눈이 흐려진다는데 우서한의 눈은 어린 허소월보다도 밝았다.

"혼자 오신다지 않았나요?"

"본래는 그래야 하지. 사형이… 꼭 소개시켜 줄 사람이 있는 모양이구나."

말은 그렇게 해도 우서한의 표정은 밝지 않았다.

허소월은 사람 하나 더 데려오는 것이 무슨 큰 문제인가 하는 표정으로 우서한을 봤지만 그렇다고 그 생각을 입 밖으로 내지는 않았다.

"뇌옥에 있는 아이에 대해서 절대 말하면 안 된다."

배가 가까이 다가오자 우서한이 당부했다.

"명심할게요."

"좋아. 이제 네 사백을 보자!"

우서한이 앞으로 걸어 나갔다.

강변에 다가선 우서한이 손을 들어 배를 가리키자 배가 마치 우서한의 손에 묶인 것처럼 그 앞으로 끌려왔다.

"정말 신선 같은 분이야."

우서한이 배를 끌어들이는 모습을 보며 허소월이 감탄했다.

"법황! 오랜만에 뵙니다."

배가 뭍에 닿자 배 위의 노인이 훌쩍 뛰어내린 후 우서한에게 포권을 해 보였다.

"사형, 지나치십니다."

"아닙니다. 아무리 제가 사형이라도 법황을 뵈올 때는 예를 다해야지요. 더군다나 용서받을 일도 있고……."

노인이 말을 하며 아직 배에서 내리지 않은 중년 사내를 슬쩍 바라봤다.

"저 아이가 돈오입니까?"

"역시 법황이십니다. 단번에 알아보시는군요. 저 아이가 인사드리는 것을 허락해 주시겠습니까?"

노인이 조심스레 물었다.

"이곳까지 왔는데 사질의 인사를 안 받을 수 없지요."

"감사합니다. 미리 허락을 구하지 못한 점 다시 사죄드리지요. 돈오는 얼른 내려와 법황께 인사드리거라!"

노인의 말에 배 위에 있던 중년 사내가 급히 배에서 내려 우서한 앞에 머리를 조아렸다.

"제자 돈오가 법황께 인사 올립니다."

"네가 돈오구나!"

우서한이 차분하게 중년 사내를 살폈다.

조금은 둔중해 보이는 체격, 그러나 실상 옷 안에 숨겨진 근육들은 돈오라는 중년 사내가 각고의 수련을 거친 무공의 고수라는 것을 말해준다.

중년 사내 돈오는 우서한의 날카로운 시선이 자신을 훑어 내리자 당황해 어쩔 줄을 몰라 했다.

"법황 어떻습니까?"

노인이 물었다.

"기운이 나쁘지 않군요. 그런데… 사형께선 여전히 세상일에 관심이 많으신가 봅니다."

우서한의 말에 노인이 흠칫한 표정을 짓는다.

"어찌 그런 말씀을……."

"돈오가 맏이지요?"

"그렇습니다."

"월문의 법은 밀법이라 대인보다는 소인에게 어울리지요. 그런데 돈오, 이 아이는 대인의 풍모를 지니고 있군요."

"나쁜 것은 아니지 않습니까?"

"주변에 사람이 모인다는 것은 곧 세상의 일에 널리 관여하게 된다는 뜻이지요. 그걸 기대하신 겁니까?"

"설마 그럴 리가 있겠습니까. 전 다만 이 아이의 성품이 우직하여 믿을 만하다 판단했을 뿐입니다."

노인이 극구 변명을 한다.

제자 한 명 들인 것, 더군다나 그 제자의 성품을 살피는 것으로 사형을 몰아치는 우서한은 평소의 그가 아닌 것 같았다.

그래서 허소월조차도 우서한이 조금 심한 것이 아닌가 걱정할 정도였다.

그런 우서한에게 반발할 만도 한데 노인은 그저 변명을 할 뿐 어떤 반발심도 드러내지 않았다.

'월문의 법이 이리도 추상같구나!'

두 사형제의 대화를 들으며 허소월은 새삼스레 월문 법황의 권위를 확인할 수 있었다.

그러자 앞서 우서한이 당부했던 말이 떠올랐다.

허소월 자신이 월문 법황의 후계자이니 누구에게도 겁먹을 필요가 없다는 말을 이제야 실감하는 허소월이었다.

"사형을 곤란케 하려 드린 말은 아닙니다. 다만 북두회에 관여하신 바가 크니 노파심에서 드리는 말씀이지요."

"법황께서 걱정하시는 일은 나도 잘 알고 있습니다. 하지만 이골마족들을 상대해 내기 위해선 북두회가 필요했습니다."

"난 지금도 이골마족이 세상에 해를 끼칠 존재들이라고 생각지 않습니다."

"그들의 무서움은 법황께서 더 잘 알고 계시지 않습니까?"

"그건 검은 사자들이 있었을 때의 일입니다. 그들 이전이나 혹은 그 이후에 그들이 세상에 해가 된 적은 없습니다. 물론 가끔 한둘 특별한 자들이 나올 수는 있지만 그들로서는 세상에 큰 해를 끼치기 어려운 일입니다."

"제가 이번에 가져온 소식을 들으시면 법황께서도 생각이 달라지실 겁니다."

"…강호에 변고가 있습니까?"

"제가 올 것을 알고 계시지 않았습니까? 강호의 일을 알고 계신 것 아니었습니까?"

"음… 그건 좀 다른 이유에서인데. 뭐, 같은 일일 수도 있겠군요. 일단 들어가시지요. 참! 소월, 인사드리거라. 네 사백이시다!"

우서한의 말에 허소월이 앞으로 나서며 공손하게 고개를 숙였다.

"사백님을 뵙습니다. 허소월이라 합니다."

"제자를… 제자를 들이신 겁니까?"

노인이 놀란 표정으로 우서한을 보며 물었다.

"법황은 일백이 넘으면 후인을 두게 되어 있습니다. 그게 법황의 법이지요."

우서한의 대답에 노인의 표정이 묘하게 변했다. 그런 표정으로 노인이 허소월을 살폈다.

허소월은 온몸에 따가운 침이 꽂히는 듯한 느낌을 받았다.

그만큼 노인의 안광은 날카로웠다.

그러나 그럼에도 불구하고 허소월은 겉으로는 전혀 긴장한 모습을 보이지 않았다. 그는 어금니를 지그시 깨물고 덤덤한 표정으로 노인의 안광을 이겨냈다.

"과연 법황의 후계자답군요."

허소월에게서 시선을 거두며 노인이 말했다.

"사형의 눈에 족하다니 다행입니다."

"법황께서 고르신 인재인데 어련하겠습니까?"

"자, 들어가시지요."

우서한이 노인을 초가로 인도했다.

그 뒤를 허소월과 중년 사내가 서로를 힐끔거리며 따라 걸었다.

"항주금가요?"

우서한이 뜻밖이라는 표정으로 되물었다.

둘 사이에 놓인 작은 상에는 근처 산에서 뜯어 와 무친 소박한 나물 한 접시와 옥으로 만든 귀한 술병, 그리고 술이 반쯤 차 있는 술잔 두 개가 놓여 있었다.

"그렇습니다. 처음에 금가가 전소되었을 때 사람들은 혈마련이나 천마맹의 소행이 아닐까 의심했지요. 최근 들어 무림의 힘이 무척 강성해져서 언제 혈란이 일어나도 이상할 것이 없는 상태였기에……."

"북두회가 있지 않습니까?"

"북두회는 오직 이골마족을 상대하는 일만 협의하지 강호의 일에는 관여치 않는 것을 알고 계시지 않습니까?"

"글쎄요. 칠문이 모여 그 한 가지 일만 협의한다고 하면 누가 믿을 수 있을까요?"

우서한의 말에 노인의 표정이 살짝 변했다.

"물론 강호의 일을 아주 이야기하지 않는 것은 아니나, 그렇다고 무림 제 세력의 행보를 통제할 수 있는 것도 아니어서……"

"그렇군요. 이골마족만 아니라면 서로 칼부림을 하는 게 더 어울리는 문파들이니. 아무튼 계속 들어볼까요."

"알겠습니다. 처음 예상과 달리 조사를 하는 과정에서 항주금가의 전소가 무림세력의 공격 때문은 아니라는 결론이 나왔습니다. 첫째, 금가를 공격할 만한 세력 중 고수들을 움직인 흔적이 발견된 곳이 없었고, 둘째, 생존자들의 증언에 의하면 금가를 공격한 자들의 모습과 행동이 너무 극악해서……"

노인이 심각한 표정으로 말하자 우서한이 술을 한 모금 마신 후 말했다.

"사형께서 절 찾아오신 것은 그 기습자들에게서 이골마족의 흔적을 찾아냈다는 것이겠지요?"

"역시 법황이십니다. 맞습니다. 하지만 그들의 모습에서 이골마족임을 의심하는 것은 아닙니다. 오히려 생존자들이 증언대로라면 기습을 한 자들은 지금까지의 드러났던 이골마족의 특징이 없습니다. 이골마족은 사실… 그렇게 잔악하지는 않지요. 패도적이기는 해도…….”

“그래요? 그럼 어떤 이유로 그들을 이골마족으로 의심하시는 겁니까.?”

“첫째는 모습은 아니어도 그들이 드러낸 힘이 과거 검은 사자들을 연상시킬 정도로 대단했다는 것입니다. 금가를 침범한 숫자가 겨우 열 조금 넘었다고 하더군요.”

“그 숫자로 금가를 불태웠다. 아무리 금가가 상계에 기반을 둔 곳이라 해도…….”

“혈마련이나 천마맹의 노고수들이 아니라면 오직 검은 사자들만이 할 수 있는 일이지요. 지난 세월 법황의 만류에도 불구하고 천하의 이골마족을 추살해 온 저입니다. 그간의 경험으로 보건대 이자들이 이골마족이라면… 그들은 검은 사자에 비견되는 자들일 겁니다. 그래서 제 머리로는 도저히 풀어낼 수 없더군요. 갑자기 그런 자들이 하늘에서 떨어진 것도 아니고 어디서 나타난 것인지…….”

“하늘에서 떨어졌을 수도 있지요.”

우서한이 대답했다.

두 사람의 이야기가 너무 심각했기에 노인은 우서한이 농담을 하는 것이라고는 생각할 수 없었다.

“그 말씀은……?”

“현월문의 전언이 있었습니다.”

“현월문! 그들과 다시 교통이 된 것입니까?”

"얼마 되지 않은 일입니다."

"아!……."

노인이 나직하게 탄식했다. 그의 얼굴에 묘한 두려움과 기대감, 그리고 흥분이 도사리고 있었다.

"그렇다고 완벽한 것도 아니어서 지금까지 받은 전언이 겨우 스물두 자밖에는 되지 않습니다."

"아쉬운 일이군요."

노인이 본심을 숨기지 못하고 말했다.

"글쎄요. 솔직히 말하자면 전 영원히 그들과의 끈이 끊어지기를 바랐습니다만……."

"법황께선 언제나 그리 생각하셨지요."

"그럼 사형께선 여전히 그들과 소통하고 싶으십니까?"

우서한의 질문에 노인이 잠시 말문을 닫고 소반의 술병과 술잔을 응시하다가 말했다.

"인간의 본성 중 가장 끊기 힘든 것이 호기심이지요."

충분한 답이다.

우서한이 가볍게 미소를 지었다. 굳이 자신의 생각을 숨기지 않는 사형이 외려 믿음이 가는 모양이었다.

"세상에는 열어보지 말아야 하는 상자도 있는 법이지요. 아무튼… 현월문의 전언에 의하면, 염화마군 철륵이란 자가 강호에 나온 모양입니다."

"염화마군 철륵이라… 어떤 자입니까?"

"전마 적황에는 미치지 못하지만 대단한 마기를 지닌 자라

하더군요. 극양의 무공을 쓴다는데, 그래서 의심이 듭니다. 금가를 불태웠다니……. 하지만 그는 강호에 나오기 전 큰 부상을 입었다고 하는데 그 몸으로 금가를 불태웠다는 것은……."

"신동초을 탈취했답니다."

노인이 말했다.

"신동초!"

우서한이 놀란 표정을 지었다.

"그래서 그들의 모습이 기존 이골마족과 달라도 의심하지 않을 수 없었던 겁니다. 그런데 철륵이란 자에 대해 들으니 이제 이해가 가는군요. 그들이 왜 항주금가를 공격했는지."

"철륵이 자신의 부상을 치료하기 위해 신동초를 얻으려 했다는 말이군요. 음……."

"어찌시겠습니까? 법황께서 직접 나오셔서 그들을 잡아들이셔야지 않겠습니까?"

노인이 넌지시 우서한을 보며 물었다. 그러자 우서한이 조용히 고개를 저었다.

"월문의 법입니다. 법황은 밀교와 천기자의 문을 열고자 하는 자가 아니면 세상일에 관여치 않습니다."

우서한의 말에 노인의 표정이 일변했다. 언뜻 실망과 분노의 빛도 보였다.

"법황! 그자가 세상을 불바다로 만들어도 괜찮다는 말입니까?"

"그건 세상이 감당해 낼 일입니다. 설혹 그가 세상을 지배

한다고 해도 월문이 나설 일은 아닙니다. 그래서… 사형이 오시기를 기다렸던 겁니다. 제 결정을 말씀드리려고 말입니다."

"설마 저더러 그자의 일에 관여치 말란 겁니까?"

"더불어 이골마족을 사냥하는 일도 이제 그만두시지요. 그쯤하면 북두회 일곱 가문의 화도 풀렸을 테니……."

"법황!"

노인의 눈에 노기가 번뜩였다.

"진정하세요, 사형! 스승께서 사형이 아닌 절 월문의 법황으로 지명한 것은 바로 이 때문입니다. 사형은… 세상에 대한 관심이 너무 많으십니다."

"그자가 천하를 유린해도 밀교의 문만 지키면 그만이란 말입니까?"

"그게 본 문의 업입니다. 외족 역시 본 문의 업을 위해 존재하는 사람들, 제 결정을 따르세요."

"하지만 이미 문은 완전히 붕괴되지 않았습니까? 누구도 열수 없을 만큼!"

"되살아나고 있습니다."

"……?"

"천기자와 밀교의 법은 저도 알 수 없는 신묘함을 가지고 있습니다. 문은 스스로 다시 본래의 모습을 갖춰가고 있습니다. 외려 그 이전보다 더욱 복잡한 모습으로 말입니다. 전 지금… 문의 변화를 읽어내는 것조차 버겁습니다. 그래서 이 일에 월

문의 문도들을 동원하려 합니다. 그러니 사형께선 강호의 일을
정리해 주십시오."

"법… 황… 그 일은 그리 급한 일이 아닙니다."

노인의 표정이 차갑게 굳은 채로 말했다.

"문을 지키는 일 말고 월문에 급한 일은 없습니다."

"그 망할 놈의 문이 어떤 의미가 있는지 저는 모릅니다. 오직
법황만이 알고 있지요. 그런데 그 내력도 모르는 문을 살피기
위해 세상이 시산혈해로 변하는 것을 지켜보라는 겁니까? 차
라리 그 문이 우리에게, 아니면 세상에 어떤 의미인지 말해주
십시오. 제발 법황께서 절 납득시켜 주십시오."

"안 될 일이라는 걸 알고 있지 않습니까? 천기자와 밀교의
문의 비밀들은 오직 법황에게만 전해지는 것들입니다."

"그렇다면 저 역시 양보가 안 되는군요. 난… 그 철륵이란
자를 잡아야겠습니다. 세상을 위해."

"법황의 명을 어기시겠단 말입니까?"

"이번만은… 법황의 명을 따를 수 없군요."

노인이 고개를 저었다.

"그렇다면 저 역시 사형을 보내 드릴 수 없군요."

"아마… 저를 잡아두지 못할 겁니다!"

말이 끝나기도 전에 노인의 몸이 훌쩍 허공으로 떠올랐다.
순간 우서한의 손이 길게 늘어나며 노인의 옷자락을 잡아채려
했다.

그 순간 노인이 강력한 장력을 일으켜 우서한의 손을 밀어내

고는 그대로 초가의 문을 뚫고 나갔다.

"돈오! 이곳을 떠난다!"

초가를 나선 노인이 호숫가를 향해 질풍처럼 달리며 소리쳤다.

초가 밖에서 허소월과 어색한 대화를 나누고 있던 노인의 제자 돈오가 노인의 외침을 듣고 어리둥절한 표정을 짓다가 일이 심상치 않음을 깨닫고 호숫가로 달리기 시작했다.

"사형!"

우서한이 노인을 부르며 초옥 문을 열고 밖으로 뛰쳐나오려다 말고 멈칫했다.

그러자 어느새 강변에 도착한 노인이 우서한을 보며 소리쳤다.

"법황! 법황의 능력이라면 독 때문에 돌아가실 일은 없을 겁니다. 하지만 아무리 법황이시라도 그 독을 모두 풀려면 아주 오랜 시간이 걸릴 테지요. 그 몸으로는 절 벌하러 강호에 나오지는 못하실 겁니다. 그 세월 동안 난 철록을 잡고 강호를 안정시키겠습니다. 그러니… 법황께서는 그토록 소중히 생각하시는 문의 변화를 읽어내시는 데 전력하십시오. 세상일은 이제 이 노부가 맡겠습니다."

"사형!"

"우리 둘 모두 원하는 것을 얻었을 때 법황께서 제 목을 친다 한들 원망치 않겠습니다. 오야, 가자!"

노인이 배에 날아오르더니 가볍게 팔을 휘둘러 소맷자락을 휘날렸다.

그러자 강맹한 바람이 일어나더니 그들이 탄 배가 순식간에 호수 중심으로 밀려가기 시작했다.

"사부님!"

허소월이 무슨 일이 일어났는지 짐작하고는 급히 우서한에게 다가왔다.

"되었다."

우서한이 손을 들어 허소월을 진정시켰다.

노인의 말대로라면 분명 독에 중독되었다는 것인데 우서한의 모습에선 전혀 중독의 흔적이 보이지 않았다.

"독에 중독당하신 것이 아니셨어요?"

"아니, 독이 몸에 들어온 것은 맞다. 고약한 놈에게 당했다. 사형을… 너무 믿었어."

"그, 그럼 어떻게 해야죠?"

허소월이 당황한 채 물었다.

"걱정 마라. 사형 말대로 죽을 독은 아니니까. 단지… 사형을 막을 수는 없겠지. 걱정이구나. 자칫하다가는 월문의 비밀이 세상에 알려질 것이다. 그렇게 되면… 천기자와 밀교의 문도 세상에 드러나리라. 어떻게든 사형을 막아야 해."

"어떻게요?"

허소월이 울 듯한 표정으로 되물었다.

그러자 우서한이 고개를 돌려 적풍이 갇혀 있는 동굴 쪽을 보며 말했다.

"운이 좋은 녀석이야. 아니면 운명인가? 거래를 해야겠다. 녀석……! 결국 뇌옥에 갇혀 죽을 팔자는 아니었던 모양이군."

『십자성—전왕의 검』 2권에 계속…

떠운 장편 소설

FUSION FANTASTIC STORY

진공
삼국지

2세기 말 중국 대륙.
역사상 가장 치열했던 쟁패(爭霸)의
시기가 열린다!

중국 고대문학을 공부하던 전도형,
술 마시고 일어나니 도겸의 둘째 아들이 되었다?

조조는 아비의 원수를 갚으러 쳐들어오고
유비는 서주를 빼앗으려 기회만 노리는데……

"역시 옛사람들은 순수하다니까.
　유비가 어설픈 연기로도 성공한 데는 다 이유가 있지, 암."

**때로는 군자처럼, 때로는 효웅처럼!
도형이 보여주는 난세를 살아가는 법!**

Book Publishing CHUNGEORAM

유행이 아닌 자유추구 -
WWW. chungeoram.com

FUSION FANTASTIC STORY

비츄 장편소설

올 스탯
슬레이어

강해지고 싶은 자, 스탯을 올려라!
『올 스탯 슬레이어』

갑작스런 몬스터의 출현으로 급변한 세계.
그리고 등장한 슬레이어.

[유현석 님은 슬레이어로 선택되었습니다.]
"미친··· 내가 아직도 꿈을 꾸나?"

권태로움에 빠져 있던 그가···

"뭐냐 너?"
"글쎄. 나도 예상은 못했는데, 한 방에 죽네."
슬레이어로 각성하다!

Book Publishing CHUNGEORAM

유행이 아닌 자유추구 -
WWW.chungeoram.com

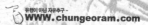

니콜로 장편 소설

FUSION FANTASTIC STORY

마왕의 게임

『경영의 대가』, 『아레나, 이계사냥기』
니콜로 작가의 신작!

『마왕의 게임』

마계 군주들의 치열한 서열전
궁지에 몰린 악마군주 그레모리는 불패의 명장을 소환하지만……

"거짓을 간파하는 재주를 지녔다고?"
"그렇다, 건방진 인간."
"그럼 이것도 거짓인지 간파해 보아라."

"─나는 이 같은 싸움에서 일만 번 넘게 이겨보았다."

e스포츠의 전설 이신, 악마들의 게임에 끼어들다!

Book Publishing CHUNGEORAM

유행이 아닌 자유추구 ─
WWW.chungeoram.com